Amanda Cross

Schule für höhere Töchter

Aus dem Amerikanischen von Monika Blaich und Klaus Kamberger

Eichborn Verlag

IMΦ und IIO
gewidmet

CIP-Titelaufnahme der Deutschen Bibliothek

Cross, Amanda:
Schule für höhere Töchter : Roman / Amanda Cross. –
Frankfurt (Main) : Eichborn, 1990
ISBN 3-8218-0194-8

Titel der Originalausgabe: The Theban Mysteries

Umschlaggestaltung: Uwe Gruhle
Lektorat: Doris Engelke
Gesamtherstellung: Fuldaer Verlagsanstalt GmbH
ISBN 3-8218-0194-8
Verlagsverzeichnis schickt gern:
Eichborn Verlag, Sachsenhäuser Landwehrweg 293,
D-6000 Frankfurt 70

EINS

Das Telephon und die Türklingel läuteten gleichzeitig in der Wohnung der Amhearsts und lösten so Aktionen aus, die Reed vergnügt an Theaterstücke wie ›You Can't Take It With You‹ denken ließen.

»Das waren noch Zeiten im Theater«, sagte er und erhob sich von der Couch, auf der Kate und er sich einen Cocktail gegönnt hatten.

»Vielleicht«, antwortete Kate und stellte ihr Glas ab. »Ich habe aber das Gefühl, die Griechen haben große Dramen geschrieben, weil sie keine Klingeln brauchten, um ihre Darsteller auf die Bühne zu schicken oder wieder zurückzurufen.«

»Du nimmst die Tür«, sagte Reed, »ich das Telephon.« Er ging durch den Flur zu seinem Arbeitszimmer und nahm den Hörer ab. »Hallo«, sagte er und wünschte, er hätte seinen Martini mitgenommen.

»Hier spricht Miss Tyringham vom Theban«, begrüßte ihn eine kultivierte Frauenstimme. »Könnte ich bitte Mrs. Reed Amhearst sprechen?«

»Und hier spricht Mr. Amhearst von Kaufman und Hart«, hätte Reed am liebsten gespöttelt. Er hörte Kate an der Wohnungstür. »Großer Gott«, sagte sie mit einem erstaunten Unterton, der nichts

Gutes ahnen ließ. »Also, komm erst einmal herein und laß uns darüber reden.«

»Bitte bleiben Sie einen Moment am Apparat«, sagte Reed. »Ich sehe nach, ob sie da ist.«

»Danke. Ich bitte um Entschuldigung, daß ich Sie um diese Zeit störe, aber es handelt sich um etwas recht Wichtiges. Mrs. Amhearst hieß doch mit Mädchennamen Kate Fansler, nicht wahr? Früher, auf der Theban-Schule.«

Hieß, heißt und wird immer heißen, dachte Reed zufrieden. »Ja«, antwortete er. »Warten Sie einen Augenblick.« Er ging so vorsichtig zum Wohnzimmer zurück, wie eine Katze an einen Ort zurückkehren würde, wo unbekannte, vielleicht sogar gefährliche Wesen eingedrungen waren.

Er sah, wie Kate sich einen neuen Martini mixte – was eindeutig ein schlechtes Zeichen war; schließlich behauptete sie stets, wenn Reed ihn mixte, schmecke er wie Nektar, bei ihr dagegen würde nur giftiges Haarwasser daraus. Auf der Couch saß zusammengesunken und den Kopf in den Händen vergraben ein langhaariges junges Wesen, dessen männliches Geschlecht an einem Bart zu erkennen war und an der Tatsache, daß er sich nach kurzem erhob, als erinnerte er sich dunkel an eine Zeit, in der man ihm die Umgangsformen einer versunkenen Welt beigebracht hatte. Auf der Flucht, dachte Reed. Hoffentlich Kaufman und Hart und nicht Sophokles.

»Reed«, sagte Kate, »ich möchte dir John Megareus Fansler vorstellen; Jack nennen ihn seine Freunde.«

»Von denen er sicherlich eine Menge hat«, sagte Reed und gab ihm die Hand.

»Ein Neffe?« fragte Reed. »Verwandt mit deinem anderen Neffen, dem Leo? Ich glaube, wir haben uns noch nicht kennengelernt.«

»Nein, habt ihr nicht«, sagte Kate. »Er ist nicht aufgekreuzt bei diesem ungeheuren Empfang, den die Fanslers für die Frischvermählten gegeben haben. Kluger Junge.«

Jack lächelte. »Leo hat mir erzählt, daß es ein ziemlicher Mist war,« sagte er, »bis auf das Essen. Ted, der erst zwölf ist, nimmt nie etwas anderes zur Kenntnis außer dem Essen. Ja, ja, meine Brüder.«

»Möchtest du etwas trinken?« fragte Reed und beugte sich zur Martinikaraffe. »Bier vielleicht, oder einen Sherry?«

Jack schüttelte den Kopf. »Ich trinke nicht«, sagte er. »Ich möchte nichts.«

»Ich vergesse immer wieder, daß deine Generation ja nicht trinkt«, sagte Reed. »Meine sollte es eigentlich auch nicht«, fügte er hinzu und schaute hoch. »Jetzt habe ich doch die beeindruckende Lady am Telephon vergessen, die nach der ehemaligen Kate Fansler gefragt hat. Sie ist wahrscheinlich zu dem Schluß gekommen, daß du es nicht mehr bist und hat aufgelegt.«

Als Kate jedoch den Hörer nahm, war Miss Tyringham noch am Apparat. Kate entschuldigte sich.

»Bitte entschuldigen Sie, daß ich zu dieser Zeit störe«, sagte Miss Tyringham. »Ich rufe auf Empfehlung von Julia Stratemayer an. Hat Ihr Mann Ihnen schon gesagt, daß hier Miss Tyringham, die Direktorin des Theban, spricht?«

Bei dem Wort »Theban» schoß Kate plötzlich eine ganze Reihe von Erinnerungen durch den Kopf, so wie es angeblich Menschen geht, die gerade ertrinken: das Singen zu Beginn des Schuljahres, die Fahrstühle, in denen man nicht reden sollte, die tiefschürfenden Gespräche über Sex, die auf dem Klo stattfanden, das Schlangestehen in der Cafeteria, und wie sie ihre Eltern überredet hatte, sie nicht in ein Internat zu schicken. »Ich glaube, wir sind uns noch nicht begegnet«, fuhr Miss Tyringham fort.

»Nein, aber ich höre von Julia Stratemayer, daß Sie in diesen schwierigen Zeiten hervorragende Arbeit leisten.«

»Wir tun unser Bestes, aber leicht ist es nicht. Man weiß nie, was als nächstes kommt: alle Mädchen in langen Hosen oder Sandalen oder barfuß, oder sie wollen wegen des Krieges die Schule schließen. Wir versuchen, mit den Ereignissen Schritt zu halten, die aber nicht nacheinander, sondern in wahren Sturzfluten über uns hereinbrechen. Julia leistet hervorragende Arbeit bei der Lehrplanreform.«

»Ja, das habe ich gehört«, sagte Kate. Sie fragte sich, worauf dieses Gespräch wohl hinauslaufen mochte. Miss Tyringham war zwar schon zwanzig Jahre an der Schule, aber erst nach Kates Graduierung gekommen. Sie hatte den Ruf einer ausgezeichneten Schulleiterin, aber für Kate lag – abgesehen vom einem flüchtigen Blick in die Zeitung der ›Ehemaligen‹, bereitwilligen Spenden, wenn sie dazu aufgefordert wurde, und genüßlichen Gesprächen über das Theban mit ihrer Freundin und Klassenkameradin, Julia Stratemayer – ihre Schule in einer anderen Welt.

»Ist Julia etwa meinem Anruf zuvorgekommen und hat Ihnen schon alles erzählt?«

»Nein. Was alles?«

»Wir sind in Schwierigkeiten«, sagte Miss Tyringham. »Eine der Änderungen im Lehrplan, die bereits eingeführt worden sind, besagt, daß die Schülerinnen im Abschlußsemester kleine Seminare über selbstgewählte Themen belegen können. Sie haben alle Pflichtfächer schon abgeschlossen, und wir versuchen zu vermeiden, daß das letzte Semester enttäuschend und langweilig wird, zumal die Arbeit dieses Semesters für die Zulassung zum College bedeutungslos ist. Sind Sie noch am Apparat?«

»Ja«, sage Kate. »Ich erinnere mich an die Sache mit dem letzten Semester; obwohl man natürlich zu meiner Zeit so tat, als würde man arbeiten und eigentlich faulenzte«.

»Ja. Heutzutage tut niemand mehr so als ob, was ich gut finde, wenn ich auch manchmal den Eindruck habe, daß das ständige Ausleben von Emotionen zum Selbstzweck wird. Aber das tut jetzt nichts zur Sache. Eines der Seminare des Abschlußsemesters beschäftigt sich mit der ›Antigone‹ von Sophokles und mögliche Bezüge zur heutigen Zeit.«

»Nun, das klingt jedenfalls wunderbar akademisch und belanglos.«

»Nur im ersten Augenblick. Sehen Sie, Antigone steht für Liebe contra Tyrannei, für die Bewegungsfreiheit der Frau in einer männerbestimmten Welt, für die Auseinandersetzung der Jugend mit dem Alter. Ich kann verstehen, daß George Eliot von der Antigone besonders fasziniert war, und vielleicht ist Julia Stratemayer gerade deshalb auf Sie gekommen.«

»Es freut mich, daß jemand über George Eliot auf mich kommt«, sagte Kate, »aber ich fürchte, irgendwie verstehe ich nicht . . . «

»Natürlich nicht; ich bin schrecklich umständlich. Mrs. Johnson, die dieses Semester hätte halten sollen, hat einen Bandscheibenvorfall. Sie muß für Monate flach auf dem Rücken im Streckbett liegen. Und das neue Semester beginnt natürlich nächste Woche. Da Julia wußte, wie dringend wir eine besonders interessierte Persönlichkeit brauchen, die dieses Seminar halten kann, schlug sie vor . . . «

»Aber, Miss Tyringham«, unterbrach Kate, »ich habe mich dieses Jahr beurlauben lassen.«

»Genau, meine Liebe. Wir dachten – oder hofften vielmehr – daß Sie deshalb Zeit haben. Den Mädchen liegt wirklich sehr viel daran, aber sie brauchen eine Lehrkraft, die nicht nur erfahren ist in der Leitung von Seminaren, sondern auch, wie sie es ausdrücken würden, ›up to date‹. Leider sind die meisten Altphilologen zwar ausgesprochen firm im Griechischen, schätzen jedoch moderne Interpretationen nicht in dem Maße, wie wir es gern hätten. Mrs. Amhearst, wir brauchen ganz dringend Hilfe und appellieren an Ihr Verständnis und Ihr Entgegenkommen. Selbstverständlich gegen Honorar, aber mir ist klar, daß . . . «

»Geben Sie mir ein paar Tage Bedenkzeit?« fragte Kate. »Sehen Sie, ich soll eigentlich an einem Buch arbeiten.«

»Oh ja, ich weiß, Sie sind schrecklich beschäftigt und müßten uns irgendwie einschieben. Ich kann Ihnen gar nicht sagen, wie dankbar wir Ihnen wären. Nein, sagen Sie jetzt noch nichts. Ich werde Mrs. Johnson bitten, Ihnen ihre Literaturvorschlagsliste zu schicken. Vielleicht möchten Sie auch mit ihr sprechen? Ich lasse Ihnen ein oder zwei Tage Zeit, sich zu entscheiden. Darf ich Sie übermorgen wieder anrufen, Mrs. Amhearst?«

»In Ordnung. Entschuldigen Sie bitte, Miss Tyringham, aber beruflich und darum geht es hier ja wohl, benutze ich den Namen Kate Fansler. Miss Fansler, falls die Schüler ihre Lehrer überhaupt noch mit dem Nachnamen anreden.«

»Zum Glück ja. Selbstverständlich, meine Liebe. Man möchte gesellschaftlich korrekt sein, aber niemand weiß besser als die Leiterin einer Mädchenschule, wie verwirrend dieser ständige Namenwechsel sein kann in diesen Zeiten häufiger Scheidungen und Zweitehen. Ich möchte mich jetzt verabschieden, Miss Fansler, und ich hoffe, ja vertraue darauf, daß Sie uns in diesem Notfall helfen.«

Aufwiedersehn hallte schwach in der bereits unterbrochenen Leitung nach. Fluchend wählte sie schnell Julia Stratemayers Nummer. »Julia«, sagte Kate, als sie ihre Freundin am Apparat hatte, »gerade habe ich einen Anruf von Miss Tyringham bekommen, und wenn ich im Moment nicht mit einem Neffen beschäftigt wäre, der Probleme hat, würde ich auf der Stelle zu dir kommen und dir den Hals umdrehen.«

Kate«, sagte Julia, »ich kann mir denken, wie du dich fühlst, aber ich bin wirklich überzeugt davon, daß du diese Schülerinnen der Abschlußklasse faszinierend finden wirst, und außerdem sind wir wirklich in einer verzweifelten Lage.«

»Die ›Antigone‹, Julia, was soll das? Seit dem Theban habe ich nicht mehr an Griechisch gedacht.«

»Kümmer dich nicht um Griechisch, Liebes; lies das Stück mit Hilfe des Jebb. Virginia Woolf war der Meinung, es habe zwischen Antigone und ihrer eigenen Mrs. Ramsay keine authentische Frauengestalt mehr gegeben. Und George Eliot . . . «

»Ich werde nicht über George Eliot diskutieren ohne einen neuen Drink. Und außerdem ist Jack da. Laß uns morgen darüber reden«, schloß Kate hastig.

Im Wohnzimmer fand Kate Reed und Jack in ein Gespräch vertieft vor. Der Junge hatte von Reeds Verbindungen zur Staatsanwaltschaft gehört und warf ihm jetzt vor, Teil repressiver Polizeigewalt zu sein, ein verlängerter Arm des Establishments, ein Werkzeug des Systems. Reed hatte jedoch keine Lust, sich durch das

Thema ködern zu lassen. Er spürte, daß der Junge Probleme hatte und wollte ihn nicht in die Lage bringen, Hilfe ablehnen zu müssen, auch wenn er sie bräuchte. »Eine Nachricht, hoffe ich«, sagte er zu Kate.

»Das war die Direktorin des Theban«, sagte Kate.

»Erinnerungen aus der Mädchenzeit tanzen vor meinen Augen.«

»Miss Tyringham«, sagte Jack. »Sie und der Direktor meiner alten Schule reden immer wieder darüber, die beiden Schulen zusammenzulegen.«

»Warum, um alles in der Welt?« fragte Kate.

»Wegen der Koedukation natürlich.«

»Ach du meine Güte«, sagte Kate. »Aber wenn Antigone und Haemon zusammen zur Schule gegangen wären, wäre vielleicht eine andere Geschichte daraus geworden.«

»Rede du nur«, sagte Reed.

»Kate«, sagte Jack und strich sich über den Bart. Für einen so jungen Mann fand Kate die Bewegung ein wenig seltsam. »Dad hat mich rausgeworfen. Und ich habe Harvard geschmissen. Kannst du mir etwas Geld leihen, bis ich einen Job gefunden habe?«

»Jack, mein Lieber, du vergißt hoffentlich nicht, daß dein Vater mein Bruder ist. Sicher, ich war oft nicht seiner Meinung; eigentlich kann ich mich nicht daran erinnern, jemals einer Meinung mit ihm gewesen zu sein. Aber ich hätte kein gutes Gefühl, wenn ich etwas hinter seinem Rücken täte. Weiß er, daß du hier bist?«

»Er weiß nicht, wo ich bin, und es interessiert ihn auch nicht.«

»Hättest du etwas dagegen, wenn ich ihm sagte, daß du hier bist?«

»Wenn du das für deine Geradlinigkeit brauchst, tu's ruhig. Er wird nur sagen, daß ich die Suppe, die ich mir eingebrockt habe, auch selber auslöffeln soll.«

»Was ist passiert?«

»Ich werde den Kriegsdienst verweigern. Ich vermute, das war der Auslöser. Meine Haare, und daß ich Harvard geschmissen habe, und jetzt das. Ich glaube nicht an diesen dreckigen Krieg.«

»Will dein Vater, daß du Soldat wirst?«

»Er hätte nichts dagegen, seine Verbindungen spielen zu lassen, damit ich ein gemütliches Plätzchen im Pentagon bekomme; ich glaube, er wäre auch nicht böse, wenn ich beim Losverfahren eine hohe Nummer zöge. Was er absolut nicht ausstehen kann, ist das, was er mein Auf-die-Fahne-Spucken nennt – seine Auffassung kannst du, in Knittelverse gefaßt, von Spiro Agnew hören. Ich sehe das so: Wer nicht gegen den Krieg protestiert, ist dafür. Vielleicht wäre ich sogar untauglich wegen meines Asthmas, aber dann würden sie ja nicht erfahren, wie ich über Vietnam denke, stimmt's? Leo wollte mitkommen, aber ich habe ihm gesagt, er soll bis achtzehn auf der Schule bleiben. Er findet dich toll.«

Kate sah Reed an. »Was schlägst du vor?« fragte sie.

»Ruf deinen Bruder an. Ich brate uns inzwischen ein paar Steaks. Einverstanden, Jack?«

»Nur zu«, sagte Jack.

ZWEI

Die Schule war hundert Jahre alt und von Matthias Theban gegründet worden, weil er seinen vier Töchtern eine gute Ausbildung sichern wollte. Andere Männer hätten vielleicht die Hände über dem Kopf zusammengeschlagen, Gouvernanten eingestellt und mit dem Schicksal gehadert, das ihnen einen Sohn versagt hatte. Nicht so Matthias Theban. Hatte das Schicksal ihm weibliche Nachkommen beschert, so nahm er die Herausforderung an und erzog sie zu Menschen und künftigen Mitgliedern des Bildungsbürgertums. Da er seinen exzentrischen Standpunkt bezüglich der Zukunftschancen der Frau mit großem Vermögen, Einfluß und Geschick in finanziellen Dingen verband, war er in der Lage, in jenen einfacheren Zeiten, seinen Plan mit einer Leichtigkeit in die Tat umzusetzen, die dem geradezu phantastisch erscheinen muß, der heutzutage irgendeine Institution gründen will. Matthias Theban brauchte weder bürokratische Instanzen zu Rate zu ziehen noch örtliche Behörden, Gründungsgremien oder Minoritätenvertreter. Er kaufte ein Grundstück im Zentrum New Yorks, in einer Gegend, in der die Grundstückspreise zu steigen versprachen, gewann einflußreiche Freunde als Treuhänder, stellte einen fortschrittlichen Erzieher aus Harvard ein (einen Mann; Matthias Thebans Wunsch, eine Frau an der Spitze des Theban zu sehen, sollte sich erst im zwanzigsten Jahrhundert erfüllen), baute seine Schule, und sein Erziehungsexperiment nahm seinen Lauf.

In den folgenden Jahren wurden viele Mädchenschulen und auch einige neue Jungenschulen in New York gegründet, ja sogar eine Reihe von Koedukationsschulen – diese waren eher experimentell und gaben sich weniger aristokratisch. Spence, Chapin, Brearley, Miss Hewitt's, Nightingale-Bamford und Sacred Heart gehörten mit dem Theban zur Gruppe, die unter dem Namen ›Die knicksenden Schwestern‹ bekannt wurde: Die Schülerinnen machten einen Knicks, wenn sie Erwachsene begrüßten, gaben höflich die Hand, trugen Uniformen mit Schulblazer und wurden fast automatisch vom College ihrer Wahl aufgenommen. All das geschah natürlich nur bis zur Mitte des zwanzigsten Jahrhunderts. Danach machte niemand über zehn noch einen Knicks, gab die Hand oder trug widerspruchslos eine Schuluniform; und die Aufnahme in ein College wurde zu einer ebenso schwierigen und langwierigen Prozedur wie ein Antrag auf die Schweizer Staatsbürgerschaft. Obwohl das Theban zu den ›knicksenden Schwestern‹ gehörte, nahm es eine besondere Stellung ein; dessen waren sich seine Graduierten mit einer derart gelassenen Sicherheit bewußt, daß es die Graduierten aller anderen Schulen auf die Palme brachte. Was die

Besonderheit des Theban ausmachte, war schwer zu definieren, obwohl viele, unter anderen auch Kate, es versucht hatten. Es erfüllte seine Schülerinnen trotz der unvermeidlichen Teilnahme an Kotillons und Debütantinnenbällen mit einer unbefangenen und wilden Blaustrümpfigkeit, die sich nie vollkommen verlor.

Das Theban rühmte sich (was nur eine Redensart ist, denn das Theban prahlte niemals mit irgend etwas) seiner verschiedenen Turnhallen, in denen die Mädchen zu unmöglichsten Tageszeiten Basketball, Volleyball, Hallenbaseball und Hochsprung trainierten oder wie die Affen ungestüm an Ringen durch die Luft schwangen. Wie alle derartigen Schulen bot das Theban vier Jahre Lateinunterricht und, was schon seltener war, drei Jahre Griechisch. Es zahlte seinen Lehrern ungewöhnlich gute Gehälter und bildete seine Schülerinnen so sorgfältig aus, daß für alle das College ein fast unerträglicher Abstieg wurde. Die durchschnittliche Theban-Schülerin (natürlich gab es gar keine durchschnittlichen Theban-Schülerinnen) wußte zwei Wochen nach ihrer Ankunft in Vassar oder Radcliffe, daß sie dort ohne jede Mühe Bestnoten erreichen konnte; daher beschäftigte sie sich in den folgenden Jahren mit Bridge, Liebesgeschichten und dem gelegentlichen kleinen Nervenzusammenbruch; im letzten Jahr nahm sie sich dann soweit zusammen, daß sie mit Auszeichnung graduieren und – so sie wollte – weiterstudieren konnte. Viele Theban-Absolventinnen wollten. Die Liste der Ehemaligen war in der Tat sehr beeindruckend oder wäre es gewesen, hätte das Theban sie veröffentlicht. Aber das Theban hatte kein Interesse daran, irgend jemanden zu beeindrucken.

Zur Zeit seiner Gründung war das Theban aber noch in anderer Hinsicht einzigartig: Es nahm auch Jüdinnen auf. Natürlich nur die richtigen, die Jüdinnen, von denen es später heißen würde, ›sie gehören zu uns‹; trotzdem war Matthias Theban mit dieser Maßnahme wie mit anderen seiner Zeit weit voraus. In den Abschlußklassen der Schule gab es Warburgs, Schiffs, Loebs und Guggenheims; später, nach dem Zweiten Weltkrieg, als sich sogar Spence, Chapin und Miss Hewitt's bemüßigt fühlten, ein paar Jüdinnen aufzunehmen, stellte sich heraus, daß das Theban revolutionär gewesen war, ohne seinen konservativen Ruf dadurch zu verlieren: ein kluger Schachzug.

Aber nicht so klug wie die Verbindung erzieherischer Weisheit mit den Feinheiten der Bodenspekulation. Das erste Gebäude des Theban wurde, als es zu klein und die Umgebung zu kommerziell geworden war, für ein Vielfaches des ursprünglichen Preises verkauft: Von dem Gewinn wurde das neue Gebäude errichtet und die Stiftung aufgestockt. Nach Matthias Thebans Tod pries die Schule erneut seinen Namen. Das zweite Gebäude – auf dem Gelände befindet sich heute das Biltmore – finanzierte problemlos den dritten und heutigen Standort der Schule in den East Seventies.

Gegen Ende der Wirtschaftskrise hatte Kate die

Unterstufe des Theban besucht, während des Zweiten Weltkriegs die Mittelstufe und während des Kalten Krieges und der hektischen Rückkehr zum ›normalen‹ Leben die Oberstufe. Alle diese Wirren überstand das Theban wie ein Fels in der Brandung. Natürlich machte es auch Zugeständnisse: Sogar die Fanslers, Guggenheims und Rockefellers mußten Zugeständnisse machen. Aber es wurde nichts Wesentliches verändert. Kate war vor 1950 vom Theban abgegangen, zu einer Zeit, als im ganzen Land die Studenten – die sogenannte ›schweigsame Generation‹ – nicht aufmuckte. Zugleich verwandelte ein Demagoge die Nation in einen Haufen zeternder Hexenjäger. Die jungen Damen der guten Gesellschaft zogen in die Vorstädte, bekamen sieben Kinder und redeten über ihre Rolle als Frau.

Miss Tyringham war die Frau, die in den Fünfzigern das Theban am Leben erhielt. Sie bezog keinen politischen Standpunkt – das gehörte sich nicht für die Leiterin des Theban. Aber sie machte auf die ihr eigene, geradlinig-heitere Weise deutlich, daß Veränderungen möglich waren. Sie wußte, daß Schulen nicht sterben; aber das, was heute noch lebendig ist, kann morgen schon versteinert sein, ohne daß der Wandel den Beteiligten bewußt wird. Diese Entwicklung hatte Tyringham verhindert, bevor sie möglich werden konnte. Auf subtile Weise sorgte sie dafür, daß die neu aufgenommenen Schülerinnen weniger dem alten Geldadel entstammten als vielmehr Familien, deren Reichtum neu und deren Vitalität noch frisch war. Natürlich unterliefen ihr dabei auch Fehler, und das Theban hatte ein paar Mädchen in seinen Abschlußklassen, die vulgärer waren, als man sich das gewünscht hätte; aber sie wußte: Wer nicht wagt, der nicht gewinnt. Das Durchschnittsalter der Lehrer verschob sich von fünfundfünfzig auf fünfunddreißig; Miss Tyringham befürwortete die Einstellung junger, verheirateter Frauen, ermutigte diese, auch während der Schwangerschaft weiterzuunterrichten, fand Vertretungen für die Zeit der Entbindung und beglückwünschte die jungen Mütter, wenn sie nach kurzer Zeit zurückkehrten. Sie erweiterte den Lehrplan um zeitgenössische Literatur und Geschichte der Gegenwart, lange bevor das modern wurde, führte Spanisch als Alternative zu Französisch ein in einer Stadt, in der es inzwischen viele Puertoricaner gab, nahm schwarze Schülerinnen auf und sorgte mit Nachdruck dafür, daß die Treuhänder Stipendien für sie bereitstellten – und all dies, bevor Martin Luther King begonnen hatte, in Montgomery die Busse zu boykottieren. Sie honorierte Anregungen aus der Lehrerschaft und förderte so einen ausgeprägten Gemeinsinn zu einer Zeit, da die meisten Privatschulen noch die Patina frostiger Förmlichkeit pflegten und erfolglos die Feindseligkeiten vor den Schülern zu verbergen suchten, die die Lehrer in verschiedene Fraktionen spalteten. Kurz gesagt: Miss Tyringham war genial in ihrer Arbeit.

Aber auch ein Verwaltungsgenie hätte auf die zweite Hälfte der sechziger Jahre nicht vorbereitet sein können. Niemand war darauf vorbereitet, aber einige wenige waren weniger unvorbereitet als andere. Die Privatschulen überstanden den Sturm durch vorsichtig dosierte Erpressung: ihre Wartelisten waren lang und die öffentlichen Schulen indiskutabel. Der diskrete Hinweis, Johnny oder Susy sollten sich besser benehmen oder aber die Eltern sich nach einer besser geeigneten Schule für ihre Sprößlinge umsehen, reichte im allgemeinen für eine Verhaltensänderung.

Zumindest für eine Weile. 1968 jedoch nahmen Schüler, allen elterlichen und schulischen Warnungen zum Trotz in Kauf, von der Schule zu fliegen. Im Theban funktionierte der Gemeinschaftssinn im großen und ganzen. Miss Tyringham, standhaft und freundlich wie immer, wurde mit allem fertig – mit Hosen in der Schule (sie ignorierte sie einfach), mit Drogen (sie konfrontierte Schüler und Eltern auf möglichst wenig moralisierende Weise mit den Tatsachen), mit der schwarzen Revolution (die hatte sie vorausgesehen) und mit der Forderung nach Koedukation (in regelmäßigen Zusammenkünften mit dem Direktor der Jungenschule, die Kates Neffen besuchten, erkundete sie die Lage und gab ab und an rätselhafte Berichte über den Stand der Dinge ab; ob sie Koedukation ins Auge faßte oder dagegen war, wußte niemand so recht).

Nicht meistern konnte sie dagegen den Vietnamkrieg. Ob die Geschichte der Vereinigten Staaten ohne diesen Krieg wesentlich anders verlaufen wäre, ist eine müßige Frage. Miss Tyringham wußte nur, daß er die Generationen und die politischen Gruppen am Theban weiter voneinander entfernt hatte als jede Krise zuvor. Die Schüler fingen an, einander bei jeder Sitzung niederzuschreien, und verletzten dadurch die älteren Lehrer, die an Jeffersons Form der Demokratie gewöhnt waren, an das Recht eines jeden, gehört zu werden. Die Schüler weigerten sich, an Moratoriumstagen in der Schule zu erscheinen. Miss Tyringham hielt die Schule offen als Forum für Diskussionen und das Verfassen von Petitionen für oder gegen den Krieg (nur sehr wenige waren dafür). Sie hatte bereits eine grundlegende Lehrplanreform begonnen, für die Julia Stratemayer zuständig war; die Schule ging weiter. Aber Miss Tyringham spürte im Frühjahr 1970 wie jeder andere im Land die Überanstrengung. In diese Situation stolperte Kate an einem verdächtig milden Februartag, einem Tag der ebenso heuchlerisch Frühling verhieß, wie ein Schürzenjäger Treue gelobt.

»Wir sind ja so froh, daß Sie da sind«, sagte Miss Tyringham, als sie Kate in ihrem Büro willkommen hieß. Das Allerheiligste, dachte Kate. Sie erinnerte sich, nur dreimal während ihrer Schulzeit darin gewesen zu sein. Einmal war sie als Mitglied der Schülermitverwaltung zu einer wichtigen Sitzung geholt worden, auf der es nicht gleich darum ging, ob die Schüler die Leitung der Schule übernehmen und

Lehrer einstellen sollten (solcherart waren die Themen heutzutage), sondern ob die Schüler motiviert werden könnten, ihre eigenen Angelegenheiten in die Hand zu nehmen und damit eine Schülermitverwaltung überhaupt zu rechtfertigen. Danach war sie mit ihren Eltern im Büro der Leiterin gewesen, um ihre Anmeldung zum College zu besprechen; Miss Tyringhams Vorgängerin war es mit unendlichem Feingefühl gelungen, Kates Eltern Vassar auszureden (ihre Mutter hatte dort studiert). Genauso hatte sie drei Jahre zuvor Kate geholfen, ihnen die Miltron Academy auszureden. Kate erwähnte Miss Tyringham gegenüber diese drei Ereignisse. »Und nun bin ich hier«, sagte sie, »um über ›Antigone‹ zu diskutieren. Wußten Sie, daß der Rektor von Princeton ein Buch über die Metaphorik der ›Antigone‹ geschrieben hat? Zu vergangenen, weniger turbulenten Zeiten, natürlich.«

»Wirklich? Ich hoffe, es ist nicht der letzte Rektor eines Colleges in diesem Land, der zu so etwas in der Lage ist. Wissen Sie, daß in diesem Jahr tatsächlich einige unserer Graduierten nach Princeton gehen werden? Wir leben in einer so aufregenden Zeit, und ich versuche immer wieder, die Älteren unter den Eltern zu beruhigen, die sich fragen, ob sie vielleicht länger leben werden als dieser sich so schnell verändernde Planet. Die älteste Absolventin unserer Schule bemerkte kürzlich, in ihrer Jugend habe es kaum Automobile gegeben, und jetzt landeten wir schon auf dem Mond. Ich konnte mir nicht verkneifen dagegenzuhalten, daß damals die Long Island Railroad etwas schneller war als heute und die Post in der Hälfte der Zeit zugestellt wurde. All das ist natürlich ohne Bedeutung. Wichtig ist, daß wir heute in einer Gesellschaft leben, die – ob wir nun wollen, oder nicht – bereit sein muß, von der Jugend zu lernen. Für die meisten Menschen in meinem Alter ist das eine bittere Pille.«

»Wenn wir nichts zu lehren haben, warum lehren wir dann?« fragte Kate.

Miss Tyringham lehnte sich in ihrem Sessel zurück und lächelte – das schönste Lächeln, das Kate je gesehen hatte. Miss Tyringham war eine wirklich schöne Frau, nicht zuletzt weil ihr von jeher ungeschminktes Gesicht und ihr lässig zurückgebürstetes Haar den Eindruck erweckten, von ihrer Schönheit ablenken, ja sie leugnen zu wollen: Dem Betrachter wurde ihre Schönheit um so deutlicher bewußt, weil er sich zugute hielt, sie dank seiner außergewöhnlichen Beobachtungsgabe überhaupt wahrgenommen zu haben. Es gab natürlich auch Eltern, die die Art und Weise, wie sich Miss Tyringham ›aufmachte‹, ablehnten, und sie bemerkten gelegentlich im Gespräch, irgend jemand möge ihr doch sagen, sie solle nicht so männliche Kleidung tragen. Eltern von Mädchen, die nicht ins Theban aufgenommen worden waren, gaben spitzzüngigere Kommentare über Miss Tyringham ab. Kate bewunderte den Mut oder die natürliche Unbefangenheit oder den schlichten Mangel an Zeit, der es einem Menschen erlaubte, so ganz und gar er selbst zu sein.

»Ich frage mich«, sagte Miss Tyringham, »ob nicht unsere Auffassung vom Begriff des Unterrichtens neu überdacht werden muß. Sind wir vielleicht allzu lange davon ausgegangen, daß Lehren ein Ritual ist, in dem ich, die Ältere und angeblich Weisere, ihnen, den Jüngeren und Ahnungsloseren die Früchte meines Lernens und meiner Erfahrung weitergebe? Vielleicht ist Lehren wirklich eine gemeinsame Erfahrung von Älteren und Jüngeren, ja vielleicht liegt alles Lernen in dem, was sie miteinander und aneinander erfahren. Ich meine damit natürlich nicht, wie so viele Mädchen hier, endlose Sitzungen, bei denen jeder redet und keiner zuhört, geschweige denn etwas lernt. Ich meine eine disziplinierte Form von Seminar, in der ein Mensch, Sie, zum Beispiel, moderiert, referiert und die Schritte festlegt, immer mit der Hoffnung, daß Sie, wie auch die Schüler, zu neuen Einsichten über die Antigone gelangen, die keinem der Beteiligten allein möglich gewesen wären.«

»Nun«, sagte Kate voll Bewunderung für die beiläufige Art in der ihr Anweisungen für dieses Seminar gegeben wurden, »es besteht sicher keine Gefahr, daß ich mich als Expertin für das Leben und die Gewohnheiten der Griechen aufspiele – und selbst wenn ich Expertin wäre, wäre der größte Teil meiner Erkenntnisse einfach in Taschenbüchern nachzulesen. Ich bin inzwischen überzeugt, daß unsere herkömmlichen Vorstellungen vom Unterichten aus einer Zeit stammen, in der es so wenige Bücher gab, daß nur irgendein Priester sie lesen konnte; der hat dann das Wissen an die anderen weitergegeben, die wissensdurstig, aber bücherlos waren. Das ist zweifellos der Grund, warum man von Vorlesungen spricht – die zu unserem Leben genauso passen wie diese irrwitzigen Talare, die für zugige Klöster entworfen wurden und in denen wir heute unter heißer Junisonne herumspazieren. Wie dem auch sei, ich hoffe, es tut Ihnen nicht leid, daß Sie mich gefragt haben. Ich habe Angst mich vor der Klasse wie ein Mauerblümchen aufzuführen, das nicht weiß, was es sagen soll, wenn es zum Tanz aufgefordert wird.«

»In der akademischen Welt sind Sie wohl kaum ein Mauerblümchen.« »In diesem Teil der akademischen Welt bin ich es; die Schüler sind jung, so sicher, so mit sich selbst beschäftigt. Das müssen sie auch sein, wenn sie das Erwachsenwerden überleben wollen. Aber ich weiß nicht, ob ich ihre Sprache besser verstehe als ihre Tänze.«

»Sie sollten nicht soviel darauf geben«, sagte Miss Tyringham; »Ihnen steht noch immer die Waffe der Noten und Beurteilungen zur Verfügung, die in ihre Zeugnisse aufgenommen werden. Außerdem ist die gute alte Scheu des Schülers vor dem Lehrer noch nicht völlig ausgestorben. Ich bin jedoch der Meinung, daß es heute neue Formen des Dialogs gibt, auch auf schulischer Ebene. Soweit meine hoffnungsvolle Rede.«

»Ich freue mich, daß Sie noch hoffnungsvolle Reden halten können. Wir, Reed und ich, sind mit einem Neffen geschlagen – das heißt, er und Sie traten sozusagen, wenn auch nicht Hand in Hand, so doch gewissermaßen Klingel an Klingel in unser Leben. Ich hatte die erfreuliche Aufgabe, bei Harvard vorzusprechen, einer Institution, deren Existenzberechtigung er für äußerst fragwürdig zu halten scheint. Daß sie Militär und Industrie dieses Landes dient, bestärkt ihn in dieser Meinung. Nun, wie Sie wohl ahnen, haben Harvard und alle anderen Colleges so viele Nestflüchter, daß es heute in ihren Computern einen speziellen Code für inoffizielle Abgänge gibt. Dank vieler Konzessionen von beiden Seiten darf Jack jetzt zurückkommen. Am College angenommen zu werden, mag heutzutage verdammt schwierig sein, aber offensichtlich ist man dort bewundernswert zögerlich, wenn es darum geht, jemanden hinauszuwerfen oder auch nur zuzulassen, daß jemand die Tür hinter sich zuwirft. Ob es sich hierbei um Großmut oder Schuldgefühl handelt, das vermag ich nicht zu entscheiden.«

»Sieht so aus, als hätten Sie in diesem Fall die wichtigsten Dinge im Griff, jedenfalls eher als die Eltern des Jungen. Ich fürchte, das ist normal. Wird er in Harvard bleiben?«

»Vorläufig. Was mich dabei beunruhigt, Miss Tyringham, ist die Tatsache, daß er ungehobelt und ungewaschen ist, unüberlegt handelt und bis über die Ohren voller Schlagworte steckt, die die Dinge abscheulich vereinfachen. Leider hat er auch noch recht.«

»In jeder Beziehung?«

»Das wohl kaum. Aber er hat recht, was meinen Bruder angeht, hat recht mit seiner Haltung zu diesem entsetzlichen Krieg, und er ist so wunderbar mutig, daß es zum Verrücktwerden ist. Ich meine damit, theoretisch sind wir alle für Prinzipientreue, aber die wenigsten von uns werden einen guten Vorwand sich zu drücken, ungenutzt lassen.«

»Das nennt man Kompromiß.«

»Die Jugend würde das niemals tun. Zum Glück. Vielleicht auch zu meinem Glück. Darf ich mich ein wenig umsehen? Vielleicht bekomme ich ja Lust, in der Turnhalle an einem Seil herumzuklettern.«

»Mrs. Copland erwartet Sie und wird Ihnen alles zeigen. Sicher hätten Sie Julia als Führerin gehabt, aber sie hat gerade eine Besprechung mit einer Frau, die einmal in der Woche zu uns kommt, um uns alles über Computer beizubringen – immer dann wünsche ich mir die einfacheren Zeiten zurück. Ich glaube, Sie werden mit Mrs. Copland gut zurechtkommen. Sie unterrichtet Literatur in der elften Klasse und beaufsichtigt die Hausaufgaben der Sechsten. Wir hoffen, sie übernimmt die Leitung der englischen Abteilung, wenn sie diesen ganzen Kinderkram überstanden hat, aber sagen Sie ihr das nicht: Wir wollen ihr keine Angst einjagen. Es hat mir viel Freude gemacht, mit Ihnen zu sprechen«, schloß Miss Tyringham, richtete sich in ihrem Sessel auf und schüttelte energisch Kates Hand. »Und denken Sie daran: Wir müssen für unser nächstes Gespräch auf keinen Notfall warten.«

Und dieser Wunsch ging, weiß Gott, in Erfüllung. Sie brauchten auf keinen neuen Notfall zu warten. Binnen kurzem wurden sie von einem Notfall überrascht, mit dem zu rechnen niemand auch nur im Traum eingefallen wäre.

DREI

Kate verzichtete auf die Hilfe von Miss Tyringhams Sekretärin und machte sich auf den Weg zu den Sechsten und Mrs. Copland. Das Schulgebäude sah noch aus wie zu Kates Tagen, es bot genug Platz, war aber veraltet. Nichts altert schneller als der letzte Schrei. Neue Schulbauten, die voller Stolz die modernste Ausrüstung präsentieren, altern wie eine Frau, die sich das Gesicht hat liften lassen, es fehlt der Charakter, der die Verwüstungen, die die Zeit anrichtet, ausgleichen könnte. Aber schließlich kann man auch kein Winchester in New York City bauen, oder?

Da sie nicht gern an einer Klassenzimmertür anklopfte – das tat vielleicht ein Dienstbote zur Zeit des British Empire –, öffnete Kate vorsichtig die Tür.

»Oh«, rief Mrs. Copland von vorn, »kommen Sie herein. Wir sind gerade fertig.« Kate öffnete die Tür ganz und wurde vom Scharren dreißig geräuschvoll zurückgeschobener Stühle und dreißig aufstehender Zwölfjähriger begrüßt. Sie war starr vor Schreck. »Setzt euch, meine Damen«, sagte Mrs. Copland. »Mal sehen, ob ihr drei Minuten allein im Klassenzimmer bleiben könnt, ohne die Wände einzureißen. Es wird gleich läuten.«

Sie verließ mit Kate den Raum und schloß die Tür mit Nachdruck.

»Rechnen Sie mit einer Explosion?« fragte Kate nervös.

»Nicht innerhalb von drei Minuten. Willkommen im Theban. Für Sie ist es ein Wiedersehen, nicht wahr?«

»Ich bin genauso aufgestanden. Hat jemals jemand darüber nachgedacht, was für eine Wirkung das auf einen unvorbereiteten Erwachsenen hat, der hereinkommt?«

»Erst heutzutage, weil es so ungewöhnlich geworden ist. Vor zwanzig Jahren dagegen«, sagte Mrs. Copland und ging voraus, »wäre jeder Erwachsene, der nicht vom Geräusch sich ehrfurchtsvoll erhebender Jugendlicher begrüßt wurde, auf der Stelle ohnmächtig geworden und hätte mit Riechsalz, oder was sonst das Krankenzimmer zu bieten hatte, ins Leben zurückgeholt werden müssen. Wollen wir unsere Runde im obersten Stock beginnen? Ich weiß, Sie erinnern sich gewiß an alles, aber Miss Tyringham meinte, eine kleine Auffrischung könnte nicht schaden. Unterwegs sollten wir die Problematik des Literaturunterrichts besprechen. Oh«, schloß sie, als sich die Fahrstuhltür öffnete, »zehnter Stock, bitte. Ich heiße Anne. Ich bin eigentlich nicht dafür, jeden gleich beim Vornamen zu nennen, habe aber festgestellt, daß es besser ist, die üblichen Stufen zu einer gewissen Vertrautheit zu überspringen, wenn man über Abschluß-Seminare und widerspenstige Jugendliche diskutieren will. Da wären wir.« Sie traten in die

Aula, in deren hinterstem Winkel eine Gruppe entweder ein Stück probte oder eine Encountersitzung abhielt: Das war auf den ersten Blick nicht zu unterscheiden.

Die zehnte und zugleich oberste Etage des Theban bestand nur aus dieser riesigen Aula, die für alle Schülerinnen Platz bot. Das eine Ende nahm eine Bühne ein, die sich ausgezeichnet für die Aufführungen des Theban eignete, das – wie zu Zeiten Shakespeares und der Griechen – eher Gewicht auf Sprache und Kostüme legte und weniger auf komplizierte Szenerien und Lichteffekte, denn sie verfügte nur in geringem Umfang über all die Wunderdinge der Theatertechnik, die nach und nach sogar in kleinen Theatern Einzug gehalten hatten. Vor der Bühne standen Notenständer, für Kate ein Hinweis darauf, daß die musikalischen Aktivitäten seit ihrer Zeit nicht weniger geworden waren. Sie selbst hatte Bratsche gespielt in einem recht wilden Streichorchester, das ab und zu kleine Konzerte zu geben pflegte.

Die Schauspiel- oder Encountergruppe, die gerade ihre Sitzung abhielt, arbeitete in einer Ecke, die so weit von der Bühne entfernt war wie möglich. Zweifellos wollte sie damit die Spontaneität ihres Unterfangens hervorheben. Kate sah forschend hinüber.

»Das ist etwas Neues«, sagte Anne Copland. »Eine Mischung aus Schauspielerei, Stückeschreiben und Ausdruck der Persönlichkeit. Ich glaube, Mrs. Banister war zu Ihrer Zeit noch nicht hier; sie ist bei den Mädchen außerordentlich beliebt, die sich nicht mehr länger schon dadurch befreit fühlen, daß sie Hedda Gabler mit der notwendigen Leidenschaft gespielt haben. Die Mädchen, die sich für Schauspiel als Wahlfach entschieden haben, schreiben jetzt ihre Stücke selbst oder entwickeln sie spontan. Wirklich sehr interessant – gewissermaßen eine Mischung aus Samuel Beckett und Gruppentherapie. Vielleicht treffen wir Mrs. Banister beim Lunch – sie ist wirklich mit viel Enthusiasmus bei der Sache. Wenn hier alle nötigen Stühle stehen, ist es ziemlich eng; schließlich war die Schule für zweihundert Mädchen weniger geplant. Der Bedarf an Schulen ist schrecklich groß, und Miss Tyringham und die Stiftung waren der Meinung, wir müßten unsere Pflicht erfüllen.« Kate sah zu den Stühlen hinüber, die zu beiden Seiten der Bühne aufgestapelt waren; wahrscheinlich waren in einem Lagerraum dahinter noch mehr. Sie bemerkte zwei Fahrstuhltüren, mehrere Türen mit der Aufschrift TREPPE und AUSGANG sowie zwei kleine Türen neben der Bühne.

»Waren die immer da?« fragte Kate.

»Ja, ich glaube schon. Als Erwachsener bemerkt man andere Dinge. Die eine führt hinter die Bühne zum Lager, zum Lichtpult und so weiter; die andere führt zur Hausmeisterwohnung.«

»Das ist aber neu.«

»Wie so vieles in diesen bewegten Zeiten. Vor zwanzig Jahren und auch all die Jahre davor hat man einfach den Unterricht beendet, die Tür abgesperrt und bis zum nächsten Morgen nicht mehr an die

Schule gedacht. Das waren die guten alten Zeiten. Hier ist häufig eingebrochen worden, und viele kostspielige Geräte wurden gestohlen; der Gipfel war eine Gruppe junger Rowdys, die offenbar mit genagelten Stiefeln durch die Turnhalle getrampelt sind. Ich weiß nicht, ob Sie schon mal über die Kosten eines Turnhallenbodens nachgedacht haben – nun, ich auch nicht. Ich weiß nur, daß die Jungen einen Schaden angerichtet haben, dessen Reparatur zehntausend Dollar gekostet hat. Daher Mr. O'Hara. Er hat eine herrliche Aussicht, eine ausgezeichnete Adresse, und er liebt die Einsamkeit, was sich gut trifft, denn auf dem Dach eines leeren Schulgebäudes scheinen mir die Probleme, Gesellschaft zu finden, geradezu unüberwindlich. Wir alle waren recht beeindruckt, als wir zum ersten Mal von Mr. O'Hara hörten, doch mittlerweile nehmen wir ihn als Selbstverständlichkeit. Er war früher in der Army und ist es daher gewöhnt, für sich selbst zu sorgen.«

»›Segne uns‹«, summte Kate vor sich hin. »›Herr, Allmächtiger Gott! Unser Lied soll Dich preisen im Glanz des Morgens.‹ Bestimmt hat jeder von uns seinen Lieblingschoral. Wird dieser immer noch am ersten Schultag gesungen?«

»Seit ich hier bin. Vor einem oder zwei Jahren wurde allerdings der Vorschlag gemacht – eigentlich war es eher eine Forderung –, daß wir stattdessen ›We Shall Overcome‹ singen.«

»Was hat Miss Tyringham gemacht?«

»Beide gesungen. Schließlich war Martin Luther

King Geistlicher, sie hatte also keine Probleme, alle davon zu überzeugen.«

»Finden Sie sie so außergewöhnlich wie ich?« fragte Kate und fragte sich, ob diese Frage nach einer so kurzen Bekanntschaft wohl ungeschickt war.

»Einfach wunderbar. Als hätte sie alles ausprobiert, jede Rolle gespielt und irgendwie alles begriffen. Menschen, die das können, sind schon immer selten gewesen, aber heutzutage ist sie glaube ich, einzigartig. Wollen Sie die düsteren Abgründe hinter den Kulissen sehen, oder wollen wir hinunter? Und wenn ja, wie? Nehmen wir den Aufzug und fahren in einem Rutsch nach unten, oder ziehen Sie die Treppe vor und werfen einen Blick in die einzelnen Stockwerke?«

»Wenn es Ihnen nichts ausmacht, würde ich gern zu Fuß gehen«, sagte Kate. »Nicht, daß ich das Haus so gründlich untersuchen wollte wie ein potentieller Käufer. Ich möchte mir nur einen kleinen Überblick verschaffen.«

Auf dem Weg zu den Türen mit der Aufschrift TREPPE spitzte Kate ein wenig die Ohren in Richtung der Schauspielgruppe. Es war nicht schwer, etwas zu verstehen, da die jungen Damen offenbar einen emotionalen Höhepunkt erreicht hatten und laut redeten, ob im Streit oder in angeregter Diskussion, das war eine Frage der Interpretation. Die strikte Regel aus Kates Zeit und davor, daß keine Dame je die Stimme erhob außer im Gesang, galt nicht mehr; und das ist auch verdammt gut so, dachte

Kate. Vielleicht könnten meine Brüder und ich heute miteinander reden, wenn wir früher vor Familienkrächen nicht so viel Angst gehabt hätten.

»Was willst du wirklich?« rief eine Darstellerin. »Was wünschst du dir für dich; wenn du einen Wunsch frei hättest, was wäre das? Weißt du das überhaupt?« Sie streckte die Hand aus in einer fragenden, fordernden Geste.

»Mrs. Banister will, daß sie mit vollem Körpereinsatz spielen«, flüsterte Anne Copland. »Und vollem Stimmvolumen, leider. Aber es tut ihnen gut. Keine Frage.«

»Ich möchte zu den Grundelementen des Lebens zurückkehren. Ich möchte in einer kleinen Gemeinschaft leben, in der wir nicht von Technologien und Verpackungen abhängig sind, sondern die Nähe der Erde spüren. Ich möchte ...« Die Tür schloß sich hinter Kate und Anne Copland, und der Wunsch blieb unausgesprochen in der Luft hängen, wohin er Kates Meinung nach auch gehörte.

Der Weg hinunter war kurz und für Kate voll von Reminiszenzen, über die sie nicht sprach. Gibt es etwas Ermüdenderes als die Erinnerungen anderer? Nur deren Träume sind schlimmer. Wenig hatte sich verändert. Noch immer säumten Spinde die Flure. Die leeren Klassenzimmer, die sie sich ansahen, legten Zeugnis davon ab, daß dies das Zeitalter des Posters war. ›Make love not war‹ und ›Krieg schadet Kindern und anderen Lebewesen‹ waren am häufigsten vertreten. Ein Poster interessierte Kate besonders: Es zeigte einen Sarg, über dem eine Flagge gebreitet war, darunter der Titel ›Die schweigende Mehrheit‹.

»Das ist wahrer, als man meinen möchte«, sagte Kate. »Homer nennt die Toten ›die schweigende Mehrheit‹.«

»Über die ungewöhnlichste Veränderung an dieser Schule wird nie gesprochen«, sagte Anne Copland. »Zu Ihrer Zeit und auch lange, lange vorher hat in dieser Schule, dessen bin ich ganz sicher, stets ein weitgehend republikanischer Geist geherrscht; nicht gerade reaktionär, verstehen Sie, aber selbstsicher und irgendwie dem rechten Flügel zugehörig. Es ist verblüffend, wie wenig echte Unterstützung Präsident Nixon, seine Politik und besonders sein Vizepräsident nicht nur bei den Schülerinnen findet, sondern auch bei deren Eltern. Und diese Mädchen stehen schließlich für einen Teil der prominentesten Familien unseres Landes. Natürlich sollen die Lehrer nicht mit den Schülern über Politik diskutieren, aber das ist leichter gesagt als getan heutzutage.«

»Nun, diese Mädchen repräsentieren überwiegend das Establishment der Ostküste – jene Leute, die Nixon nie versucht hat, auf seine Seite zu ziehen. Ist Politik häufig ein Thema, wenn man es überhaupt Politik nennen kann?«

»Die Mädchen nennen das Überlebensstrategien – ich weiß nicht mehr, wer diese Bezeichnung aufgebracht hat. Manche Poster sind sehr deutlich oder schlichtweg vulgär. (›Make love not babies‹ hat vor einiger Zeit heftige Diskussionen ausgelöst.) Viele Lehrer wollten Poster grundsätzlich verbieten, aber Miss Tyringham bestand darauf, sie hängen zu lassen, solange sie nicht eindeutig obszön sind. Wir sind umgeben von Bob Dylan und den Beatles. Aber die Mädchen fühlen sich wohl, nehme ich an. In diesem Stock sind die Ergebnisse des Kunstunterrichts ausgestellt; ich vermute, die waren vor Jahren auch nicht anders.«

»Himmel, ja«, sagte Kate und blickte sich um. »Ein Porträt von jemandem mit Schneeflocken – ich weiß noch, wie ich so etwas mal gemalt habe. Mir war weiße Farbe auf das Gesicht getropft, das ich gerade malte, und ich konnte sie nicht mehr wegbekommen. Manches ändert sich nie. Und das«, fügte sie hinzu, »ist die Materialkammer.«

»Ich nehme an, sie verbirgt eine besonders aufregende Erinnerung.«

»Eigentlich eine traurige, aber trotzdem muß ich jedesmal kichern, wenn ich daran denke. Ich war in der Mittelstufe, und wir hatten einen hochqualifizierten, deutschen Mathematiklehrer. Zweifellos jemand, der vor Hitler geflohen war. Er wußte sehr viel und wäre vielleicht sogar in der Lage gewesen, das so zu erklären, daß ein Haufen kichernder Elfjähriger es verstanden hätte. Aber er war unerträglich aufgeblasen und moralisch und wetterte ständig gegen die verdorbene amerikanische Jugend im allgemeinen und unseren Mangel an Benehmen, Hirn und Aufmerksamkeit im besonderen. Heute würde man sagen, er konnte keine Beziehung zur Gruppe aufbauen. Eines Tages stapfte er hinaus, um Papiere für eine Prüfung zu holen, mit der er uns für unsere Sünden bestrafen wollte; wir glitten geschlossen zur Tür hinaus und schlossen ihn in der Materialkammer ein. Dann gingen wir zurück ins Klassenzimmer und beugten uns unschuldig und still über unsere Bücher. Irgendwann fielen seine Schreie einem Lehrer auf.«

»Was ist dann passiert?«

»Seltsamerweise gar nichts. Wir warteten auf die schreckliche Vorladung ins Rektorat, aber sie kam nicht. Er war eine Woche lang krank, und dann kam Weihnachten; wir fühlten uns so mies, daß wir zusammenlegten und ihm einen Obstkuchen kauften. Nach den Ferien hatten wir einen neuen Mathematiklehrer, schrecklich modern, der uns immer um eine Lektion voraus war: er verstand Kinder besser als Dezimalzahlen. Was für Monster Kinder doch sind. Und trotzdem waren wir nicht wirklich unfreundlich, nur verwirrt.«

Anne Copland zeigte Kate die Seminarräume, die frisch gestrichen waren; in jedem stand ein Tisch mit Stühlen, und Bücherschränke säumten die Wände. »Wir wollten um Himmels willen keine Klassenzimmeratmosphäre«, erklärte Anne. »Es hat sich herausgestellt, daß die Umgebung den halben Erfolg ausmacht. Das hier wird Ihr Reich sein.« Sie öffnete die Tür zu einem momentan leeren Raum. Die Worte ›Ein Hoch auf Antigone‹ bedeckten eine Wand, und darunter hing ein Poster mit einem Gedicht:

Miss Fansler und Antigone -
Was ist das für 'ne Idee?
Macht sie es wie Tiresias
Und liefert ein paar Thesen ab?
Oder hat Kreon ihr gesagt,
Daß unsere Meinung auch gefragt?

»Nun sind Sie vorgewarnt«, sagte Anne und sah Kate ein wenig beklommen an. »Ich hatte keine Ahnung davon. Hoffentlich sind Sie nicht beleidigt.«

»Beleidigt nicht«, sagte Kate. »Nur verschreckt.«

Als die beiden schließlich das Erdgeschoß erreichten, fühlte Kate sich etwas bedrückt. Sie war nicht nur ein wenig beleidigt, was sie geleugnet, und verschreckt, was sie zugegeben hatte, sondern auch ein bißchen verärgert. Es ist so lange leicht, über die wunderbare und aufrichtige Jugend zu reden, wie sie einem nicht die Zähne zeigt. Warum habe ich der so beeindruckenden Miss Tyringham nicht einfach gesagt, sie solle ihr verflixtes ›Antigone-Seminar‹ selber halten, wenn sie schon so ein tolles Genie ist. Ist es zu spät für den Rückzug? Nach dieser ersten persönlichen Begegnung mit der High-School-Jugend hätte Kate am liebsten die Beine in die Hand genommen und sich davongemacht. Meine Brüder haben wenigstens eine eindeutige Meinung, sagte sie grimmig zu sich selbst. Du falsche Liberale, du.

Sie nahm sich zusammen und begrüßte die junge

Frau in der Telefonzentrale, die auch die Eingangshalle im Auge hatte. »Darf ich Sie mit Miss Fansler bekanntmachen«, sagte Anne. »Das ist Miss Strikeland, die Verbindung zwischen uns und der großen Welt da draußen.«

»Guten Tag«, sagte Kate und wurde im selben Moment vom Telefon unterbrochen.

»Theban-Schule«, flötete Miss Strikeland, »ja, sicher, einen Augenblick, bitte.« Mit der einen Hand stöpselte sie einen Stecker ein, mit der anderen winkte sie Anne heran. Anne kam näher.

»Er ist wieder da«, flüsterte Miss Strikeland.

»Wer?«

»Dieser Mann. Er geht da drüben auf und ab. Zum zweiten oder dritten Mal schon.« Unauffällig folgten Kate und Anne ihrem Blick, aber der Mann wandte ihnen das Profil zu, und sie konnten ihn offen betrachten. Er wirkte wie Anfang siebzig und war tadellos gekleidet. Er hielt den Hut in der Hand und sah sich um wie in einem Museum, zu dem er von weit her gekommen war. Es gab nicht sonderlich viel zu sehen – ab und zu ein Mädchen, das durch die Eingangshalle rannte. Leute, die mit einer Frage an Miss Strikelands Schalter kamen, Lehrer auf dem Weg zum Lehrerzimmer oder zu einem der Büros. Dennoch betrachtete der alte Mann alles so gründlich, als – wie Ophelia von Hamlet sagte – wollt' er's zeichnen.

»Seltsam«, sagte Anne. »Er sieht wirklich harmlos aus. Haben Sie ihn gefragt, was er wünscht?«

»Er sagt, er will sich nur umsehen. Ich habe ihm erklärt, daß dies eine Schule ist – wir haben schließlich kein Schild draußen, und manchmal wissen es die Leute nicht. Er sagte, er wisse, daß dies eine Schule sei, das Theban, und daß er sich gerade deshalb umsehen wolle. Er sagte, ich würde ihm das hoffentlich gestatten. Ich antwortete, er dürfe nicht nach oben gehen, und er meinte, das habe er auch nicht vor. Das letzte Mal setzte er sich auf eine Bank und sah zu, wie die Mädchen das Gebäude verließen – ein paar Stunden lang.«

»Miss Strikeland, halten Sie es für möglich, daß der alte Mann etwas Schmutziges im Sinn führt?«

»Er sieht eigentlich nicht so aus, nicht wahr? Ich habe ihn ziemlich genau beobachtet. Dennoch ist es beunruhigend.«

»Er geht«, sagte Kate.

»Ja«, sagte Anne. »Miss Strikeland, falls er wiederkommt, sollten Sie jemandem Bescheid sagen. Miss Freund, zum Beispiel; sie hat Erfahrung mit solchen Dingen.«

»Sie haben recht«, sagte Miss Strikeland. »Willkommen im Theban, Miss Fansler. Es tut mir leid, daß ich so abgelenkt wurde.«

»Dieselbe Miss Freund wie zu meiner Zeit?« fragte Kate. »Zulassungen, Entschuldigungen und freundliche Entgegennahme von Anträgen auf Fahrgelderstattung?«

»Genau die. Mit dem Unterschied, daß sie heute auch noch Buskarten ausgibt und auf sehr gutem Fuß mit dem hiesigen Polizeirevier steht.«

»Wegen der Jungen in der Turnhalle?« fragte Kate und folgte Anne zur Treppe.

»Nein. Weil die Mädchen manchmal, sowie sie einen Schritt vor die Tür gemacht haben, von Kinder-Gangs verfolgt werden – Gangs der Unterschicht, obwohl es sich nicht gehört, das auszusprechen. Aber sie hänseln die Mädchen vom Theban wegen ihres Reichtums; diese Vermutung ist deshalb wohl berechtigt. Nach mehreren hysterischen Elternabenden haben wir einen Aktionsplan entwickelt. Eines der Mädchen geht sofort zur Schule zurück, und Miss Freund ruft ihre Freunde bei der Polizei an. Die Mädchen sind gehalten zu melden, wenn sie im Bus oder anderswo belästigt werden. Man kann wirklich kaum von ihnen erwarten, daß sie in einer so kriminellen und brutalen Welt naiv und unschuldig sind. Nun«, sagte sie, öffnete eine Tür und ging voraus in einen Speisesaal, in dem der Lärm so groß war, daß man ihn fast körperlich spürte, »wie wär's mit einem Lunch? Ich bin mir nie sicher, ob ein solcher Rundgang Appetit macht oder ihn vergehen läßt. Oh, gut, ich sehe Mrs. Banister. Wollen wir hingehen und uns über die Theatergruppe am Theban unterhalten? Nebenbei bemerkt haben wir ja die Probleme von Literatur und Seminaren noch nicht einmal erwähnt, von der Konfrontation mit diesem unseligen Gedicht mal abgesehen. Sie grübeln doch nicht mehr darüber, oder?«

»Nicht mehr, als für mich gut ist.«

»Wunderbar. Dann nehmen Sie Platz und machen

Sie sich bekannt; ich besorge Ihnen inzwischen etwas zu essen. Es gibt entweder Thunfisch-Sandwich oder Huhn. Ich würde Thunfisch empfehlen.«

Mrs. Banister erwies sich als eine winzige Frau, außergewöhnlich lebhaft und mit sehr entschiedenen Standpunkten, die sie mit Nachdruck vertrat und ohne Bedauern aufgab, wenn diese erfolgreich in Frage gestellt wurden. Sie war erfüllt von großer Zuneigung und Respekt für die Jugendlichen – das spürte man sofort; sie schien selbst viele der guten Eigenschaften der Jugend bewahrt zu haben. Die Fähigkeit, Freundschaft mit jungen Erwachsenen aufzubauen, ist selten genug; viele Menschen können gut mit kleinen Kindern umgehen oder glauben das zumindest. Ist die frühe Kindheit erst einmal vorbei, empfinden Kinder oft die Kindermädchen, Kindergärtnerinnen und kinderlieben Menschen als unangenehm und lästig. Mrs. Banister war eine seltene Ausnahme.

»Ich bin heute besonders gut gelaunt«, erzählte sie Kate. »Andrew und ich haben nämlich endlich das Transportproblem von New York gelöst. Motorräder. Gestern wollten wir zu so einer Abendveranstaltung mit Abendkleid und so, und ich saß auf dem Soziussitz hinter Andrew. Herrlich. Wir hatten keine Parkplatzprobleme und mußten auch nicht stundenlang mit ratterndem Taxameter im Taxi sitzen, um überhaupt bis zum Eingang zu kommen. Es war ein

Wohltätigkeitskonzert, Lincoln Center«, fügte sie hinzu.

»Aber was, wenn es regnet?« fragte Kate und winkte Anne und den Thunfisch-Sandwiches zu.

»Südwester und Ölzeug von Kopf bis Fuß und meine Abendschuhe in einem kleinen Plastikbeutel. Man muß mit der Zeit gehen oder man riskiert, im Verkehrsstau steckenzubleiben und überhaupt nicht vorwärts zu kommen. Von der Luftverschmutzung ganz zu schweigen.«

»Kommen Sie mit dem Motorrad zur Schule?« fragte Kate.

»Nein, tagsüber nimmt es Andrew, weil er viel mehr unterwegs ist. Ich fahre Rad. Gesünder, macht weniger Dreck, und bei Regen derselbe Südwester und derselbe Plastikbeutel. Ich habe gehört, die Mädchen freuen sich auf Ihr Seminar.«

»Tatsächlich?« sagte Kate. »Ich wünschte, ich könnte das auch sagen. Stattdessen habe ich einen schweren Anfall von Lampenfieber.«

»Ach, Unsinn. Julia Stratemayer hat mir erzählt, Sie seien ganz schrecklich gut an Ihrer Universität. Hier geht es vielleicht ein wenig persönlicher zu, aber die Mädchen aus der Zwölften stehen nur noch mit einem Bein in der Schule. Wirklich, sie sind ziemlich erwachsen. Ich habe drei aus Ihrem ›Antigone-Verein‹ in einer meiner Schauspielgruppen: Angelica Jablon, Betsy Stark und Freemond Oliver.«

»Heißt sie tatsächlich so?«

»Allerdings. Ich habe den starken Verdacht, daß in

grauer Vorzeit einmal eine Susan vor dem Freemond gestanden hat, aber seit ich sie kenne, heißt sie schlicht Freemond Oliver. Sie ist ungewöhnlich gut in Griechisch und Latein, *und* in Sport. Betsy Stark ist da ganz anders – sie liebt jede Form des Sittengemäldes von ›The Way of The World‹ bis Dorothy Sayers. Sie ist der Meinung, daß nach Shakespeare – und selbstverständlich hält sie ›Viel Lärm um nichts‹ für sein größtes Stück – erst die amerikanische Komödie der zwanziger und dreißiger Jahre, mit all ihrem sprühenden Witz, ihren Verwechslungsspielen und einem ordentlichen Schuß Sentimentalität einen Höhepunkt des Theaters darstellt. ›The Philadelphia Story‹ ist vermutlich die Krönung des ganzen.«

»Mein Mann ist derselben Meinung. Ich bin überrascht, daß sie sich mit der Antigone beschäftigen will.«

»Nun, vielleicht spielt da mein Einfluß ein wenig mit – aber Sie müssen nicht denken, sie sei gegen ihren Willen überredet worden, das ist nicht der Fall. Sie schätzt die ›Odyssee‹ sehr und hält die Gespräche zwischen Odysseus und Athene für den ersten geistreichen Gedankenaustausch zwischen Mann und Frau in der Literatur überhaupt. Sie sagt sogar, es habe nichts Vergleichbares mehr gegeben bis zu Beatrice und Benedick, aber zweifellos übertreibt sie – das ist nun einmal so bei den Zwölften.«

»Und das dritte Mädchen?« fragte Kate und überlegte, wie um alles in der Welt sie ein Seminar leiten sollte, an dem eine sportliche Griechisch-Schülerin teilnahm und eine Bewunderin von George Kaufman, die weder mit Kenntnis der griechischen Sprache noch mit Bescheidenheit belastet war.

»Angelica Jablon«, sagte Mrs. Banister fast ein wenig träumerisch. »Ein höchst ungewöhnliches Mädchen, wenn auch nicht so leicht einzuordnen wie die anderen beiden – zumindest nicht in am Theban üblichen Begriffen. Sehen Sie, Angelica Jablon hat Überzeugungen, sie ist engagée, wie die Franzosen sagen. Sie findet die Antigone so aufregend, weil sie sie für *die* Geschichte unserer Zeit hält.« »Ach du lieber Himmel. Und zweifellos identifiziert sie sich mit Antigone – bereitwillig gebe ich mein Leben für das Recht, und so weiter.«

»Finden Sie das so dumm?« sagte Mrs. Banister. »Vielleicht habe ich mich geirrt, was Sie . . . «

»Tut mir leid«, sagte Kate. »Ich fürchte, ich kehre immer zum falschen Zeitpunkt den Lehrmeister heraus. Wissen Sie, ich habe gelernt, Studenten, die in einem Werk die Lösung aller Rätsel des Lebens sehen, mit Vorsicht zu genießen. Andererseits kann aber auch ein Student, wenn er wirkliche Hingabe besitzt, eine derartige Entdeckung zum Ausgangspunkt echter wissenschaftlicher Arbeit machen. Wahrscheinlich ist das bei Angelica der Fall.«

»Vielleicht. Sie werden bestimmt alle Mädchen anregend finden; ich bin sicher, daß Sie sie sozusagen in Hörweite einer wissenschaftlichen Betrachtung des Themas halten – wozu ich nicht in der Lage wäre. Deshalb leite ich Schauspielgruppen und unterrichte nichts. Eine Frage des Temperaments.«

Kate war nahe daran, zu fragen, ob eines der Mädchen eine Neigung zum Verfassen von Knittelversen hatte – Ogden Nash war *der* Mann auf dem Gebiet und hatte nach Kates Auffassung eine Versform erfunden, deren Sinn offenbar nur er selbst begriff – aber es widerstrebte ihr merkwürdigerweise, den Spruch im Klassenzimmer zu erwähnen. Wenn ich das nicht mit den Mädchen selbst ins reine bringen kann, sollte ich lieber gleich aufgeben, dachte sie.

»Hi.« Julia Stratemayer balancierte ein Tablett auf Kates Arm zu. »Darf ich mich zu euch setzen, oder seid ihr gerade ins griechische Drama vertieft?«

»Schön, dich zu sehen«, sagte Kate.

»Ich habe dich und Anne durch das ganze Gebäude verfolgt wie ein verdammter Bluthund, aber wohin ich auch kam, ihr wart gerade wieder fort. Miss Strikeland sagte mir, daß ihr wahrscheinlich hier gelandet seid.«

»Hat sie ihren rätselhaften Besucher erwähnt?«

»Ja, hat sie. Ich fürchte, sie bauscht die Sache ein bißchen auf, denn soweit ich das beurteilen kann, könnte er nicht harmloser oder freundlicher aussehen. Aber Männer, egal wie alt, dürfen nicht in der Nähe von Schulgebäuden herumlungern; wenn er also wiederkommt, wird Miss Freund hinuntergehen und ihn ins Kreuzverhör nehmen. Warum ist der Thunfisch auf gekauften Sandwiches immer so pappig?«

Jetzt, da Julia da war, lehnte Kate sich entspannter zurück. Sie hätte gern eine Zigarette geraucht, aber im Speisesaal einer Schule durfte man natürlich nicht rauchen – noch ein Nachteil des Unterrichts am Theban, der ihr bewußt wurde.

»Wir können nachher in der Garderobe rauchen, falls du unter Entzugserscheinungen leidest«, sagte Julia, als ob sie Kates Gedanken erraten hätte. Beide waren tatsächlich enge Freundinnen, obwohl sie als Klassenkameradinnen in all den Jahren am Theban nie etwas miteinander zu tun gehabt hatten. Ob das etwas mit Kinderfreundschaften im allgemeinen zu tun hatte? Ihre engsten Freundinnen aus der Schulzeit, sogar die aus den letzten Jahren, traf sie nur noch selten, aber gern. Julia schien in ihrer Jugend an kaum etwas anderem Interesse zu haben als an Volleyball und häuslichen Tugenden; sie hatte in ihrem Abschlußjahr an einem nationalen Hauswirtschaftswettbewerb nicht nur teilgenommen, sondern ihn auch gewonnen; Kate fand das absolut unmöglich. Julia dagegen hielt Kate für allzu intellektuell, was stimmte, und für versnobt, was nicht stimmte. Seit ihrem vierzehnten Lebensjahr hatte Kate die große, schlanke Figur eines Mannequins, einen guten Geschmack und das nötige Geld, um sich bewundernswert schlicht zu kleiden; das hatte bei vielen Leuten den Eindruck hervorgerufen, sie sei »eigener«, lege mehr Gewicht auf absolute Korrektheit, als tatsächlich der Fall war – ja, eigentlich war sie weder das eine, noch das andere. Julia und Kate waren nach der Graduierung verschiedene, jeweils vorhersehbare Wege gegangen: Kate hatte die Graduate School absolviert und ein paar verrückte Jobs angenommen (»Wenn ich jemals ein Buch schreibe«, sagte Kate immer, »soll, wie bei Arthur Koestler, im Klappentext stehen, ich hätte jede Art von Arbeit gemacht und in den Straßen von Haifa Limonade verkauft.« Kate war nie nach Haifa gekommen, weder mit noch ohne Limonade, aber dieser Satz war für sie stets der Inbegriff eines abenteuerlichen Lebens.) Julia hatte am Ende des zweiten Jahres das College verlassen, um zu heiraten, in die Vororte zu ziehen und eine große Familie zu gründen. Ihr Lebensentwurf war typisch für diese Generation, der von Kate dagegen weniger. Aber Julia hatte sich zu einem Zeitpunkt als untypisch entpuppt, als keiner es im geringsten erwartet hätte. Eines Tages hatte sie ganz plötzlich beschlossen, nie wieder den Fuß in einen Country-Club zu setzen. Ihr Ehemann war, wie sich bei dem ersten echten Gespräch der beiden in fünfzehn Jahren herausstellte, begeistert von dem Gedanken, in die Stadt zurückzuziehen, mit all ihren öffentlichen Verkehrsmitteln für die Kinder und dem Ende seines täglichen Pendelns. Sie beendete das College, machte ihren Magister in Literatur und bewarb sich beim Theban um eine Stellung.

Miss Tyringham hatte nichts für sie und nahm eine Theban-Schülerin sowieso nur dann, wenn sie schon anderswo Erfahrungen gesammelt hatte; aber sie wußte, daß an einer anderen Schule eine Ersatzlehrerin gesucht wurde, und ebnete Julia den Weg. Fünf Jahre später war Julia Englischlehrerin des Theban, und sechs Jahre danach war sie zuständig für die Reform der Lehrpläne. Es zeigte sich, daß sie genau die richtigen Fähigkeiten für diese schwierige Aufgabe besaß, ein hervorragendes Organisationstalent, Aufgeschlossenheit Veränderungen gegenüber und eine verblüffende Fähigkeit, mit Elterngruppen über die Problematik der Lehrpläne zu sprechen. Sie versicherte ihnen, daß, während im Theban eine Reihe wesentlicher Veränderungen stattfand, sich doch nichts Wesentliches im Theban ändern würde. Offensichtlich ein Geschenk des Himmels. Kate hatte sie kurz nach dem Umzug in die Innenstadt zufällig auf der Straße getroffen, war auf einen Schwatz stehengeblieben und hatte eine Freundin fürs Leben gefunden.

»Miss Tyringham ist sehr froh«, sagte Julia, während die beiden für die versprochene Zigarette zum Aufenthaltsraum der Fakultät gingen. »Sie konnte sich gar nicht mit dem Gedanken anfreunden, jemandem aus dem Haus, der nicht wirklich darauf vorbereitet war, dieses Seminar anzudrehen – das hätte der ganzen Sache die Lebendigkeit genommen.«

»Statt dessen geht meine Lebendigkeit dahin«, sagte Kate. »Ich habe, ehrlich gesagt, große Zweifel. Schau, Julia, soll diese verdammte Angelegenheit eine Art Weibergespräch werden oder eine durchstrukturierte Arbeit? Ich meine, sollen wir uns hinsetzen und über Sex, die Frauenbewegung und die Black Panthers diskutieren, sollen wir uns wirklich ernsthaft mit der Antigone beschäftigen, oder soll beides abwechselnd geschehen – als ob das möglich wäre.«

»Du mußt natürlich streng strukturiert anfangen. In der ersten Sitzung geht es immer um Planung, Stundenpläne, Aufgabenstellung und Erwartungen. Auch wenn du es nicht glauben magst, die Mädchen werden irgendwie Angst vor dir haben, du kommst schließlich aus der großen Welt der Universität. Falls bei der Szene, in der sich Haemon ersticht und sterbend die tote Antigone umarmt, das Gespräch auf Sex kommt, greif' das Thema auf. Was ich sagen will, ist: laß die Dinge locker angehen. Solltest du einen Anflug von Panik verspüren, was ich mir allerdings nicht vorstellen kann, dann drück auf den Alarmknopf, und ich komme und flöße dir Brandy ein.«

»Wann hast du so viele Slogans in deinen Sprachschatz aufgenommen«, fragte Kate, »ist das eine akademische Gewohnheit?«

»Seit ich mit Eltern rede. Glaub mir, Kate, die Mädchen sind harmlos dagegen. Ich würde auf der Stelle die Mütter der neunten Klassen gegen die Antigone eintauschen.«

VIER

Kate hatte sich mit Reed im Plaza zum Dinner verabredet; er warf ihr einen kurzen Blick zu, bestellte Martinis und erkundigte sich höflich, wie ihr Tag verlaufen sei.

»Ach, zum Teufel damit«, sagte Kate. »Was ist mit der Einberufung?«

»Ob ich dich wohl geheiratet hätte, wäre ich mir all der Unruhe bewußt gewesen, die deine Neffen verursachen? Wenn der Krieg lang genug dauert, müssen wir das alles mit Jacks kleinen Brüdern noch einmal durchmachen.»

»Ist das Einberufungsverfahren immer noch kompliziert, obwohl jetzt ausgelost wird?«

»Gerade deswegen, ja. Aber lassen wir das jetzt mal. Erzähl mir vom Theban.«

»Eigentlich gibt es da gar nichts zu erzählen, bevor ich am Montag die Klasse kennenlerne, aber ich weiß schon, daß da drei Mädchen sitzen, die Schwierigkeiten machen werden. Das ist so sicher wie das Amen in der Kirche.«

»Heranwachsende machen immer Probleme, wie Terence Rattingan es ausgedrückt hat. Sie sind zu alt, als daß man ihnen noch den Hintern versohlen könnte, und zu jung für Kinnhaken, wenn man denn eine dieser beiden Möglichkeiten ins Auge faßt; was heutzutage selbstverständlich niemand tut.«

»Du wirst überglücklich sein zu hören, daß eines dieser drei Schätzchen eine Bewunderin der Komödien deiner Zeit ist, wie wir es in der Graduate School ausdrücken. Literatur hat für sie zwischen Shakespeare und ›The Philadelphia Story‹ praktisch nicht stattgefunden, und sie übersieht dabei natürlich fast alle Meisterwerke der letzten dreihundert Jahre.«

»Oh, die Martinis – gleich wird die Welt wieder etwas freundlicher aussehen. Vielleicht redet sie ja wie eine Figur von Philip Barry.«

»Ich weiß nicht, wie sie redet«, sagte Kate, nippte an ihrem Glas und zündete sich eine Zigarette an, »weil ich sie noch nicht kenne. Ich muß sagen, das Plaza ist mir lieber als der Speisesaal des Theban, selbst wenn ich hier weder rauchen noch trinken dürfte – stell dir vor, wie es sein muß, in einem Mädchen-Internat zu unterrichten. Nein, das wollen wir uns lieber nicht ausmalen und unsere Nerven nicht weiter strapazieren. Mrs. Banister hat mir von diesen drei Schülerinnen erzählt; sie leitet die dramatische, schauspielerische Arbeit, und zwar nicht so sehr als Unterricht, sondern als Lebenseinstellung, wobei sie das Etikett ›Lebenseinstellung‹ mit erschreckendem Nachdruck verwendet. Sie hat die drei Mädchen ermutigt, mein Seminar zu belegen; es wird sich noch herausstellen, ob ich ihr dafür dankbar sein oder ihr Chicken à la King vergiften sollte; das zweite würde mir gut gefallen, ihre dramatische Kunst besteht nämlich darin, daß alle schrecklich emotional sind, und das ist ganz und gar nicht meine Art.«

»Klingt nach diesen Encountergruppen.«

»Stimmt genau, und zumindest zeitweilig ist es das wohl auch. Soll heißen, manchmal schreiben die Mädchen Stücke und setzen sie auch um. Manchmal agieren sie ihre Wünsche und Emotionen aus, und manchmal spielen sie Ratespiele, um ihre Phantasie anzuregen, die diese Anregung so sehr braucht wie ich diesen Job, nämlich überhaupt nicht.«

»Ratespiele? Scharaden?«

»Das nicht gerade. Julia hat mir das alles erklärt, während sie mir beim heutigen Zusammenbruch das Händchen hielt. Zum Beispiel sage ich zu dir: ›Ein Mann kommt aus einem Restaurant, in dem er gerade Albatros gegessen hat. Er bringt sich um. Wer ist er, und warum bringt er sich um?‹ Man stellt nun alle möglichen intelligenten und forschenden Fragen und findet es schließlich heraus. Willst du es wissen?«

»Naja, nach einem zweiten Martini habe ich nichts dagegen, vorausgesetzt, es dauert nicht so lang, daß man uns aus der Bar wirft und wir unser Dinner nicht mehr bestellen können.«

»Nur zwei Sätze – aber spare dir die Bemerkung über die Länge meiner Sätze. ›Fass' ich mich kurz‹, wie Polonius zu Gertrude sagte, bevor er endlos weiterredete. Weißt du, Polonius wird mir immer sympathischer; sein einziges Problem war nur, daß er in einer Welt nach den Regeln einer anderen agierte.«

»Der Mann hatte gerade Albatros probiert«, sagte Reed und probierte seinen zweiten Martini.

»Ja. Nun, nach einer Unmenge von Fragen stellt sich schließlich heraus: Er ist Matrose, schiffbrüchig gewesen, nur drei Mann hatten überlebt, sie hatten nur Albatros zu essen und einen Kameraden, den ein herabfallender Mast geköpft hatte. Aus Rücksichtnahme auf jedermanns Gefühle vermischte der Koch beides gut, und niemand wußte, was er aß. Nachdem der Matrose nun Albatros probiert hat, wird ihm klar, daß er Menschenfleisch gegessen hatte. Er bringt sich vor Entsetzen um.«

»Warum, zum Teufel?«

»Warum, zum Teufel was?«

»Naja, ich meine, warum, zum Teufel, sich vor Entsetzen umbringen, aber jetzt, wo du fragst, was soll die ganze Geschichte überhaupt? Warum spielt man nicht einfach ›Hamlet‹ oder ›Design for Living‹?« Reed gab dem Oberkellner ein Zeichen. »Wir bestellen jetzt«, sagte er. »Was nimmst du?« fragte er Kate.

»Einen Schierlingsbecher mit saurer Sahne.«

»Kate, nun hör aber auf. Warum wegen ein paar Gören in Panik geraten?«

»Sie haben ein häßliches Gedicht über mich geschrieben und an die Wand gehängt – eigentlich war es eine Drohung.«

»Hat es sich gereimt?«

»Mehr oder weniger. Mir wäre lieber gewesen, es hätte sich nicht gereimt.«

»Sag ihnen das und gib allen auf, ein Gedicht über Antigone zu schreiben. Dann steht es Eins zu Null für dich.«

»Reed«, sagte Kate, »du bist ein Genie.«

»Nur an gewissen Donnerstagen im Februar«, sagte Reed. »Nimm ein Stück Pastete und lächele ein bißchen; dann erzähle ich dir, wie man die Einberufung umgehen kann.«

Sie waren schon beim Hauptgericht und hatten ihre Flasche Wein zur Hälfte geleert, bevor Kate Reed überredete, auf die Einberufung zurückzukommen. »Ich dachte«, sagte sie, »das Losverfahren sollte all diesen unfairen Freistellungsgründen wie College, Graduate School oder Vaterschaft ein Ende machen. Ich persönlich war aber immer der Meinung, daß Vaterschaft eine Freistellung rechtfertigt, vorausgesetzt, der Vater bleibt den ganzen Tag mit dem Kleinen zu Hause. Nach dem, was ich höre, würde der sich so schnell melden, daß man mit der Wehrpflicht keine Probleme mehr hätte.«

»Gar keine schlechte Idee«, sagte Reed. »Nun, das Losverfahren ist wie viele Heilmittel schlimmer als die Krankheit, die es heilen soll – nur auf andere Art und Weise. Krankheit ist in der Tat der Begriff, um den es hier geht. Fast siebzig Prozent der Männer werden bei der ersten Musterung als untauglich eingestuft, und von den verbliebenen dreißig Prozent werden bei der nächsten Untersuchung aus gesundheitlichen Gründen noch einmal dreißig ausgemustert.«

»Soll das heißen, sie haben alle Plattfüße?«

»Oder irgend etwas anderes, bis hin zu Zahnspangen oder Haar, das täglich gewaschen werden muß.«

»Erzähl mir noch einen Witz.«

»Mit Vergnügen. Die Armee hat geschickterweise einen Leitfaden ihrer Kriterien für körperliche Fitness herausgegeben, den jeder bei der Regierungsdruckerei bestellen kann. Das ganze Land ist voll von Wehrdienst-Beratungsstellen, wie sie sich nennen, aber die meisten gibt es in New York, und jede von ihnen besitzt ein gut genutztes Exemplar. Die Einberufungsstellen sind personell so unterbesetzt, daß sie sich auf das Wort des Arztes des Kandidaten verlassen müssen, und die meisten Ärzte haben Mitleid mit den armen Jungs. In ihren stolzen alten Zeiten wollte die Armee niemanden haben, der besonders häßlich war, Nägel kaute oder ins Bett machte. Heute wünschen sie sich zweifellos jene Zeit zurück, aber Tatsache ist, daß fast jeder in New York es schafft, wegen irgendwas ausgemustert zu werden. Wenn sie keine Freistellung aus gesundheitlichen Gründen bekommen, verweigern sie den Wehrdienst aus Gewissensgründen. Es gibt viele Möglichkeiten, an seinem Status zu drehen, ein bißchen Lotterie zu spielen oder, wenn alle Stricke reißen, einfach nicht zur Einberufung zu erscheinen.«

»Finden sie einen denn nicht und stecken einen ins Gefängnis?«

»Theoretisch ja. Praktisch dauert es ein Jahr, bis die hoffnungslos unterbesetzte Einberufungsbehörde per Brief sichergestellt hat, daß der Junge seinen Einberufungsbefehl wirklich erhalten hat. Die sind einfach nicht in der Lage, jeden Fall zu verfolgen. Bis heute ist kein Mann in dieser Stadt deswegen angeklagt worden, das ist Tatsache. Und, falls es doch zum Äußersten kommen sollte, und der Typ, der nicht einrücken wollte, wird gefunden, vor Gericht gestellt und verurteilt, so würde er weniger als ein Jahr in einem der besseren Gefängnisse verbringen. Bei der Armee in Vietnam müßte er dagegen zwei Jahre dienen.«

»Ist das immer so gewesen, und haben nur Unschuldslämmer wie ich die Erinnerung, daß alle, ausgenommen Feiglinge und besonders raffinierte Kerle, dem Kreuz Christi in den Krieg folgten? Mein Verstand scheint in letzter Zeit nur mit Choralbegleitung zu funktionieren; zweifellos eine Wirkung des Theban. Alle Jungen, die ich kannte . . . «

»Das, meine Liebe, war ein Krieg, den das ganze Land unterstützt hat. Die Raffinierten, die sich dem aktiven Dienst entziehen, hat es immer gegeben und wird es immer geben, aber obwohl ich der Sache auch nicht unter historischen Gesichtspunkten nachgegangen bin, habe ich doch den Eindruck, daß diese Situation entstanden ist, weil gerade dieser Krieg inzwischen so unpopulär geworden ist; und in New York ist er noch unbeliebter als anderswo, wie uns unser Vizepräsident immer wieder sagte. Und glaube nur nicht, ich hätte schon alle Tricks, der Einberufung zu entgehen, genannt. Ich habe nämlich kaum angefangen.«

»Wenn das so ist, wo liegt dann für Jack das Problem? Kann er sich keine Zahnspange verschreiben lassen? Immerhin hat er ja schon Asthma, das hat er uns erzählt.«

»Aber er ist jung und voller Prinzipien, für die er zu leiden bereit ist; eine stets peinliche Einstellung, aber ich glaube, ich habe ihn überreden können, in Harvard zu leiden. Das Problem ist folgendes: Wenn er sich als Kriegsdienstverweigerer registrieren läßt, kommt es zum Anerkennungsverfahren, und das ist langwierig, kostspielig und wird wohl kaum von seinem reichen Papa bezahlt werden, obwohl das nach Jacks hehren Vorstellungen der einzig ehrenhafte Weg ist. Letztendlich muß man sich, meiner Meinung nach, der Frage stellen, ob ein Wehrpflichtiger das Recht hat, Unterschiede zwischen den Kriegen zu machen – eine der heikelsten Fragen, die ich mir vorstellen kann. Entschuldige, wenn ich das so sage, aber ich finden, dein Bruder handhabt diese Angelegenheit höchst ungeschickt. Zwar bleibt er aus seiner Sicht aufrichtig, das muß man ihm lassen, und dasselbe gilt für seinen Sohn. Ich wäre eher geneigt, dem Jungen durch das Netz zu helfen und mit dem Vater im Prinzip einer Meinung zu sein, aber unglücklicherweise habe ich schon immer zu den bequemeren Lösungen tendiert.«

»Unsinn. Wenn das der Fall wäre, hättest du mich nie geheiratet. Es ist mir klar, warum das Theban so unter Druck ist – ja, eigentlich alle Schulen. Die Schüler möchten in ihnen die Vorreiter sozialen Fortschritts sehen, und Eltern und Lehrer betrachten es als ihre Pflicht, die Nachhut zu verteidigen. Ein verdammter Zwiespalt, und ich kann den Standpunkt der Schüler verstehen; aber, wie Dorothy Sayers irgendwann gesagt hat, alle Heldentaten werden von der Nachhut ausgefochten, in Roncevaux und an den Thermopylen.«

»Schriftsteller lieben Nachhutgefechte – die sind so schön eindeutig und tragisch. Im Leben dagegen, vermute ich, werden die entscheidenden Dinge, auch wenn sie nie zu Heldentaten werden, ganz am Anfang entschieden, bevor irgend jemand weiß, worum es bei dem Kampf eigentlich geht.«

»Du hast ja recht, verdammt nochmal. Wenn ich die heldenhaften Kämpfe liebe, was habe dann ich Nachhut mit der jugendlichen Vorhut im selben Seminarraum zu suchen? Kannst du mir das erklären?«

»Was du jetzt brauchst, ist dein Bett. «

»Nicht so kurz nach dem Dinner, wie die Lady in ›Private Lives‹ sagt«, gab Kate zur Antwort und wirkte zum ersten Mal an diesem Abend zufrieden mit sich selbst.

Am Montag saß Kate mit der Ruhe, die der Profi in der eigenen Arena empfindet, egal wie ängstlich er auch zuvor gewesen sein mag, am Kopfende des Tisches im Seminarraum, die Schülerinnen waren zu beiden Seiten aufgereiht – wie ein König, der mit seinem Regiment speist, dachte Kate. Das provozierende Gedicht war verschwunden.

»Was ist aus dem Gedicht an der Wand geworden?« war Kates erste Frage. Obwohl sie damit ›in medias res‹ ging, wie die Gebildeten empfehlen, ließ diese Bemerkung als Gesprächseröffnung einiges zu wünschen übrig.

Die Mädchen sahen einander an, ohne den Kopf zu bewegen. Sie ließen nur auf höchst irritierende Weise die Augen hin und her wandern. »Wir hatten gehofft«, sagte eines der Mädchen, das offensichtlich daran gewöhnt war, für die Gruppe zu sprechen, »Sie hätten es nicht gesehen. Wir haben darüber nachgedacht und es abgenommen.«

»Wie heißt du?« fragte Kate. »Damit könnten wir ja einmal anfangen. Ich lese die Liste vor, die man mir gegeben hat, und ihr meldet euch mit eurem Namen. O.K?«

»Ich bin Freemond Oliver«, sagte das Mädchen, das gesprochen hatte.

»Aha«, sagte Kate mit, wie sie hoffte, gemessener Stimme. »Angelica Jablon?«

»Hier.« Das Mädchen, das geantwortet hatte, besaß ein ausdrucksvolles Gesicht und dickes, lockiges Haar. Sie wirkte offen, ein wenig unzufrieden, unglücklich, unsicher und, wie Kate erfreut feststellte, nicht aggressiv. Engagierte Kämpferinnen für das Recht – und damit für eine linke Politik – waren nach Kates Erfahrung oft bemerkenswert grob.

»Irene Rexton.«

»Hier.« Ein auffallend hübsches Mädchen, zurückhaltend und mit einem so lieblichen und ansprechenden Gesicht, daß man sofort und unfair den Schluß zog, sie müsse hirnlos sein. Das lange, blonde Haar fiel ihr ins Gesicht und sie schob es lässig mit einer Geste hinter die Ohren, die verführerischer wirkte, als ihr wahrscheinlich selbst bewußt war. Zumindest hoffte Kate das.

»Betsy Stark.« Aha, dachte Kate. Warum habe ich eigentlich erwartet, daß sie wie Katherine Hepburn aussieht? Zweifellos eine Assoziation. Betsy Stark war ein höchst unhübsches Mädchen, aber von der Sorte, die ihr von der Natur gegebenes Gesicht nicht mit allzu verschwenderischem Make-up oder schrill modischer Frisur zu verbessern suchte. Egal, wie es um ihren Humor stand, Betsy hatte beschlossen, sich so zu akzeptieren, wie sie war. Kate gefiel das. Im Gegensatz zu allen anderen war das Gesicht dieses Mädchens unberührt von Augen-Make-up: Zu meiner Zeit, dachte Kate, wäre es der Lippenstift gewesen. Zu meiner Zeit, stellte Kate außerdem fest, trugen wir immer Schuluniformen. Diese Mädchen trugen bunte Hemden mit langen Hosen oder seltsamen Röcken. Ich weigere mich jetzt, über Uniformen nachzudenken, dachte Kate und beschloß, daß die Gründe dafür, nicht an der Schule zu unterrichten, die man selbst besucht hatte, so zahlreich wie verborgen waren.

»Elizabeth McCarthy. Ich sehe hier«, fügte Kate

hinzu, »daß du erst in diesem Jahr ins Theban gekommen bist und daß du vorher im ›Sacred Heart‹ in Detroit warst. Wußtest du, daß du hier am Theban Seminare belegen mußt?«

»Sie kam hierher, weil sie das ist, was mein kleiner Bruder böhmisch-katholisch nennt«, sagte Betsy Stark.

Elizabeth McCarthy lächelte zu diesem Geistesblitz. »Ich bin immer in Nonnenschulen gewesen«, sagte sie, »und als wir nach New York zogen, wollte ich gern wechseln. Ich habe sieben Jahre Latein gehabt, aber kein Griechisch.«

»Das Griechischproblem wollen wir am besten gleich klären«, sagte Kate. »Das letzte Mal Griechisch hatte ich in diesem Gebäude vor vielen, vielen Jahren; ich bin also gern bereit, von denen unter euch zu lernen, die Griechisch können, und froh, mein Nichtwissen mit den anderen zu teilen. Und du«, fügte Kate hinzu und wandte sich an das letzte Mädchen, »mußt Alice Kirkland sein.«

»Wenn ich muß, dann muß ich wohl«, sagte das Mädchen. Kate zog die Augenbrauen hoch und beschloß, es durchgehen zu lassen. »Nimm die Dinge locker«, hatte Julia ihr geraten, und Kate war bereit, diesem Rat bis zu einem gewissen Punkt auch zu folgen. Sie war, wie immer, überrascht über ihre scharfe Reaktion auf Unhöflichkeit.

»Soviel dazu«, sagte Kate. »Nun zurück zu dem Vers, den ihr so provokativ an die Wand gehängt hattet und der genauso provokativ wieder verschwunden ist. Es stimmt durchaus, daß ich ihn wohl nie zu Gesicht bekommen hätte, hätte ich nicht diesen Rundgang durch die Schule gemacht, und genauso stimmt es, daß ich vielleicht aus Taktgefühl hätte so tun sollen, als hätte ich ihn nicht gelesen. Doch – ich habe ihn gelesen, und wenn ich eines von der Jugend gelernt habe, so ist es die Erkenntnis, Heuchelei jeder Art um jeden Preis zu vermeiden. Man könnte sogar sagen, daß da ein Zusammenhang zur ›Antigone‹ besteht, aber lassen wir das beiseite. Der Vers war eine Herausforderung, der ich mich stellen möchte. Ich schlage vor, jede von euch schreibt ein Gedicht über die ›Antigone‹, vielleicht über einen Teilaspekt. So habt ihr Gelegenheit, eure dichterischen Fähigkeiten zu üben, und ich fühle mich besser.

Ich lasse jetzt eine Liste von Büchern herumgehen, die sich, meiner Meinung nach, auf interessante Weise mit bestimmten Problemen der ›Antigone‹ auseinandersetzen. Im Laufe der Zeit werdet ihr vielleicht andere, ebenso interessante oder noch interessantere Werke entdecken, die wir dann der Liste hinzufügen können. Da wir sieben sind und vierzehn Wochen Zeit haben, schlage ich vor, daß jede von uns an zwei Seminartagen die Lektüre bestimmt und die Diskussion leitet. Ich werde in der nächsten Woche beginnen, und ihr sechs kommt nacheinander in den folgenden Sitzungen dran, anschließend beginnt die Runde von vorn. Irgendwelche Kommentare, Vorschläge oder spontane Lyrik?«

»Ich kann keine Gedichte schreiben«, sagte Alice

Kirkland. »Ich habe das nie gekonnt. Es gibt Lyrikseminare, aber sowas habe ich nicht belegt.«

»Nun, es ist sicher nicht zu spät, dich gegen dieses Seminar zu entscheiden. Geh einfach zu Miss Tyringham oder ihrer Assistentin. Wenn du bleiben willst, schreibst du bis zum nächsten Mal ein Gedicht. Es muß kein gutes Gedicht sein, weißt du; es kann etwas Dummes sein oder, was immer eine gute Übung ist, ein italienisches Sonett, eine Villanelle oder eine Sestine. Wenn du dich an eine feste Versform hältst, wird es dir zumindest Spaß machen, auch wenn es kein epochales Gedicht wird.«

Alice Kirkland öffnete den Mund, um zu widersprechen – und machte ihn wieder zu, als fünf Augenpaare sie durchbohrten. Es wurde deutlich, daß Alice nur so lange den ›advocatus diaboli‹ spielen würde, wie die anderen hinter ihr standen – eine Feststellung, die sechs schlechte Gedichte wert war.

»Ich habe da über ein paar mögliche Diskussionspunkte nachgedacht. Wir müssen sie nicht behandeln, sie liegen jedoch auf der Hand und werden in der einen oder anderen Form wahrscheinlich ohnehin zur Sprache kommen. Vielleicht wird euch dadurch klar, welche Aspekte des Stückes euch besonders interessieren. Übrigens, auch wenn ich dazu neige, immer weiterzureden – eine Angewohnheit, die ich, wie auch das Rauchen, nicht aufgeben kann oder will – dürft ihr mich jederzeit unterbrechen.

Ich habe gerade erst angefangen, über die ›Antigone‹ zu lesen, das will ich euch ganz ehrlich sagen.

Ich rechne nicht damit, euch stets eine Unterrichtsstunde voraus zu sein, wie es Pädagogen leider oft versuchen. Ich denke, ihr holt mich ein oder überholt mich sogar, und ich wünsche mir nur, daß wir am Schluß des Seminars mehr über die ›Antigone‹ wissen und vielleicht auch mehr darüber, wie man eine lebensnahe und lebenswichtige Arbeit angeht.«

»Das verstehe ich nicht«, sagte Elizabeth McCarthy. »Ist denn die ›Antigone‹ lebensnäher und wichtiger als Caesar oder Cicero, und muß man sie anders behandeln?«

»Ich finde die ›Antigone‹ tatsächlich lebensnäher, aber über diesen Punkt kann man diskutieren, und, wie gesagt, ich hoffe, daß ihr ihn in Frage stellen werdet. Grob betrachtet gibt es wohl zwei Arten von Literatur: Die eine spricht uns mit unseren heutigen Ängsten noch immer an, die andere wendet sich an ein jeweils zeitgenössisches Publikum und kann für uns nur von wissenschaftlichem Interesse sein, indem wir versuchen herauszufinden, was das Werk für diejenigen bedeutet haben mag, für die es geschrieben wurde. Nehmen wir zum Beispiel ein Stück wie ›Bartholomäusmarkt‹ von Ben Johnson. Es ist eine herrliche Komödie, wenn man genügend über das sechzehnte Jahrhundert weiß, um die Scherze zu verstehen. Shakespeare dagegen spricht gewissermaßen das Grundsätzliche an. Die Beschäftigung mit Johnsons Stück würde ich als eine Aufgabe der Literaturgeschichte bezeichnen, die Untersuchung eines Stücks von Shakespeare als eine Aufgabe in Literaturkritik; aber es kann vorkommen, daß das eine vom anderen nicht völlig zu trennen ist; und ich hoffe, euch ist klar, daß ich diese Trennung auch nicht mache.« Die Klasse grinste, und Kate fühlte sich schon besser.

»Wir, auch die, die sich im Griechischunterricht durch dieses Stück gekämpft haben, finden es besonders interessant, daß es so sehr von der heutigen Zeit handelt«, sagte Freemond Oliver. »Ich meine die Geschichte von dem Tyrannen, der allen seine Gesetze und seine Vorstellungen von Patriotismus aufzwingen will, und von dieser jungen Frau, dieser Individualistin, die ihrem Gewissen folgt, wenn es um Recht und Unrecht geht, und die aus Liebe handelt.«

»Sicher«, sagte Kate. »Aber ich möchte mit euch darüber diskutieren, ob Kreon wirklich ein Tyrann ist – in vielen Dingen hat er durchaus recht, und gerade das macht das Stück so modern. Man kann mit George Eliot sagen, daß der Konflikt in der Diskrepanz zwischen individuellem Urteil und den Konventionen der Gesellschaft liegt; aber es ist gefährlich anzunehmen, daß gesellschaftliche Konventionen grundsätzlich falsch sind, auch wenn wir für den Begriff ›konventionell‹ nur Verachtung übrig haben. Ohne ein paar Konventionen wäre unser Leben ein Kampf, der täglich aufs neue bei Null anfinge.«

»Ein Mensch, der jeden steinigen will, der seinen Gesetzen zuwiderhandelt, ist ein Tyrann«, erklärte Angelica Jablon.

»In vielen Punkten hat Kreon das Recht auf seiner Seite«, sagte Betsy Stark, »besonders für ihn spricht, daß er seine Einstellung ändert, was ohnehin eine der menschlichen Fähigkeiten zu sein scheint, zu der nur sehr wenige sich tatsächlich durchringen können. Man denke nur an Bill Buckley und seine veränderte Haltung zur Studentenbewegung oder an Eleanor Roosevelt.«

»Das erinnert mich an die Diskussionen darüber, ob am ›Moratorium Day‹ schulfrei sein soll oder nicht«, sagte Irene Rexton. »Wir haben schließlich einen sogenannten Kompromiß geschlossen, der so aussah, daß wir zur Schule kamen und in Gruppen über den Vietnam-Krieg diskutiert haben. Das hätte mir aber nicht die Möglichkeit gegeben, normal zum Unterricht zu gehen, was mein gutes Recht wäre, wenn ich diesen Krieg für ehrenvoll hielte.«

»Ist es denn kein ›Unterricht‹, über einen Krieg zu diskutieren, der das ganze Land aufwühlt?« fragte Angelica aufgeregter und schärfer, als es wünschenswert gewesen wäre.

»Also setzen wir die Frage, ob Kreon ein Tyrann ist oder nicht, auf die Tagesordnung«, sagte Kate ruhig, »ebenso die damit zusammenhängende Frage, wer der eigentliche ›Held‹ in Sophokles Drama ist, Kreon oder Antigone. Die Meinungen der Experten gehen hier, wie leider üblich, auseinander. Wir wissen, daß die Rolle der Antigone vom ersten Schauspieler gespielt wird und die des Kreon vom dritten, was ein Beispiel dafür ist, wie historisches Wissen die Dinge erhellen kann. Außerdem stirbt Antigone ungefähr in der Mitte des Stückes, ohne je ihr Schicksal in Frage gestellt zu haben; Kreon dagegen ist am Ende des Stückes allein, muß sein grausames Schicksal tragen, und es gelingt ihm, wie Betsy dargelegt hat, seine Einstellung zu ändern, wenn auch zu spät.

Einen Moment noch«, sagte Kate und hob die Hand, als mehrere Mädchen unterbrechen wollten. »Ich habe euch gesagt, ihr sollt mich unterbrechen, und jetzt lasse ich euch nicht; das ist typisch für ältere Lehrer, ich weiß. Aber wenn ich jetzt die Liste möglicher Gesprächsthemen komplett habe, verspreche ich euch, schwöre ich feierlich, daß ihr mich ab der nächsten Stunde unterbrechen dürft, ja daß ich vielleicht ab und zu ganz den Mund halte. Aber wir müssen den Semesterplan heute aufstellen, damit wir ein für alle Mal die technischen Dinge hinter uns haben. Kreon, Tyrann oder Held? ist ein Thema, ich würde vorschlagen ... «

»Sollen wir Ihnen das wirklich abkaufen?« fragte Alice Kirkland. Wieder richteten sich fünf Augenpaare auf Alice Kirkland, diesmal kehrten sie fragend zu Kate zurück.

»Wenn es dir gelingt, diese Frage so zu stellen, daß wenigstens der Anschein von Höflichkeit gewahrt bleibt, werde ich darüber nachdenken.« Kate unterbrach die Stille nicht, die diesen Worten folgte.

»Ich meine«, sagte Alice Kirkland schließlich, »ob Sie vielleicht bereit sind, jedes Mal, wenn Sie länger als drei Minuten am Stück reden, einen bestimmten

Beitrag, vielleicht einen Dime oder so, in eine Kasse zu tun; am Ende des Schuljahres können wir dann eine Party machen.«

»Gut, drei Minuten, wenn ihr mir zusätzlich je fünf Minuten am Anfang und am Ende zur jeweiligen Themenstellung und Zusammenfassung zugesteht. Schließlich bin ich dafür verantwortlich, wenn wir auf die Nase fallen. Außerdem verdoppele ich den Betrag, der am Ende zusammengekommen ist, damit wir richtig schön feiern können. Willst du die Buchführung übernehmen, Elizabeth?«

»Ja, sicher. Aber ich finde den Vorschlag unverschämt, anmaßend und schlichtweg ungezogen. Warum belegt sie überhaupt das Seminar, wenn sie Ihnen nicht zuhören will?«

»Ich glaube, da bist du unfair«, sagte Kate. »Sie will ihre Gedanken erproben, was sie nicht kann, wenn sie immer meinen zuhört. Und da ich heute anmaßend und schlichtweg ungezogen bin, laßt mich jetzt mit meinen Themenvorschlägen für Referate und Diskussionen fortfahren. Hat jemand irgendwelche brillanten Vorschläge?«

»Warum mußte sie überhaupt ihren Bruder begraben?« fragte Irene Rexton. »Es war verboten, er hatte sein Land verraten, und was hat sie damit erreicht, daß sie eine Handvoll Staub auf seine vergammelte alte Leiche wirft?«

»Ach du lieber Himmel, laß uns bloß nicht damit anfangen«, sagte Freemond Oliver. »Das Begräbnis hatte für die Griechen eine andere Bedeutung als für uns, und damit basta. Man ließ die Toten nicht einfach verwesen. Das war göttliches Gebot und offenbar ein wichtiges, denn sonst wäre es Kreon ja gleichgültig gewesen, ob die Leiche begraben wird oder nicht. Die Fakten stimmen in dem Stück, und außerdem ist das Thema ermüdend und langweilig.«

Kate wünschte sich zum ersten Mal in einer langen Kette ähnlicher Wünsche, daß die jungen Mädchen nicht so erbarmungslos miteinander umgingen. »Dieses Problem ist fast völlig aus dem Blickfeld verschwunden«, sagte sie zu Irene Rexton, »obwohl es Zeiten gegeben hat, zu denen heftig darüber gestritten wurde. Eine andere, noch nicht so oft durchgekaute Frage, die euch interessieren könnte, ist: Wie neuartig war Sophokles in seiner Bearbeitung des ›Antigone‹-Stoffes? Er hat wohl als erster Haemon als Antigones Verlobten eingeführt, und Ismene, ihre Schwester, als Hintergrundfigur zu Antigone; außerdem hatte er die Idee, Tiresias einzuführen. Würde euch interessieren, was Euripides wohl aus der Geschichte gemacht hat in seinem verlorengegangenen Stück über Antigone oder Aischylos in seinem ›Sieben gegen Theben‹?«

»Mich würde interessieren, wie Anouilh den Stoff behandelt hat«, sagte Betsy Stark. »Ich persönlich kann Anouilh nicht ausstehen, aber es ist interessant, daß er ein Stück darüber geschrieben und Tiresias weggelassen hat und daß die Nazis ihn das Stück in Paris haben aufführen lassen. Das berührt wieder die Frage ›Ist Kreon ein Tyrann oder nicht‹; mal angenommen, die Nazis haben ihn das Stück inszenieren lassen, weil sie der Meinung waren, daß Kreon recht hatte, und nicht Antigone, das Symbol für Frankreich.«

»Für das Freie Frankreich«, kommentierte Kate spontan, »im Gegensatz zur französischen Regierung, die mit Hitler ein Abkommen geschlossen hatte.« Sie hatte sich seit langem an die Tatsache gewöhnt, daß solche Ereignisse, die für sie Meilensteine der Zeitgeschichte waren, für Schüler, die erst zwölf oder mehr Jahre nach der Kapitulation Frankreichs geboren waren, alte Geschichte und ziemlich angestaubt schienen. »Eine gute Überlegung«, sagte sie zu Betsy. »Was mich immer wieder ungeheuer erstaunt hat an dem Stück ›Antigone‹, ist die Art, wie es Teil des griechischen Theaters geworden ist – dabei beruhte die ganze Geschichte von Antigone, die ihren Bruder entgegen Kreons Verbot bestattet, nicht einmal auf Überlieferung – und dann verschwindet dieser Stoff bis zum neunzehnten Jahrhundert völlig von der Bildfläche. Dann wird sie von einer Schriftstellerin, George Eliot, entdeckt, als Symbol ihrer Vorstellungen von Identität und Schicksal.«

»Das ist eine der Geschichten, die darauf warten müssen, daß eine Frau sie aufgreift«, sagte Angelica Jablon. »Antigone mußte eine Frau sein, damit Kreon sie verhöhnen kann. ›Schmachvolle Denkart, die dem Weib sich unterwirft‹ und so weiter. Nur eine Frau konnte Sklavin sein und trotzdem so viel Mut aufbringen wie Antigone.«

»Das ist mehr oder weniger die Interpretation von Virginia Woolf«, sagte Kate. »Könnte das ein Thema für euch sein?«

»Ich habe nichts dagegen, wenn Sie das wollen«, sagte Angelica, »aber für mich ist es wirklich eine Geschichte von Individuen im Kampf mit dem Establishment, dem militärisch-industriellen Komplex und all diesen Dingen.«

»Ich möchte das Frauenthema machen«, sagte Alice Kirkland. »Was halten Sie von einem Vergleich mit ›Lysistrata‹?«

»Ihr könnt vergleichen, mit was ihr wollt. Das schadet nie«, sagte Kate, »solange ein solcher Vergleich nicht nur oberflächlich ist.«

»Es ist nicht einmal ein Vergleich«, sagte Betsy. »Das eine ist ein wirklich modernes Problem, das andere die alte, abgegriffene Tour – die einzige Waffe der Frau ist Sex, also benutzt sie ihn.«

»Einverstanden«, sagte Angelica. »Antigone steht für Humanität gegen die Willkür staatlicher Gesetze. Daß sie eine Frau ist, macht es ihr nur um so schwerer, sich gegen Kreon aufzulehnen. Aber sie setzt nicht ihre Sexualität ein, um ihren Bruder begraben zu können.«

»Sie benutzt ihre Sexualität, oder besser gesagt, ihr Sex bringt Haemon an ihre Seite«, sagte Elizabeth.

»Wäre Haemon wirklich ein chauvinistischer Mann wie Kreon«, sagte Betsy, »dann hätte er sich eher mit Ismene zusammengetan, die viel, entschuldigt den Begriff, ›weiblicher‹ ist.«

»Vielleicht können wir in diesem Zusammenhang auch die Rolle des Tiresias erörtern«, sagte Kate.

»Er ist ganz sicher eine der wenigen wirklich androgynen Gestalten, die es gibt«, sagte Betsy, »vielleicht die einzige überhaupt.«

»Ich rede so gern mit dir«, sagte Alice Kirkland, »weil das immer so *bildend* ist.«

»Ich frage mich wirklich, warum nicht jemand über ihn eine Sittenkomödie geschrieben hat«, sagte Betsy. »Ganz zu schweigen von dem Jungen, auf den er sich immer stützt – in jedem Stück wieder, der Junge hat nie auch nur die geringste Chance, den Mund aufzumachen, wie der Schlagmann im Baseballteam.«

»Nun sag uns schon, was ›androgyn‹ bedeutet«, sagte Angelica.

»Das ist typisch Angelica, die jüdische Mutter – hör auf damit, Angie«, sagte Freemond Oliver. »Sie hat für die Schauspielgruppe eine Parodie geschrieben: Die Heilige Maria und die Heilige Elisabeth als jüdische Mütter. Es war ganz lustig, das gebe ich ja zu, aber wir wollen doch keine Gewohnheit daraus machen, o.k., Angie?« Ihr Blick, wie auch der von Kate, lag auf Elizabeth, die verlegen wirkte.

»O.K., Oliver, also – wie definierst du ›androgyn‹?«

»Beide, Mann und Frau«, sagte Betsy Stark, »vereinen Elemente beider Geschlechter in sich; wenn eines davon dominiert, hat man Glück gehabt, und wenn eines davon zu sehr die Oberhand gewinnt, hat man Pech gehabt und landet in einem Nähkränzchen oder auf der Elchjagd. Shaw nannte das männliche Männer und weibliche Frauen, aber lassen wir das beiseite. Tiresias war tatsächlich Mann und Frau zugleich, und daher der einzige Mensch, der schildern konnte, wie beide Geschlechter sich fühlen, eine beneidenswerte Situation, oder?« Großer Gott, dachte Kate, aus ihr kann etwas werden, wenn sie es nicht zu sehr forciert und dadurch verliert. Noch ein Grund, nicht die ganz Kleinen zu unterrichten – man sieht soviel Vielversprechendes, und der größte Teil davon ist verschwunden, bevor die Weisheitszähne gewachsen sind.

»Nun«, fuhr Betsy fort, »Hera und Zeus gerieten sich eines Tages in die Haare darüber, wer das Küssen mehr genießt; Zeus sagte, die Frau, und Hera sagte, der Mann. Also beschlossen sie, den alten Tiresias zu fragen, der es ja wissen mußte.«

Am Höhepunkt ihrer Geschichte legte sie eine kleine Kunstpause ein.

»Uuuund?« fragte Elizabeth und brachte alle zum Lachen.

»Und Tiresias sagte, es wären die Frauen. Hera wurde so wütend, daß sie ihn blendete. Zeus konnte das nicht ungeschehen machen, weil kein Gott den Spruch eines anderen Gottes aufheben kann, aber zum Trost verlieh er Tiresias die Gabe der Weissagung. Ich hielt das immer für eine sehr bescheidene Entschädigung; schließlich muß er sich in jedem Stück von diesem Knaben führen und von allen

Hauptfiguren anschreien lassen. Natürlich hat er dabei«, schloß sie, »die Befriedigung, immer im Recht zu sein.«

»Danke, Betsy«, sagte Kate, die ein Stichwort immer sofort erkannte. »Wenn jemand noch kein Thema hat, sollten wir noch kurz darüber sprechen. Das nächste Mal werde ich den Plan verteilen, und ihr bringt die Gedichte mit. Macht Kopien von euren Gedichten, damit jeder ein Exemplar bekommt.«

»Um Gottes willen, ich will nicht, daß jemand meins zu Gesicht bekommt«, sagte Alice Kirkland.

Kate verkniff sich tapfer eine Anspielung auf Alices unhöflichen Satz vom Beginn der Stunde. »Der Grundgedanke eines Seminars ist der, daß wir alles miteinander diskutieren lernen«, sagte sie in höchst pädagogischem Tonfall, »ohne dabei unsere persönlichen Eitelkeiten mit ins Spiel zu bringen. Das ist unmöglich, ich weiß, aber unser Ziel muß unsere Möglichkeiten übersteigen. Wozu sollten Seminare sonst gut sein?« Sie beendete rasch den Unterricht, bevor jemand versuchen konnte, auf diese Frage zu antworten.

FÜNF

Der Februar mit seinem Wechsel zwischen Frost und trügerischen Frühlingsversprechen wich dem März, der noch mehr versprach, und noch weniger Glauben fand. Die Leute erinnerten einander daran, daß der Blizzard von 1888 im März gewesen sei, ja Mitte März sogar. Mrs. Johnson lag noch immer zu Hause in ihrem Streckbett und war geradezu versessen auf Ablenkung; sie freute sich auf Kates Bericht vom ›Antigone‹-Seminar.

»Arbeiten Sie eigentlich mit der Übersetzung von Jebb?« fragte sie Kate, als diese sie besuchte.

»Ja, obwohl wir mindestens drei andere zum Vergleich gelesen und diskutiert haben. Es ist wirklich merkwürdig, daß ich Jebb den Vorzug gebe trotz all seiner veralteten Anredeformen, seiner Verben mit ungewöhnlichen Endungen und all dieser Inversionssätze – alle reden, wie vermutlich Engländer zu Antigones Zeiten geredet hätten, hätte es eine englische Sprache gegeben, obwohl natürlich jeder weiß, daß damals angelsächsisch oder etwas Ähnliches gesprochen worden wäre – ich drücke mich nicht besonders deutlich aus.«

»Ich verstehe vollkommen, was Sie meinen«, sagte

Mrs. Johnson lachend und verzog im nächsten Moment das Gesicht zu einer Grimasse. »Oh je«, fügte sie hinzu, »es ist wie beim Heiligen Sebastian, der, als man ihn fragte, ob es wehtue, antwortete: nur wenn ich lache – Husten und Niesen tut natürlich mehr weh, aber darauf zu verzichten, fällt mir nicht so schwer. Die neueren Übersetzungen – Watling, Wyckoff, Townsend und so weiter sind sicherlich für Schauspieler einfacher zu sprechen und ermöglichen zweifellos eine Umsetzung in idiomatisches Englisch, um nicht zu sagen in Umgangssprache – trotzdem ziehe auch ich Jebb vor. Vielleicht nehmen wir es ›Antigone‹ ja sogar übel, wenn sie so up to date klingt?«

»Nun, als Sie zu dem Schluß gekommen sind, die ›Antigone‹ könnte überhaupt interessant sein, hatten Sie offensichtlich den Finger am Puls der Zeit, wie man so sagt. Die Mädchen sind so engagiert, daß sie doppelt so viel arbeiten, wie ich je auch nur im Traum von ihnen gefordert hätte; außerdem sind drei von ihnen in Mrs. Banisters Schauspielgruppe und arbeiten nun schon seit Wochen an Improvisationen über ›Antigone‹. Wie leicht diese uralten Geschichten doch zum Leben erwachen, wenn man ihnen die Möglichkeit gibt.«

»Ich bin sicher, das ist zum größten Teil Ihr Verdienst«, sagte die loyale Mrs. Johnson. »Deshalb wollte ich auch nicht, daß einfach ein Altphilologe übernimmt – womit ich ganz gewiß nicht sagen will, es gäbe keine Altphilologen, die das könnten, aber die, die wir am Theban haben, sind, wie sich das gehört, an Sprachstrukturen und dem historischen Hintergrund griechischer Lebensformen interessiert.«

»Diesen Punkt möchte ich lieber nicht erörtern«, sagte Kate, »da ich festgestellt habe, daß meine Bescheidenheit fast immer für Unaufrichtigkeit gehalten wird, obgleich es in Wirklichkeit eine Menge Dinge gibt, derentwegen ich, wie Churchill über Attlee sagte, Grund habe, bescheiden zu sein. Es hat eigentlich nur eine Irritation in dem Seminar gegeben, einmal ganz am Anfang – eine wirklich dumme Geschichte, auf die ich jetzt nicht eingehen will – das Ergebnis war jedenfalls, daß ich allen Mädchen aufgab, ein Gedicht über einen der Nebenaspekte der ›Antigone‹ zu schreiben, nichts ungeheuer Tiefschürfendes und auch keine Anhäufung von Oxymora, verstehen Sie, einfach ein paar Verse. Ich dachte, ich lasse sie Ihnen da, um Sie in den langen Stunden, die Sie hier wie ein Paket verschnürt liegen müssen, ein bißchen aufzuheitern.« »Sie haben mir Blumen und das ›Leben des Lytton Strachey‹ mitgebracht, da müssen Sie sich wirklich nicht für meine endlose Zeit verantwortlich fühlen, aber trotzdem danke für die nette Idee.« Sie überflog die Gedichte, wollte nur einen flüchtigen Blick darauf werfen und sie später eingehend lesen; dennoch hielt sie bei einem inne und las es gründlich.

»Das hier gefällt mir«, sagte sie, »obwohl ich schwer sagen könnte, warum. Sie hätte wenigstens reimen können, wie Horatio sich bei Hamlet beklagt.«

Kate sah auf das Blatt. »Oh ja, das ist Betsys. Darüber habe ich mich gefreut; sie hat viele gute Ideen, aber sie muß lernen, sich die Zeit zu nehmen, die richtigen Worte dafür zu finden und die entsprechende Reihenfolge. Vielleicht sollte sie sich überlegen, in lateinisch zu schreiben; da ist die Reihenfolge nicht so wichtig.« Sie las über Mrs. Johnsons Schulter hinweg das Gedicht noch einmal.

Erinnere dich, in griechischen Theaterstücken hatte Tiresias
einen Knaben, der ihn auf die Bühne führte -
Während aller Prophezeiungen, aller Visionen stand er und hoffte,
Ödipus' Zorn oder dem des Kreon zu entrinnen.
Ich möchte wissen – wo ist dieser Knabe?
Sagte er eines Tages zu Tiresias:
»Ich bin erwachsen und kann dich länger nicht geleiten?«
Ich denke, er wuchs zum Mann heran,
Wurde größer als Tiresias, vielleicht gar aufrechter
Und strebte nach Männlichkeit, oder dem, was er dafür hielt.
Ließ er die prophetische androgyne Weisheit hinter sich?
Oder blieb er, wie die Bühnenanweisung vorschreibt,
stets ein Knabe, der zu blinder Wahrheit führt?

»Das sieht Betsy ähnlich, daß sie über eine Figur schreibt, die nur eine Statistenrolle hat«, sagte Mrs. Johnson. »Ich setze große Erwartungen in Betsy, obwohl die griechische Tragödie nicht wirklich ihr Gebiet ist. Lytton Strachey würde ihr gefallen«, fügte sie hinzu und legte die Hand auf die Bücher, die Kate ihr mitgebracht hatte.

»Ich überlasse Sie ihm jetzt«, sagte Kate. »Freuen Sie sich, daß Sie keine Berichte schreiben müssen – der unerfreulichste Teil des Unterrichtens an Schulen.«

»Ich würde mit Freuden jeden Bericht schreiben, könnte ich dafür jetzt sofort überhaupt etwas tun, einen Spaziergang machen oder Himmel-und-Hölle spielen.«

»Ich weiß, wie Carlyle zu Geraldine Jewsbury unter etwas anderen Umständen sagte, ›das ist eine schlimme Zeit für eine geistig rege junge Frau‹.« Kate verabschiedete sich von Mrs. Johnson, die nach dem kleinen Stapel Gedichte griff.

»Die Arme langweilt sich zu Tode«, berichtete Kate Reed am Abend. »Sie würde so viel lieber das Seminar halten, als da herumzuliegen, auch ohne irgendwelche orthopädischen Probleme. Ich dagegen, welche Ironie des Schicksals, würde liebend gern nichts anderes tun, als auf dem Rücken liegen und die Arbeit angehen, die ich ohnehin tun muß. Nun, glücklich der Mensch, der gelernt hat, das Beste aus den Dingen zu machen, die ihm die Götter schicken – ich weiß nicht mehr, wer das gesagt hat, aber es muß ein Klassiker gewesen sein. Im Moment kann ich anscheinend nur in Klassikern denken. Das Theban nimmt zwar mehr Zeit in Anspruch, als ich vorausgesehen hatte, aber wenigstens nicht mehr meine ganze Zeit und Energie. Ich habe gelernt, mit den Mädchen im Seminar zurechtzukommen, den Diskussionen über die abgelegendsten Umwege zu folgen und alle Probleme der jungen Generation älteren und weiseren Köpfen zu überlassen – na ja, zumindest weiseren. Wenn der März sich richtig lammfromm aufführt, habe ich das Theban in den Griff bekommen – oder klingt das nach der Hybris, die die Götter stets so in Rage bringt?«

»Kate, Liebes«, sagte Reed, »ich wollte, du würdest mir ein für alle Mal versichern, daß du nicht wirklich an die griechischen Götter glaubst. Du weißt doch, aus dem Olymp haben sie eine Neubau-Siedlung gemacht, und mitten in den Elysischen Gefilden steht ein Hilton Hotel.«

»Scht«, sagte Kate, »sie könnten dich hören.«

Kate und Reed hatten gerade das Geschirr abgewaschen, das Licht in der Küche ausgeknipst und schon fast ihre allabendliche Diskussion über die Frage einer Geschirrspülmaschine für einen Zwei-Personen-Haushalt beendet, als das Telefon läutete.

»Was ein Zwei-Personen-Haushalt wirklich nicht braucht, ist ein Telefon«, sagte Reed mürrisch.

Kate nahm in der Dielc ab.

»Oh«, war Miss Tyringhams Stimme zu hören, »dem Himmel sei Dank, daß ich Sie zu Hause antreffe. Könnten Sie liebenswürdigerweise für einen Moment herüberkommen? In die Schule, meine ich. Ich habe im Augenblick nicht die Zeit, Ihnen zu erklären, warum, aber ich wäre Ihnen unendlich dankbar. Ich weiß, Sie denken jetzt, das hat sie schon einmal gesagt – aber, bitte, Kate. Angelica fragte nach Ihnen, sie ist nicht die einzige.«

»Angelica!«

»Sagen Sie, daß Sie sich gleich ein Taxi nehmen.«

»Also gut, ich komme.« Kate legte auf. »Verdammt und zugenäht! Athene hat dich gehört, wenn nicht gar Zeus höchstpersönlich. Die haben eine Krise«, fügte sie etwas zusammenhanglos hinzu.

»Na prima«, sagte Reed. »Dann habe ich wenigstens Gelegenheit, den ganzen Kram für unsere Einkommensteuer zusammenzustellen. Wer weiß, wofür das gut ist. Solange du da bist und ich mit dir reden kann, werde ich damit nie fertig.«

»Wenn ich eines nicht ausstehen kann«, sagte Kate und kämpfte mit ihrem Mantel, »dann sind es Leute, die immer die positive Seite sehen.«

Das Schulgebäude war dunkel und leer, als Kate aus dem Taxi stieg – und einen schrecklichen Augenblick lang fragte sie sich, ob sie den Anruf vielleicht nur geträumt hatte, oder, was noch schlimmer wäre, ob sie vielleicht jemand aus irgendwelchen zwielichtigen Gründen in diese verlassene Straße gelockt hatte. Ihr Puls hatte zu rasen begonnen, was sie noch nervöser machte, als sich die Tür öffnete und Julia Stratemayer ihr aus der dunklen Halle zuwinkte. »Gott sei Dank«, sagte Kate. »Ich fing gerade an, mir alle möglichen Schauergeschichten auszudenken.«

»Nur weiter so«, sagte Julia finster. »Aber nicht einmal in deinen wildesten Träumen würdest auf diese Geschichte kommen.«

»Wie aufbauend. Hoffentlich keine Leichen. Als wir heirateten, habe ich Reed nämlich mehr oder weniger versprochen, mich nicht mehr mit Leichen zu befassen.«

»Nein, keine Leiche«, sagte Julia düster. »Aber wir können hier nicht länger flüsternd herumstehen. In Miss Tyringhams Zimmer findet eine Konferenz statt. Komm.«

Als sie durch die Flure gingen, war Kate froh über Julias Begleitung. Sie hatte sich das Gebäude nie so dunkel vorgestellt und bewunderte nun fast den Mut der Jungen, die eingebrochen und den Boden der Turnhalle zerstört hatten. Das Schulgebäude war natürlich abends häufig offen für Elterntreffen, Tanzveranstaltungen, Theateraufführungen und Konzerte, aber dann waren Halle, Treppen und Fahrstühle normal beleuchtet, so daß alles fast wie immer aussah, wenn auch ohne die durch alle Gänge lärmenden Kinder.

»Wie gut, daß hier kein Elterntreffen stattfand, als was auch immer passiert ist«, sagte Kate, mehr um ihre Stimme oder überhaupt eine Stimme zu hören, als um eine besonders sachdienliche Bemerkung zu machen.

»Hätte ein Elterntreffen stattgefunden, wäre das nicht passiert. Es mußte ein Abend sein, an dem das Gebäude abgeschlossen ist, verstehst du?«

»Ach ja«, sagte Kate, die zwar nicht verstand, aber hoffte, das bald zu tun. »Warum sind eure Elterntreffen immer abends?« fragte sie. »Ich dachte, die Mütter kämen am Nachmittag und würden hinterher mit Tee und feinem Gebäck wiederbelebt.«

»Wir machen das schon seit Jahren, in der naiven Hoffnung, daß auch Väter kommen, die natürlich viel zu beschäftigt sind mit den wichtigen Dingen des Lebens, um sich in den Nachmittagsstunden freizumachen.« Julia verstummte, als sie Miss Tyringhams Büro erreichten.

»Lassen Sie es einfach läuten«, sagte Miss Tyringham gerade. »Stöpseln Sie nur meinen Apparat ein, für den Fall, daß ich telefonieren muß. Sie müssen wissen«, fuhr sie zu Julia gewandt fort, »daß jemand den Krankenwagen gesehen und angerufen hat, um zu fragen, was los ist. Ich fand es immer gut, wie die Theban-Mütter stets bei dem kleinsten Problem Kontakt mit uns aufgenommen haben, aber heute hätte ich ganz gut ohne irgendwelche Neugier auskommen können. Die Schule ist normalerweise zu dieser Zeit geschlossen, und wir verhalten uns einfach so, als wäre sie es auch.«

»Angenommen, jemand ruft bei Miss Freund zu Hause an?« fragte Julia.

»Dann wird sie einfach den Tatsachen entsprechend antworten, daß sie nicht weiß, wovon die Rede ist.«

»Wird sie dann nicht sofort kommen, um zu sehen, was los ist?«

»Da haben Sie zweifellos recht. Rufen Sie sie an, Julia, und erzählen Sie ihr genug, damit sie eventuelle Anrufer beruhigen kann, aber sie soll zu Hause bleiben und die Dinge von dort aus regeln. Ich danke Ihnen, daß Sie gekommen sind, Kate. Im Moment stolpern wir von einer Krise in die andere. Wie Pooh, der holperdistolper, holperdistolper von Christopher Robin die Treppe hinaufgeschleift wird. Ich glaube, wir können in diesem Fall den ganz großen Knall verhindern, wenn Sie den Ausdruck entschuldigen; aber die Tragweite ist wirklich ganz schrecklich.« An Kate gerichtet, fügte sie hinzu: »Ich habe gehofft, Sie könnten Licht ins Dunkel bringen.«

»Wo ist Angelica?« fragte Julia.

»Angelica liegt im Krankenzimmer; Mrs. Banister beruhigt sie gerade«, sagte Miss Tyringham zu Kate. »Sie und Mrs. Banister sind unsere Rettungstruppe, hoffe ich.« Das klang eher matt. »Natürlich wollen Sie wissen, was passiert ist«, fuhr sie fort. »Wir haben einen jungen Mann gefunden, der sich hier im Gebäude versteckt hatte; er war fast besinnungslos vor Angst und Aufregung und völlig ausgehungert. Aber, damit Sie in dieser Sache überhaupt einen Sinn erkennen können, muß ich Ihnen erst unsere komplizierte Prozedur erklären, mit der wir versucht haben, das Schulgebäude gegen Eindringlinge zu sichern. Wenn Sie rauchen wollen, bitte schön. Ich würde Ihnen gern etwas zu trinken anbieten, aber ich habe nichts. Haben Sie genügend Geduld, sich diese ziemlich umständliche Erklärung anzuhören?«

Kate lehnte sich zurück, steckte sich eine Zigarette an und stellte fest, daß ihr keine Methode einfiel, mit der man sie noch mehr auf die Folter spannen könnte, als das jetzt schon der Fall war.

»Ich weiß nicht, ob Sie von den Schäden gehört haben, die hier von Einbrechern und Dieben verursacht worden sind«, begann Miss Tyringham. Kate berichtete, daß Anne Copland ihr von den Diebstählen und dem ruinierten Turnhallenboden erzählt hatte. »Ja; natürlich haben wir als erstes Eisengitter vor allen Fenstern im Erdgeschoß anbringen lassen und die Türen so gesichert, daß ein Eindringen eigentlich nur mit Hilfe einer größeren Explosion möglich wäre. Doch die Methoden der Einbrecher von heute sind vielfältig und oft sehr einfallsreich. Wir versuchen zwar, unsere Augen überall zu haben, aber aus verschiedenen Gründen können wir keinen Wachmann den ganzen Tag in der Eingangshalle postieren – jeder, der will, kann sich Zugang zum Gebäude verschaffen, sich verstecken und warten, bis alle nach Hause gegangen sind. Das erfordert zwar eine gewisse Geschicklichkeit, um dem Reinigungspersonal nicht über den Weg zu laufen, aber ich glaube, daß das sogar den Einfallsreichtum des primitivsten Räubers nicht überfordert. Außerdem wechselt unser Personal für Küche und Reinigung zum großen Teil häufig – auch wenn es sich heutzutage nicht gehört, das zuzugeben; natürlich haben wir auch unsere alten, zuverlässigen Angestellten, aber die Gründe der anderen, diesen Job anzunehmen, kennt man nicht. Heutzutage kann man froh sein, wenn man überhaupt jemanden findet, der den Besen schwingt, ohne sich zu Höherem berufen zu fühlen: kurz, man fragt nicht lange. Dann sind da noch Lieferanten, Installateure, Schreiner – nun, wir brauchen das nicht endlos fortzusetzen; wir haben verdammt viel Glück gehabt, daß bisher in der Schule nichts wirklich Ernstes passiert ist. Natürlich waren alle über den Turnhallenboden entsetzt, aber es hätte noch viel schlimmer kommen können.

Dann«, fuhr Miss Tyringham fort, »stellten wir – gesegnet sei der Tag – Mr. O'Hara ein, einen Veteranen der U.S, Army, der als Sergeant viele Jahre Erfahrung im Wachdienst mitbrachte. Die Penthouse-Wohnung, die wir ihm anbieten konnten, gefiel ihm, und das niedrige Gehalt war kein besonderes Problem, da er seine Pension hat und für niemand sorgen muß. Verzeihen Sie meine außerordentliche Weitschweifigkeit, aber solange Sie sich kein Bild über die Hintergründe machen können, werden Sie das Geschehene nicht verstehen.

Mr. O'Hara zog ein und bekam die Dinge sehr gut in den Griff. Er schloß sämtliche Treppenhauszugänge ab, nahm beide Aufzüge nachts mit nach oben – er sagte, es mache ihm nichts aus, für den zweiten zu Fuß nach unten zu gehen; nur beim Hinaufgehen beginne er sein Alter zu spüren – und alles schien wunderbar, bis die Feuerpolizei die abgeschlossenen Treppenhäuser entdeckte und feststellte, daß Mr. O'Hara im Fall eines Feuers keinen schnellen Fluchtweg habe außer dem Sprung vom Dach – hoffentlich ins Sprungtuch der Feuerwehr. Natürlich konnten wir nicht zulassen, daß Mr. O'Hara von Dächern springen muß, wie zuversichtlich auch immer; da kam er mit einem Vorschlag zu mir, der zunächst verblüffend schien, sich dann jedoch als durchaus praktikable Lösung erwies. Er schlug Hunde vor.«

»Hunde?« fragte Kate. Das hatte sie nun wirklich nicht erwartet.

»Ja, meine Liebe, Hunde. Zwei höchst bösartig aussehende Dobermänner, die, wie mir Mr. O'Hara versichert, nie jemanden angreifen würden. Sie sorgen einzig und allein dafür, daß niemand mehr im Gebäude ist, wenn es abgeschlossen wird. Absolut niemand. Diese Aufgabe erfüllen sie – so ungewöhnlich das heutzutage klingen mag – ganz hervorragend, und wie Mr. O'Hara, der extrem konservativ zu sein scheint, betont, ohne Lohnforderungen, Demonstrationen oder Streiks. Natürlich reagierte ich auf den Vorschlag erstmal ablehnend und fand die Sache undurchführbar – man stelle sich vor: zwei bösartige Hunde, egal wie wenig bissig auch immer, in einer Schule mit fünfhundert Mädchen, von Lehrern, Eltern oder Putzkolonne ganz zu schweigen. Die Vorstellung war absurd. Doch Mr. O'Hara versicherte mir, daß Kaufhäuser im ganzen Land seit Jahren mit Hunden arbeiteten, und zwar ohne die geringste Gefahr für die Kunden oder sonst jemanden; die Hunde werden nur losgelassen, wenn niemand mehr im Haus ist, zumindest niemand, der ein

Recht hat, dort zu sein, und darum geht es ja gerade.«

»Wo sind sie tagsüber?«

»Auf dem Dach, meine Liebe, neben Mr. O'Haras Penthouse. Sie haben einen äußerst eleganten Zwinger mit Freilauf und Hütte, und Mr. O'Hara geht täglich am frühen Morgen mit ihnen in den Park. Ich habe mir den Zwinger angesehen – als Schulleiterin muß man ja schließlich Bescheid wissen – da standen sie hinter Gittern und fletschten passend und furchteinflößend die Zähne. Niemand kann auf das Dach klettern, da die Tür von der Aula her abgeschlossen ist. Oben im Treppenhaus ist der Zugang durch eine Falltür verschlossen. Wahrscheinlich habe ich mich schließlich mit der Idee angefreundet, weil sie so absolut unheimlich ist – es ist kaum zu glauben, daß Hunde zu komplizierten Operationen in der Lage sind, ich werde Ihnen gleich erzählen, welche – obwohl wir natürlich all die Geschichten von Hardys aufmerksamen Schäferhunden und Lassie kennen.

Wir haben an beiden Enden eines jeden Flurs elektrische Kontakte angebracht, und wenn die Hunde alle Räume einer Etage abgesucht haben und nirgends jemand ist, drücken sie mit der Pfote den Kontakt, und in Mr. O'Haras Wohnung ertönt ein Klingelzeichen. Die ganze Nacht über machen sie ihre Runden durch das Haus, und wenn sie einen Eindringling finden, halten sie ihn fest, bis Hilfe kommt. Sie greifen ihn aber nicht an, es sei denn, er versucht zu fliehen oder eine Waffe zu ziehen oder ähnliches.

Dann würden sie ihn anspringen, soviel ich weiß – Mr. O'Hara bot mir an, das mit einem Mann in dick gepolsterter Schutzkleidung zu demonstrieren, aber ich habe mich auf sein Wort verlassen. Er mußte mir nur versichern, daß die Hunde unter gar keinen Umständen jemanden töten. Wie Ihnen sicher aufgegangen ist, können die Hunde den Kontaktschalter am Flurende nicht betätigen, wenn sie einen Eindringling gestellt haben, und wenn Mr. O'Hara das Klingelzeichen nicht hört, macht er sich auf, vermutlich bis an die Zähne bewaffnet, und schaut nach, was los ist. Auf meinen nachdrücklichen Wunsch benachrichtigt er noch die Polizei, bevor er losgeht. Das ist alles.«

»Ein gut ausgeklügeltes System«, sagte Kate. »Sehr wirkungsvoll, nehme ich an.«

»Absolut. Es hat keinen einzigen Diebstahl oder Einbruch mehr gegeben; Mr. O'Hara meint, daß Leute, die die Absicht hätten einzubrechen, von den Hunden wissen, obwohl wir es geheimgehalten haben. Als die Hunde noch nicht lange bei uns waren, hatten wir einmal einen unglücklichen Handwerker hier, der sich freundlicherweise bereit erklärt hatte, noch nach Feierabend eine undichte Stelle in einer der Toiletten zu reparieren, und niemand hatte daran gedacht, Mr. O'Hara Bescheid zu sagen. Die Hunde stellten den armen Mann, der zum Glück einfach stehenblieb und zitterte, bis Mr. O'Hara kam und die Hunde zurückrief.«

»Ich habe natürlich eine Unmenge von Fragen zu

diesem faszinierenden System«, sagte Kate, »aber ich sollte meine Neugier wohl zügeln bis wir zum Problem von heute abend gekommen sind. Vermutlich haben die Hunde heute jemanden gestellt.«

»In der Tat. Angelica Jablons Bruder, um genau zu sein. Der Junge war ohnehin schon in einem fürchterlichen Zustand, und als diese beiden zähnefletschenden Bestien ihn in die Enge trieben, ist er vollends in Panik geraten und schließlich gefallen; dabei ist er mit dem Kopf gegen irgendeine Kante geschlagen und hat sich eine Platzwunde geholt, die schrecklich geblutet hat, was ja bei Schädelwunden normal ist. Jetzt ist er im Krankenhaus und wird wegen Schock und Gehirnerschütterung behandelt. Er wird bald wieder in Ordnung sein, zumindest was die kleine Episode von heute abend betrifft. Angelica hat ihn wahrscheinlich buchstäblich in einer Blutlache liegen sehen, bevor er ins Krankenhaus gebracht wurde. Sie liegt im Krankenzimmer am Ende des Flurs, hat hysterische Anfälle und wird hoffentlich von Mrs. Banister beruhigt. Die Hunde sind wieder auf dem Dach, und das Theban hat eine neue Krise. In dieser Woche haben wir mehr als unser übliches Quantum an Katastrophen.«

Kate mochte den lockeren Tonfall, in dem Miss Tyringham diese ungewöhnliche Geschichte berichtet hatte. Vom Standpunkt der Schulleiterin aus gesehen, war es lebensnotwendig, das Drama herunterzuspielen – ein ungezogener Junge hatte sich versteckt, war von ein paar Hunden erschreckt worden und hatte sich den Kopf angeschlagen. Ein unglücklicher Unfall; natürlich sollten die menschlichen Hintergründe des Ereignisses nicht heruntergespielt werden, aber Miss Tyringham wollte vermeiden, daß daraus, daß es sich im Theban ereignet hatte, irgendwelche Panikreaktionen entstanden. Das konnte Kate ihr gut nachfühlen.

Dennoch wurde Kate bei Miss Tyringhams Bericht von demselben nackten Entsetzen gepackt, das der Junge empfunden haben mußte. Sich allein in einem unbeleuchteten Gebäude zu verstecken heißt, sich Ängsten auszusetzen, die der Kopf vielleicht ›fortdenken‹ kann, auf die der Magen jedoch deutlich reagiert. Sich wie ein Verbrecher zu verstecken, auch wenn die Gründe fraglos verständlich waren, konnte kein einfaches Unterfangen sein. Und dann plötzlich, ganz ohne Vorwarnung – denn sicher kamen sie lautlos näher – zwei geifernden Bestien gegenüberzustehen, na ja, vielleicht nicht gerade geifernd, aber Miss Tyringham hatte gesagt, daß sie die Zähne fletschten, und bestimmt hatten sie geknurrt, als er zurückwich. Wie hätte der Junge wissen sollen, daß sie ihn nicht angreifen würden, und selbst wenn er es gewußt hätte, hätten seine bebenden Nerven ihm das geglaubt? Kate wußte, daß sie sich für viele Nächte nicht würde befreien können von dieser Vorstellung, die zwar nur eine Vorstellung, aber sicher nicht übertrieben war. Kein Wunder, daß er zurückgewichen, gefallen und verletzt war – vielleicht war er vor Angst ohnmächtig geworden. Kate fragte sich, ob

Miss Tyringham sich die Szene in diesen schrecklichen Farben ausgemalt hatte. Um Gottes willen, sagte Kate zu sich selbst, natürlich hat sie das; soviel Verstand und Vorstellungskraft muß ich ihr schon zugestehen.

»Und nun haben wir Sie hergerufen, meine Liebe«, fuhr Miss Tyringham fort, »weil Angelica, nachdem Mrs. Banister sie ein wenig beruhigt hatte, im einzigen zusammenhängenden Satz, zu dem sie fähig war, sich mit Antigone verglich, die ihren Bruder verteidigt. Sie schluchzte, daß wahrscheinlich Sie die einzige seien, die das verstehen könnte; mehr wollte oder konnte sie nicht sagen. Nun sind Sie dran und können hoffentlich das Mädchen wieder zu sich bringen.«

»Sie hat ihren Bruder im Schulgebäude versteckt. Wovor?«

»Vor den Einberufungsbehörden der Vereinigten Staaten oder seinem Großvater, wahrscheinlich vor beiden. Ohne jede Frage ist er fest entschlossen, nicht zum Militär zu gehen. Eine Geschichte, die Ihnen nicht neu ist, meine Liebe. Ich weiß.«

»Und seine Schwester hat ihm geholfen.«

»Ja. Wir nehmen an, daß sie es war, die das dunkle und verlassene Theban für ein perfektes Versteck hielt. Alle erforderlichen sanitären Anlagen sind vorhanden, Heizung, ein Dach über dem Kopf, und das Essen konnten ihm die Mädchen in den umliegenden Delikatessengeschäften besorgen – sie haben wohl kaum erwartet, daß er sich etwas kochen würde.«

»Sie wissen über Mr. O'Hara Bescheid, oder?«

»Oh ja, aber da er über sechzig ist und ein Mann, waren sie ganz sicher, ihm ausweichen zu können. Was ja auch möglich gewesen wäre, hätte es da nicht den unbekannten Faktor ›Hund‹ gegeben.«

»Suchen diese phantastischen Hunde tatsächlich jeden Raum im Haus ab, einschließlich aller Toiletten?«

»Ja. Das war eine der Neuerungen, die wir mit dem Einsatz der Hunde einführen mußten. Die Putzkolonne läßt jetzt sämtliche Türen weit offen – obwohl sie nichts von den Hunden weiß. Die Putzfrauen bekämen möglicherweise Angst, und das ist ja nicht nötig.«

»Dann soll ich jetzt also mit Angelica sprechen, damit sie hoffentlich etwas ruhiger wird?«

»Diese Hoffnung wird sicher nicht enttäuscht werden. Da ist dann noch das Problem der Öffentlichkeit, auf die das Theban immer sehr empfindlich reagiert hat – aber sicherlich ist jetzt erst einmal wichtiger herauszufinden, wie man mit dieser schrecklichen Geschichte am klügsten umgeht. Ihr großer Vorteil liegt, abgesehen von der ›Antigone‹, in Verbindung mit der Tatsache, daß Sie von draußen kommen und wohl nicht so voreingenommen gegen die Jungen und Radikalen sind und wohl kaum diese ›Das-Theban-steht-stets-über-den-Dingen‹-Haltung einnehmen. Und außerdem wissen wohl die wenigsten Menschen, wie schwierig es für Heranwachsende ist, ihre eigenen Gedanken und Gefühle und Meinungen zu entdecken, wenn sie, wie es leider wohl bei Angelica der Fall ist, in einer Umgebung leben, in der man entweder generell allem zustimmt, was sie sagen, oder grundsätzlich mit Entsetzen reagiert. Jeder braucht ein bißchen Hin und Her, wenn Sie verstehen, was ich meine.«

»Und der Bruder steht vor dem gleichen Problem mit der Einberufung wie mein Neffe, von dem ich Ihnen bei unserem allerersten Gespräch erzählt habe.«

»Richtig, meine Liebe, das ist mir wieder eingefallen. Sie können Angelica ehrlich sagen, daß Sie das Problem kennen und Verständnis für die Jungen haben. Falls Sie so gut sein wollen, heißt das.«

»Wie ist der Junge? Kennen Sie ihn?«

»Nein. Überhaupt nicht. Ich weiß nur, daß die Familie recht ungewöhnlich ist. Angelicas Vater fiel 1953 kurz vor ihrer Geburt in Korea; seitdem leben beide bei ihrem Großvater und werden von der Mutter erzogen, die ... « Miss Tyringham schob, ganz die verschwiegene Direktorin, ein paar Papiere auf ihrem Schreibtisch hin und her, »nun, sagen wir, eine schwierige Frau ist, leicht erregbar, egozentrisch und mit etwas leichtfertigen Neigungen. Nicht gerade der Inbegriff einer glücklichen Familie, und ich glaube, da liegt eines der Probleme. Natürlich wäre es uns lieber gewesen, Angelica hätte die Schule nicht so unmittelbar mit hineingezogen, aber ohne Frage sind wir involviert. Das war nun eine sehr weitschweifige Einleitung. Ich bitte um Entschuldigung. Glauben

Sie, daß Angelica . . . nun, einen ausreichend kühlen Kopf behalten kann, wenn es hart auf hart kommt?«

»Ich weiß nicht. Es hat keinen Zweck zu behaupten, ich wüßte das. Ich habe nicht die geringste Ahnung. Im Seminar hat sie gut mitgearbeitet, alle haben das, aber . . . tut mir leid, da kann ich Ihnen nicht weiterhelfen.«

»Im Gegenteil. Gerade weil Sie sich nicht sicher sind, meinen Julia und ich, daß Sie vielleicht mehr ausrichten können als Mrs. Banister. Natürlich steht Mrs. Banisters Einsatz für Angelica in den letzten Jahren außer Frage, und natürlich mußten wir sie rufen, als das Theater losging.«

»Gut«, sagte Kate, stand auf und versuchte, die erschöpfte Frau vor sich nicht anzusehen. »Ich werde sehen, was ich tun kann.«

Beim Verlassen des Büros schien es Kate, als hätte sich Miss Tyringham etwas Bestimmtes erhofft, als sie sie rief – aber Kate wußte nicht, was; wahrscheinlich wußte es Miss Tyringham selbst nicht.

Und auch Angelica nicht, wie sich bald herausstellen sollte. Sie lag apathisch auf der Liege im Krankenzimmer; physische und psychische Erschöpfung hatten sie überwältigt. Dennoch schien sie bis zu Kates Erscheinen gegen den Schlaf gekämpft zu haben. Mrs. Banister begrüßte Kate mit einem Kopfnicken und verließ auf Zehenspitzen den Raum.

»Danke«, sagte Angelica schwach.

Kate setzte sich auf einen Stuhl neben der Liege. Angelica bewegte eine Hand in Kates Richtung, berührte sie aber nicht; dann schloß sie die Augen, als hätte ein Kampf sein Ende gefunden. Seltsam, dachte Kate, ein- oder zweimal in unserem Leben kann unsere Gegenwart, allein unsere Gegenwart, Frieden bringen, aber wir wissen nie vorher, wann das sein wird.

Während sie so dasaß, spürte Kate, daß ihre Stimme vielleicht beruhigend wirken könnte. Gedanken über Antigone und Angelica wirbelten ihr durch den Kopf, wollten sich aber nicht in Worte fassen lassen.

»Falsch?« sagte Angelica. »War's falsch, das zu tun?«

Und dann dachte Kate plötzlich an Thornton Wilders ›Die Frau aus Andros‹ – warum, wußte sie nicht. Nun, schließlich war es ein Buch über die Griechen. »Nicht falsch«, sagte Kate. »Die Fehler, die wir aus Großzügigkeit machen, sind weniger schrecklich als die Vorteile, die wir durch Vorsicht erlangen.«

Angelica lächelte und schlief ein. Kate beobachtete, wie die Anspannung aus ihrem Gesicht wich. Als kurz darauf der Arzt kam, ging Kate zurück zu Miss Tyringhams Büro, den Kopf voller Fragen über Angelicas Bruder. Flüchtig dachte Kate an die griechischen Götter und fröstelte.

SECHS

Als Kate nach Hause kam, fand sie Reed fast völlig vergraben unter hohen Stapeln von Papieren, die er, wie er sagte, ordnen wollte. Es sah aber eher so aus, als baute er sich ein Nest, um darin Winterschlaf zu halten.

»Andere Leute«, sagte Kate und ließ sich in einen Sessel fallen, »nehmen sich dafür einen Buchhalter oder Steuerberater oder, wenn es gar nicht anders geht, einen Bruder, wie ich es tue.«

»Das habe ich mir auch überlegt«, sagte Reed und begutachtete, sichtlich erstaunt, eine Quittung. »Also, wieso habe ich geglaubt, ich könnte das von der Steuer absetzen?« grübelte er und legte das Stück Papier von dem einen Stoß auf einen anderen. »Ich bin sogar so weit gegangen, einen Steuerberater zu befragen, der den Ruf hat, seinen Klienten mehr Steuern zu sparen, als seine Rechnung nachher ausmacht. Aber dann habe ich gemerkt, daß ich ihm das ganze Zeug zusammenstellen muß, und das ist ohnehin die schlimmste Arbeit dabei; und wenn dann diese Finanzcomputer meinen Steuerbescheid auf ihre unfair-willkürliche Weise ausgespuckt haben, müßte ich trotzdem noch eine ganze Woche lang vier

Stunden am Tag mit den Finanzbeamten zubringen, weil ich mir einfach nicht leisten kann, den Steuerberater dafür auch noch zu bezahlen. Theoretisch mag meine Arbeitsstunde soviel wert sein wie seine, aber nicht in Bargeld. Warum also, habe ich mich gefragt, soll ich überhaupt einen Steuerberater bezahlen? Da wir gerade bei unbezahlten Arbeitsstunden sind, wie war dein Abend?«

»Wenn du es wirklich wissen willst, erzähle ich es dir. Die Geschichte beginnt mit dunklen Eingangshallen, geht weiter mit Wachhunden, die Stechuhren drücken, und endet schließlich leicht emotionsgeladen mit einem Gespräch mit Angelica Jablon. Wie richtet man einen Hund dazu ab, mit seiner Pfote auf irgendeinen Gegenstand zu drücken? Bevor du antwortest oder ich es dir erzähle, brauche ich etwas zu essen. Ich weiß nicht, warum ungewöhnliche Abenteuer, wenn sie erst einmal vorüber sind, so einen Heißhunger bei mir auslösen; wahrscheinlich eine nervöse Reaktion.« Gemeinsam gingen sie in die Küche, und während Kate herumhantierte, erzählte sie ihm vom Verlauf des Abends.

»Soweit ich weiß«, warf Reed an einer Stelle ein, »drücken sie nicht mit der Pfote die Stechuhr, sondern sie stellen sich mit beiden Vorderpfoten auf dieses Ding, das dann auf ihr Gewicht reagiert.«

»Glaubst du wirklich, die merken, wenn jemand da ist, auch wenn er sich in einem Schrank versteckt hat?« fragte Kate. »Oh ja, das glaube ich schon. Hunde mit feinem Geruchssinn und scharfem Gehör haben da keine Schwierigkeiten – es sei denn, der Schrank hätte die Größe eines kleinen Baseballfeldes.«

»Haben denn nicht alle Hunde einen feinen Geruchssinn?«

»Das ist unterschiedlich. Bluthunde sind am besten. Salukis, Afghanen und Wolfshunde haben zweifellos sehr scharfe Augen, um in der Wüste über große Entfernungen gut sehen zu können, aber ihr Geruchssinn ist kaum besser als der einer herumschnüffelnden Ehefrau, die ihren Mann verdächtigt, vor nicht allzu langer Zeit ein Bier getrunken zu haben.«

»Was du alles weißt. Ich vermute, es gibt auch einen Grund, warum sie paarweise arbeiten.«

»Zu zweit sind sie viel schwerer zu täuschen, viel bedrohlicher und mächtiger. Ein Einbrecher könnte versuchen, vielleicht, wenn er an einem Kronleuchter hängt, auf einen Hund zu schießen, aber bei zweien lohnt sich das wohl kaum. Welche Schlüsse ziehst du aus deinem Gespräch mit Angelica?«

»Sie war viel zu müde, um überhaupt etwas zu sagen. Ich nehme an, sie war froh, daß ich gekommen bin, aber sie war wirklich fertig. Der Großvater macht die Sache so kompliziert; er ist wohl so eine Art Vaterfigur in der Familie, und die Kluft zwischen den Generationen ist nicht nur eine Kluft, sondern ein ganzer Canyon.«

»Ich dachte, Großeltern und Enkelkinder kämen so gut miteinander zurecht, ohne die üblichen Probleme, die Eltern und Kinder immer miteinander haben.«

»Ich glaube, das trifft nur dann zu, wenn es auch Eltern gibt. In dem Fall verbünden sich Großeltern und Enkelkinder gegen einen gemeinsamen Feind. Wenn dagegen Großeltern die Elternrolle übernehmen, funktioniert auf einmal dieses fröhliche Bündnis nicht mehr. Ich weiß nicht, worum man sich mehr Sorgen machen muß, um Angelica und ihren Bruder oder um die Schule. Es sieht so aus, als hätte Miss Tyringham ohnedies schon genügend Probleme.«

»Aber dies gehört doch alles zu ein und demselben Problem, diesem verdammten, entsetzlichen Krieg. In welcher Lage war denn eigentlich der Junge?«

»Mehr oder weniger in der gleichen wie Jack. Zumindest soweit ich weiß, obgleich es zweifellos Unmengen von unterschiedlichen Details gibt; das ist schließlich immer so.«

»Nun, du warst bestimmt eine Hilfe«, sagte Reed, »und vielleicht können sie und ihr Bruder sich hier verstecken, wenn es nötig ist. Wir können deinen Neffen zurückholen, der sicher auch noch ein paar Freunde in gleicher Lage hat, und dann kann uns die Regierung alle zusammen verhaften, weil wir Jungs, die sich vor der Army drücken, Obdach geboten haben. Tut mir leid, du hast gesagt, du haßt Leute, die allem etwas Positives abgewinnen.«

Kate, die hungrig ihre Rühreier verschlang, streckte ihm die Zunge heraus.

Am nächsten Tag kam Angelica zum Seminar und schien in guter Verfassung zu sein, auf dem Plan stand die Frage des Gehorsams – Gehorsam dem Staat oder einem Vater gegenüber auf der einen Seite, sich selbst oder göttlichen Gesetzen gegenüber auf der anderen Seite; Kate tat es leid, daß dieses Thema gerade jetzt anstand. Sie nutzte ihre drei Minuten, um eine rechtswissenschaftliche Abhandlung von Daubé zu besprechen, in der es um die Frage ging, wo anhand von drei großen antiken Beispielen die Pflicht zu Gehorsam gegeben ist: bei Orest, der auf Apollos Befehl seine Mutter tötet und von den Eumeniden verfolgt wird; bei den fünfzig Töchtern des Danaos, die auf Befehl ihres Vaters in der Hochzeitsnacht ihre Ehemänner töten und so in den Konflikt zwischen Gehorsam gegenüber dem Vater oder Aphrodite geraten (die Mädchen schienen diesen Fall sehr ausführlich diskutieren zu wollen, doch Kate bestand auf ihrer Einleitung und zog die Zeit der Diskussion von ihren drei Minuten ab; für diesen Zweck hatte sie sich sogar eine Stoppuhr zugelegt); und Antigone, im Zwiespalt zwischen Kreons Befehl und dem Gebot der Religion und der Liebe zur Familie.

Leider, fuhr Kate fort, machte die Erkenntnis, daß das Problem des Ungehorsams älter war als erwartet, die Entscheidung, wo die Pflicht eines Menschen läge nicht leichter. Und genau darum ging es im griechischen Drama, wenn nicht im Leben allgemein; vielleicht galt es, Antigone sogar besonders hervorzuheben, da sie jedenfalls richtiger gehandelt hatte als Orest und die Danaiden, abgesehen von der einen der fünfzig, die Gefallen an ihrem Bräutigam gefunden und ihn nicht umgebracht hatte. Falls es jemanden interessiert, meinte Kate mit einem Seitenblick auf den Sekundenzeiger, ihr Name sei Hypermnestra.

Während der ganzen Zeit wirkte Angelica fast wie immer, höchstens ein wenig stiller. Die anderen gingen das Thema mit gewohnter Lebhaftigkeit an; Irene und Elizabeth vertraten die Meinung, Ismene habe durchaus recht, da sie, wie Antigone, eine Frau war; es sei nicht ihre Aufgabe, Befehle zu erteilen oder ihnen zuwiderzuhandeln. Kate wäre gern näher auf diesen Gesichtspunkt eingegangen, hätten sich nicht die anderen mit so viel Energie auf Irene und Elizabeth gestürzt. So hatte sie alle Hände voll zu tun, die Ordnung wiederherzustellen.

»Und wie steht es mit Antigones Argument, daß sie nie einen anderen Bruder haben kann, ihm deswegen mehr schuldet als einem Ehemann oder Kind, die im Fall des Todes ja ersetzbar wären«, fragte Angelica.

»Wirklich, eine ungeheuerliche Vorstellung«, sagte Alice.

»Und obendrein falsch«, sagte Freemond, die anerkannte Griechisch-Autorität, »wenigstens sagt das Jebb, obgleich Aristoteles sie zitiert; die Auffassungen gehen das ziemlich weit auseinander. Fest steht, daß die ganze Geschichte nicht viel Sinn ergibt und eher eine jesuitische Argumentation ist, ganz anders als Antigones sonstige Äußerungen, die direkt und unkompliziert sind; ich hoffe, ich habe dich nicht gekränkt, Elizabeth.«

»Ich finde das gar nicht so kompliziert«, sagte Angelica. »Antigone sagt meiner Meinung nach, daß eine Frau jedermanns Ehefrau oder Mutter sein kann, aber nur die Schwester ihres Bruders. Das ist die wohl einzige von den Göttern verfügte Rolle der Frau im alten Griechenland, und deshalb fühlte sie sich ihrem Bruder rückhaltlos verpflichtet.« Ihre Stimme zitterte ein wenig, aber vielleicht hatte Kate sich das auch nur eingebildet. Nach kurzem Zögern lenkte Kate die Diskussion wieder auf den Konflikt zwischen dem Gesetz des Staates und dem Gebot des Gewissens zurück. Aber das war nicht nur ein Thema für griechische Dramatiker. Sokrates gehorchte eher seinem Gott als den Athenern, Jeanne d'Arc ihren Stimmen und Thomas More seinem Glauben. Die Nürnberger Prozesse haben genau diesen Punkt behandelt, und auch der Fall des Soldaten, der in einer Demokratie den Befehl erhält, in eine Menge demonstrierender Pazifisten zu feuern, ist nicht so neu, wie man annehmen möchte. Soll er dem Gesetz des Militärs gehorchen oder dem Gesetz des Landes?

»Alles läßt sich auf die Liebe zurückführen, nicht wahr?« fragte Irene. »Sie konnte ja genausowenig eine andere Schwester bekommen, oder?«

»Aber die Seele ihrer Schwester war nicht in

Gefahr«, sagte Freemond. »Und es gibt Leute, die meinen, sie hat Ismene nicht an ihrem Schicksal teilhaben lassen, um ihr Leben zu retten.«

»Das glaube ich nicht«, sagte Alice. »Sie wollte nur die Ehre für sich allein.«

»Was ist denn so Ehrenvolles daran, zu Tode gesteinigt oder in einem Gewölbe eingemauert zu werden?«

»Wenigstens ist es nicht langweilig«, seufzte Alice mit dem Weltschmerz, zu dem nur sehr junge und sehr alte Menschen fähig sind.

Es folgten heftige Diskussionen, und Kate wartete darauf, daß Angelicas Bruder zur Sprache käme oder wenigstens die Frage des zivilen Ungehorsams im Zusammenhang mit dem Krieg in Vietnam; doch das Seminar ging zu Ende, ohne diesen empfindlichen Punkt zu berühren. Kate kam zu dem Schluß, daß sich die Mädchen der aktuellen Bedeutung der ›Antigone‹ durchaus bewußt waren und aus Mitgefühl für Angelica diesen Punkt nicht angesprochen hatten.

Kate saß noch im Seminarraum und überlegte, ob sie Angelica suchen sollte, als ein kleines Mädchen an die Tür klopfte und ihr mit dem Knicks der Theban-Schülerin eine Nachricht übergab. Kate dankte dem Kind; die Nachricht kam von Miss Freund, die Kate bat, so schnell wie möglich in ihr Büro zu kommen. Bestimmt, dachte Kate, haben die Hunde wieder jemanden aufgestöbert.

Aber es waren nicht die Hunde. Es war Miss Strikeland. Der alte Mann war ihr wieder in der Eingangshalle aufgefallen, und gemäß Anordnung hatte sie Miss Freund benachrichtigt. Die begrüßte Kate nun in ihrem Büro und stellte ihr den alten Herrn vor, den Kate schon früher beobachtet hatte. Er hatte nicht nur den Hut abgenommen, sondern heute, wahrscheinlich auf Miss Freunds Einladung, auch den Mantel ausgezogen. Er war konservativ und teuer gekleidet; er strahlte eine unendliche Traurigkeit aus. Ein Mensch, dem weniger zuzutrauen wäre, daß er junge Mädchen belästigte, war kaum vorstellbar.

»Miss Fansler«, sagte Miss Freund, »dieser Herr ist Angelica Jablons Großvater. Er macht sich Gedanken um die Schule, obwohl wir ihn, wie ich ihm gesagt habe, mit Vergnügen herumgeführt hätten . . . «

»Sie sind alle so beschäftigt«, sagte der Mann, »mit Ihrer Arbeit.«

»Zu unserer Arbeit gehört es auch, Eltern und Großeltern in unserer Schule zu begrüßen. Wie dem auch sei, als ich Mr. Jablon heute in mein Büro bat, fragte er schließlich, ob er Sie sprechen könnte, Miss Fansler.« Ihr etwas skeptischer Tonfall machte ihre Meinung zu Mr. Jablons Verhalten nur zu deutlich. Ihm war es gelungen, die üblichen Wege zu umgehen.

Kate war geneigt, ihr zuzustimmen. Ihre erste Reaktion war, so gab sie später Reed gegenüber zu, egoistisch und unverzeihlich: Als jemand, der nicht gerade großzügig für die Leitung eines Seminars bezahlt wurde, schien sie höchst ungewöhnliche

Gespräche im Namen des Theban führen zu müssen. Dann fragte sie sich, ob sie es hier nicht wieder mit dem selbstgerechten Patriotismus und Konservativismus ihrer Brüder zu tun bekam, der die ›Times‹ für radikal hielt, und so weiter und so fort. Mit den eigenen Brüdern war es schon schwierig genug, mußte man wirklich das alles mit alten Männern durcharbeiten, die schließlich das Recht auf ihre eigene Meinung hatten – wenn sie die nur für sich behielten.

»Selbstverständlich«, sagte sie, »aber wo . . . ?«

»Ich gehe ohnehin jetzt zum Lunch«, sagte Miss Freund. »Sie können mein Büro benutzen. Sollte jemand nach mir fragen, sagen Sie, ich käme später wieder.«

Kate nahm mit einem unbehaglichen Gefühl auf Miss Freunds Stuhl Platz und hoffte, das würde ihr eine gewisse Autorität verleihen. Sie kam sich schrecklich dumm vor.

»Ich sollte Ihnen nicht die Zeit stehlen«, sagte Mr. Jablon, »aber sehen Sie, ich versuche so sehr zu begreifen. Mir kommt es vor, als sei die Jugend in diesem Land verrückt geworden, sie hat . . . « Mr. Jablon wurde lauter, doch fing er sich wieder und machte dabei den Eindruck eines Menschen, der sich mit Mühe daran erinnert, daß er gekommen ist, um Fragen zu stellen, nicht um Urteile abzugeben. Kate dachte an den Satz von Marianne Moore: »Die Leidenschaft, andere Menschen belehren zu wollen, ist schon für sich genommen ein quälendes Leiden.«

»Wollten Sie etwas Bestimmtes von mir wissen«,

holte Kate ihn zurück. Schließlich konnte Mr. Jablon die Probleme der heutigen Jugend ja mit jedem am Theban erörtern, vorzugsweise mit jemandem mit festem Gehalt.

»Es geht um das Stück, das Sie besprechen; Angelica hat mir davon erzählt. Sie sagte, daß es dieselben Probleme schon bei den alten Griechen gegeben hat. Ich hatte nie die Zeit, etwas über die Griechen zu lernen, aber ich wollte immer, daß meine Kinder das tun und auch meine Enkel, wenn sie Lust dazu hätten. Sie schienen so wichtig, die Griechen. Und nun stelle ich fest, daß Ihr Stück eine Entschuldigung für Vaterlandsverrat ist und daß die Heldin ein Mädchen ist, dessen Vater seinen Vater ermordet und seine Mutter geheiratet hat und deren Mutter zugleich auch die Großmutter ist. Ist das wirklich große Kunst?«

Er klang so aufrichtig empört, daß Kate nicht wußte, wie sie darauf reagieren sollte. Es war ein Gespräch, das man recht amüsant hätte wiedergeben können – die todernste Nacherzählung berühmter hochdramatischer Theaterstücke ist bekanntermaßen urkomisch. Dennoch fehlte hier das witzige Element. Mr. Jablon hielt Oedipus nicht nur für einen alten Lüstling, nein, er war auch unglücklich darüber.

»Das war Vorherbestimmung«, sagte Kate. »Schicksal. Die Griechen sind der Meinung, daß der Mensch seinem Schicksal nicht entrinnen kann.«

»Aber genau das scheinen all diese jungen Leute mit ihren schmutzigen Kleidern und ihrer Aufsässigkeit zu wollen; sie versuchen, ihrem Schicksal zu entrinnen, das da heißt: arbeiten, ihre Eltern und das Vaterland respektieren und etwas lernen.«

Kate seufzte. »Ich weiß, was Sie meinen«, sagte sie. »Wenn sie, wie die Hippies, nur für den Augenblick leben, was werden sie tun, wenn sie vierzig sind?«

»Ja«, sagte er. »Ja. Sie sollten sich vorbereiten.«

»Aber das ist Ihre Vorstellung von Schicksal, nicht die der jungen Leute. Oedipus glaubte, seinem Schicksal entgehen zu können . . . «

»Und sie glauben, vor dem ihren davonlaufen zu können.«

»Nein. Sie glauben, die Jungen liefen vor dem davon, was Sie für ihr Schicksal halten. Aber es gibt keine Orakel mehr, die uns sagen, was uns bestimmt ist oder was den Göttern gefällt. Es gibt keinen Tiresias mehr. Wissen Sie, das Stück, das Angelica studiert, ist in diesem Jahrhundert neu geschrieben worden, in vielen Punkten ähnlich, aber ohne einen Tiresias. Es gibt heute niemanden, der uns sagen kann, was die Wahrheit ist.«

»Es ist schwer, alt zu sein«, sagte der Mann. »Mein Enkel, der Junge, der hier gefunden wurde . . . früher hat er manchmal mit mir geredet, und er hat mir eine Zeile von Dante zitiert, einem anderen großen Schriftsteller, den ich nie gelesen habe: ›Ich starb nicht, und dennoch blieb mir nichts vom Leben.‹ Das trifft es genau.«

»Mir scheint, es bleibt sehr viel«, warf Kate ein. »Ihre Enkelkinder, Ihre Gesundheit. Sie haben genug

Geld. Diese Dinge scheinen nur dann unzureichend, wenn man sie besitzt, meinen Sie nicht auch?«

»Wofür ist Geld heutzutage gut? Dafür, daß meine Enkelin zur Schule geht und lernt, die Autorität zu verhöhnen? Dafür, daß mein Enkel den Dienst in der Armee seines Landes verweigert? Dafür, daß sie sich gegen ihre eigene Regierung verschwören? Aber auch in kleinen Dingen: ich kann abends nicht mehr spazierengehen, wie ich will; ich werde überfallen. Auch tagsüber kann ich nicht spazierengehen, ohne daß mir von den Abfällen auf den Straßen übel wird. Die Luft ist nicht zum Atmen. Ich besitze einen Wagen, einen teuren Wagen, aber auf den Straßen gibt es keine Parkplätze, was nützt er mir also? Ich kann mit ihm nirgendwohin fahren. Wenn die Menschen noch nach den alten Prinzipien lebten . . . «

»Kennen Sie die?«

»Jeder kennt die. Die Jugend behauptet nur, sie nicht zu kennen. Sie . . . «

Wieder unterbrach sich der alte Mann. Er wurde langsam ärgerlich. »Es kann einfach nicht richtig sein, das Vaterland zu verraten.«

»Ist das Wort ›verraten‹ nicht übertrieben? ›Verrät‹ man eine Demokratie, wenn man mit der gewählten Regierung nicht einer Meinung ist?«

»Angelica hat mir erzählt, daß es einige Mädchen hier gibt, die den Krieg unterstützen wollten und niedergeschrien wurden. Darauf war sie sogar stolz.«

»Das ist verkehrt, keine Frage. Das ist, und hier bin ich Ihrer Meinung, Verrat. Aber mit einer Politik nicht einverstanden zu sein ist kein Verrat. Wissen Sie, wen Dante in den untersten Kreis seiner Hölle verbannt hat?« Das war keine rhetorische Frage, und Kate wartete auf eine Antwort. Der alte Mann schüttelte den Kopf.

»Die, die statt ihres Landes ihre Freunde verraten haben.« Der alte Mann zuckte mit den Schultern, als wollte er sagen, daß ihn das nicht überraschte. Die Erziehung, die er sich für seine Kinder gewünscht hatte, erwiesen sich als Illusion. Weder die Moderne noch die Antike hielt sich an die ewigen Werte.

Kate blickte hoch und sah, daß sich die Augen des alten Mannes mit Tränen gefüllt hatten – den hilflosen Tränen des Alters. Er schwieg, bis er sich wieder unter Kontrolle hatte; er sah sie nicht an.

»Ich weiß nicht, was ich sagen soll«, fuhr Kate nach einer Weile fort. »Ich halte die ›Antigone‹ für ein großartiges Stück. Wir sind nicht einer Meinung, was die ewigen Werte angeht. Ich bin nicht sicher, ob ich an ewige Werte glaube, abgesehen von der Tatsache, daß der Mensch nur unter großen Opfern lernt und daß es keine einfachen Antworten gibt.«

»Das ist eine bemerkenswerte Schule«, sagte der alte Mann. »Ich habe ein paar Tage in der Eingangshalle zugebracht und nur beobachtet. Ja, es ist alles sehr unauffällig, aber gut geführt, gut organisiert. Es ist eben eine alte Schule.«

»Ja«, sagte Kate. »Für eine amerikanische Schule ist sie recht alt.«

»Es ist immer eine Schule für die besten Kreise

gewesen«, sagte er. »Ich weiß das. Und nun ist meine Enkelin hier. Das ist Amerika.«

»Ja«, sagte Kate.

»Ich bin Jude«, sagte der alte Mann. »Wissen Sie, wie ich in dieses Land gekommen bin?«

»Ich weiß nur ganz allgemein etwas über diese Dinge«, sagte Kate. Aber, dachte sie, er und meine Brüder verteidigen mit gleicher Heftigkeit das, was sie Amerika nennen. Dabei finden meine Brüder zweifellos, Amerika habe einen Fehler gemacht, indem es die Juden hereinließ. Patriotismus schafft seltsame Allianzen.

»Mein älterer Bruder, er war fünfzehn damals, kam hierher und verdiente das Geld für unsere Überfahrt. Für meinen Vater, meine Schwester und mich; meine Mutter war tot. Wir brachten unsere Lebensmittel mit aufs Schiff, aufs Zwischendeck, und kochten auf Feuerstellen, die wir uns gebaut hatten. Ich war sechs, als wir herkamen. Mein Bruder hatte in Neuengland Fuß gefaßt, er arbeitete in der Fabrik. Ich ging zur Schule und konnte kein Wort Englisch. Die Kinder brachten ihr Mittagessen mit – damals war es meist Suppe –, und ich erinnere mich an einen Jungen, der ein Stück Fleisch in seiner Suppe hatte. Er machte ein Gesicht, als wollte er es fortwerfen, ach, Suppenfleisch, und ich war so hungrig auf dieses Stück Fleisch, daß es wehtat. Aber ich war zu stolz, ihn darum zu bitten. Er warf es weg, in den Schmutz. Ich sehe es noch immer da liegen.

Aber darum geht es jetzt nicht«, sagte er und

schüttelte den Kopf. »Es geht um dieses Land. Mit vierzehn ging ich arbeiten; ich wirkte erwachsen. Abends ging ich aufs College; ich studierte Jura. Ich habe Erfolg gehabt, und das verdanke ich Amerika. Muß ich diesem meinem Land nicht Dankbarkeit und Loyalität entgegenbringen? Meine Enkelkinder spucken auf Amerika. Was hat Ihre Antigone damit zu tun? Hat ihr Land ihr solche Chancen geboten?«

»Wie viele Kinder haben Sie?« fragte Kate.

»Zwei. Mein Sohn fiel in Korea. Er war stolz darauf, in diesen Krieg zu ziehen. Meine Tochter lebt in Kalifornien. Ich bin siebzig. Meine Schwiegertochter ist – eine unglückliche Frau. Und nun bespuckt mein Enkel, vierundsechzig Jahre nachdem ich in dieses wunderbare Land gekommen bin, die Fahne, und meine Enkelin versteckt ihn vor dem Gesetz. Und Sie ermutigen sie noch?«

Kate fiel darauf keine Antwort ein. Sollte sie sagen, daß Haemon, Kreons Sohn, genauso mit seinem Vater gestritten und Sophokles das alles verstanden hatte, daß all das nicht neu war und nicht das Ende der Welt bedeutete? Würde er das verstehen? Kreon hatte eine Menge Probleme, aber übertriebene Dankbarkeit Theben gegenüber gehörte nicht dazu.

»Ich bin immer aufrichtig gewesen«, sagte der alte Mann. »Ich habe nie mein Geld für schlechte Zwecke verwendet.«

Das sagten ihre Brüder auch gerne. Wahrscheinlich stimmte es ja auch, aus ihrer Sicht. Aber wie steht es mit der Zeile aus den Sprüchen Salomons:

»Wer aber eilt, reich zu werden, wird nicht ohne Schuld bleiben«? (Sprüche 28, 20) Immerhin, Mr. Jablon hatte sich tatsächlich beeilt, reich zu werden; er hatte kein Geld geerbt, für dessen Erwerb ein anderer gesündigt hatte, wie es für Angelica zutraf und für sie selbst, Kate Fansler.

»Ich sollte Ihre Zeit nicht mehr in Anspruch nehmen«, sagte er.

Kate schüttelte den Kopf. »Sie erweisen der Literatur die Ehre, sie ernst zu nehmen«, sagte sie, »aber ich weiß nicht, wie ich Ihnen antworten soll. Ich möchte Ihnen die Ehre erweisen, ehrlich zu sein. In dem Stück macht Kreon die Erfahrung, daß er sich der Richtigkeit seiner Gesetze allzu sicher gewesen ist, daß er Gesetz und Ordnung überbewertet hat. Natürlich begreift er das zu spät, um das Leben seines Sohnes retten zu können oder das seiner Frau oder Antigones, die alle wegen seines Starrsinns sterben mußten.«

»Weil das Leben grausam ist; bedeutet das, daß er im Unrecht war?«

»Am Ende des Stückes weiß er, daß er unrecht hatte. Aber ich glaube, nur in Theaterstücken ändern alte Männer ihre Meinung.«

»Die Jungen haben also immer recht?«

»Das habe ich nicht gesagt. Aber ich glaube, daß sie heute, was diesen Krieg angeht, nicht unrecht haben.«

»Gut. Sie sind ehrlich gewesen. Meine Enkel schreien mich an. Finden Sie es richtig, daß sie einen alten Mann, ihren Großvater, anschreien?«

»Ich halte das für ein riesiges Kompliment. Es zeigt, daß ihnen Ihre Meinung wichtig genug ist, um mit Ihnen zu diskutieren und sie ändern zu wollen. Ich finde, Sie sollten das als Ehre ansehen.«

»Das ist keine Ehre. Man ehrt das Alter, indem man es respektvoll behandelt.«

»Nun ja«, sagte Kate, »noch ein Punkt, in dem wir nicht einer Meinung sind. Ich meine nicht Umgangsformen im Sinne von guten Manieren. Ich meine den Austausch von Gedanken, den Ausdruck von Gefühlen. Es tut mir leid. Ich konnte Ihnen keine Unterstützung bieten, ich weiß, aber ich habe keinen billigen Trost anbieten wollen. Das wäre leichter gewesen.«

»Das glaube ich nicht.«

»Schauen Sie«, sagte Kate, »mal angenommen, Sie hätten um dieses Stück Fleisch gebeten. Mal angenommen, Sie hätten es gegessen, Ihren Hunger zugegeben, anstatt sich daran zu erinnern, wie das Fleisch im Staub lag. Wäre das so viel schlimmer gewesen?«

Zu Kates Überraschung schüttelte der alte Mann den Kopf und schaute weg. Wieder sah sie Tränen. »Es tut mir leid«, sagte sie und stand auf. »Ich werde Sie jetzt allein lassen.«

»Nein«, sagte er und erhob sich. »Gehen Sie nicht fort. Ich sollte mich nicht aufregen, nicht so emotional reagieren.«

»Also, auch in diesem Punkt bin ich nicht Ihrer Meinung«, sagte Kate. »Ich finde, Sie sollten sich aufregen, wenn es einen Grund dafür gibt. Schließlich sind wir Menschen, wie könnten wir sonst andere lieben?« Sie streckte dem alten Mann die Hand hin. »Auf Wiedersehen, Mr. Jablon. Wenn Ihnen eine ehrliche Auseinandersetzung nichts ausmacht, kommen Sie und besuchen Sie mich.« Als Kate das Zimmer verließ, wurde ihr bewußt, daß sie es ernst gemeint hatte.

»Das ist alles schön und gut«, sagte Kate später zu Miss Tyringham, »aber ich hatte gar nicht vor, so wichtig zu werden. Hätten Sie doch nur einen Altphilologen genommen! Der hätte etwas über Stichomythie von sich gegeben.«

»Arme Kate. Und nun hat Mr. Jablon dem Ganzen noch die Krone aufgesetzt. Natürlich sind Sie nicht so an empörte Eltern gewöhnt wie ich; und die Tatsache, daß man in vielen Punkten ihrer Meinung ist, macht es auch nicht gerade einfacher.«

»Genau das ist es«, sagte Kate. »Nichts ist so unbequem wie Verständnis für beide Seiten eines Problems. Das ist Ihre Antigone: auf beiden Seiten berechtigte Forderungen, die aber im Widerspruch zueinander stehen. An Mr. Jablons Situation ist so bedrückend, daß er ein Recht dazu hat, konservativ zu sein, wenn Sie verstehen, was ich meine. Er hat verdammt hart für alles gearbeitet, und er ist dankbar dafür, die Chance gehabt zu haben.«

»Und nun möchte er, daß alles sanft und reibungslos geht. Oh, das habe ich oft erlebt. Eltern begreifen so selten, daß Liebe harte Arbeit ist. Die sexuelle wie auch andere Formen der Liebe. Eines muß man dieser Generation lassen: Sie gibt zu, daß es diese anderen Formen gibt. Verdammt nochmal. Ich muß nur an meine Tagträume denken, dann weiß ich, daß wir hier am Theban ernste Probleme haben. Wenn ich anfange, mit dem Gedanken an ein Cottage in England zu spielen, wo ich im Garten werkeln und mit drei anderen verlorenen Seelen in einem Streichquartett fideln kann, weiß ich, daß die Dinge ernstlich aus dem Lot geraten sind.«

»Träumen Sie, soviel Sie wollen. Sowie Sie sich irgendwo zur Ruhe gesetzt haben, entsteht nebenan eine Riesenbaustelle oder ein Kraftwerk. Das habe ich schon oft erlebt.«

»Noch laufe ich nicht davon. Ich bin Ihnen wirklich dankbar, daß Sie mit Mr. Jablon gesprochen haben; sonst wäre es natürlich an mir hängengeblieben. Soweit ich sehen kann, ist hier jeder sehr beeindruckt von Ihnen. Haben Sie nie daran gedacht, in irgendeiner Form fest am Theban zu arbeiten?«

»Wissen Sie, was Dickens geantwortet hat, als man ihn bat, für das Parlament zu kandidieren? ›Ich wüßte keinen Grund, weshalb ich Mitglied dieser außerordentlichen Versammlung werden sollte.‹ Sehen Sie, das ist das Gute an Zitaten: Man kann die Worte eines anderen benutzen, um zu beleidigen. Seien Sie mir nicht böse, aber wenn es mir gelingt, durch die nächsten zwei Monate zu stolpern, ohne geradewegs in den Generationenabgrund zwischen

Angelica und ihrem Großvater zu stürzen, werde ich wie die Araber mein Zelt abbrechen und mich ebenso leise davonstehlen.«

Diejenige, die in diesen speziellen Generationenabgrund stürzte, war aber nicht Kate, sondern Angelicas Mutter. Man fand ihre Leiche am nächsten Morgen im Theban, und das Geheimnis der Hunde war kein Geheimnis mehr, sondern Thema für das ganze Land.

Das Theban war schon wegen Kriegen, Protesten gegen Kriege, Wirbelstürmen, Streiks und Stromausfall geschlossen worden. Nun schloß es wegen polizeilicher Ermittlungen.

SIEBEN

»Wir hoffen, übermorgen wieder öffnen zu können«, sagte Julia. »Aber, du lieber Himmel, was für ein Durcheinander. Warum konnte sich diese schreckliche Frau nicht woanders zu Tode erschrecken? Sie gehörte zu diesen von Phobien geplagten Typen und hatte vor allem Angst – vor Flugzeugen, schnellen Autos, Gewittern. Sie hätte wenigstens den Anstand besitzen können, irgendwo auf einem Highway vor Schreck tot umzufallen.«

»Ich vermute, Anstand war nicht ihre starke Seite.«

»Sie kannte nicht einmal die Bedeutung des Wortes. Arme Kinder«, fügte Julia hinzu. Ob sie das auf die Schülerinnen des Theban im allgemeinen bezog oder auf Angelica und ihren Bruder Patrick im besonderen, wußte Kate nicht; es schien auch nicht so wichtig.

»Natürlich«, fuhr Julia fort, »ist Mr. O'Hara wütend. Er hat das Gefühl, die Integrität seiner Hunde würde in Zweifel gezogen.«

»Warum das, um alles auf der Welt?«

»Sie haben sie nicht bemerkt. Vielleicht, weil sie sie nicht als Eindringling im eigentlichen Sinne empfunden haben. Gestern war Elternabend – das heißt, die Hunde haben ihre Runde erst begonnen, nachdem alle Eltern gegangen waren. Dann zogen die Hunde offensichtlich los und setzten ihre niedlichen kleinen Pranken auf die dafür vorgesehenen Stellen. Er sagt, die Leiche wäre heute morgen dort hingeschafft worden, nachdem die Hunde wieder auf dem Dach waren.«

»Kann man nicht feststellen, wann die Leiche dort abgelegt wurde oder ob überhaupt?«

»Geht das? Vielleicht weiß Reed so was. Wir werden ihn fragen; das gibt uns einen Grund, hinaufzugehen und uns ein wenig umzusehen. Ich weiß nicht, wie viele Treffer dieser Art Miss Tyringham noch einstecken kann«, sagte Julia in der Mundart ihrer Kindheit, die sich in der Hauptsache aus veralteten Redewendungen zusammensetzte. »Sie denkt immer häufiger an dieses Cottage in England. Das sieht man ihr an.«

Trübsinnig gingen sie die Treppe hinauf – eine Treppe, die gewöhnlich zu dieser Zeit voll rennender, lachender und kreischender Mädchen war. Im Theban herrschte Schweigegebot in den Aufzügen, aber man hatte schon vor langer Zeit die Vergeblichkeit eines Schweigegebotes auf den Treppen eingesehen. Wo Schuldisziplin Erfolg hatte, war sie ein seltsamer Balanceakt, und wenn man Glück hatte oder klug war, hielten Gebote und Freiheiten sich die Waage. Gerade wegen des Lärms, der normalerweise auf den Treppen herrschte, dachte Kate, mußte es besonders unheimlich sein, sie in der nächtlichen Leere hinaufzusteigen – man befände sich einfach in einem Zustand stark erhöhter Angst, auch ohne dem Hund von Baskerville samt Freund zu begegnen. Aber warum, um Himmels willen, war die Frau überhaupt hergekommen – um zu sehen, wo sich ihr Sohn versteckt hatte? Solche Expeditionen machte man wohl kaum mitten in der Nacht. Außerdem, gehörte sie zu dem Frauentyp, der so ein Versteck untersuchen würde? Nach Julias Bericht hätte sie schon beim bloßen Gedanken daran fünfzehn Phobien entwickelt.

Angenommen, sie wäre nicht allein gekommen, wäre unter falschen Voraussetzungen veranlaßt, verlockt oder gezwungen worden – hätte es der anderen Person gelingen können, zwischen zwei Runden der Hunde zu kommen und wieder zu verschwinden? Zugegeben, eine etwas weit hergeholte Möglichkeit. Kate machte sich klar, daß ohne die wenigen Fakten, die die Polizei hatte, alle Spekulationen verrückt waren. Vielleicht aber verständlich, weil Kate sich damit von den Bildern des verängstigten Jungen und der verängstigten Frau ablenken konnte.

Kate traf Reed an der Tür zu dem Raum im dritten Stock. Er redete mit jemandem, zweifellos einem Kriminalbeamten. Kate warf schnell einen Blick in den Raum, konnte aber nichts sehen. »Sie ist schon abgeholt worden«, sagte Reed. »Ich wollte mich gerade auf die Suche nach dir machen. Hi.« Das galt Julia, die er kannte. »Ich glaube, ich habe so etwas wie eine Information für eure leitende Dame.«

»Willst du jetzt mit ihr sprechen?« fragte Julia.

»Kann man hier irgendwo einen Kaffee bekommen?« fragte Reed.

»Im Lehrerzimmer steht immer eine Kanne. Da die Schule geschlossen ist, könnte es dort sogar einigermaßen leer sein.«

Es war charakteristisch für das Theban, daß, wie groß der Platzbedarf für die zunehmende Schülerzahl auch sein mochte, dieser Aufenthaltsraum, der schließlich keinem praktischen schulischen Zweck diente, immer erhalten geblieben war. Es war ein besonders gemütlicher Raum voller ziemlich abgewetzter Sessel und mit einer Kaffeemaschine, in der mit angenehmem Duft der versprochene Kaffee blubberte. Dieser Raum war den Lehrern vorbehalten und wurde niemals und unter gar keinen Umständen für andere Zwecke benutzt; dadurch trug er erheblich zur allgemeinen Stimmung der Lehrer bei. Im Theban ging das Gerücht, daß die Einstellung zu diesem Raum einen maßgebenden Einfluß hatte, wenn das Treuhändergremium eine neue Direktorin wählte. Jede, die den Raum für unpraktisch hielt (was er auch war) oder für Platz, der besser für Klassenräume genutzt werden sollte (was nur geringe Umbaukosten verursacht hätte) oder für ein snobistisches Relikt, so als wäre das Theban ein englisches College, stellte sich von vornherein als geeignete Kandidatin in Frage. Derartige Überlegungen wurden der Art von Menschen zugeschrieben, die dafür waren, in Parks Häuser zu bauen und Hot-Dog-Buden in den Wäldern. Aber was nützt diese gute

Stimmung in einer Schule, die wegen eines besonders schrecklichen Todesfalls geschlossen ist, überlegte Kate. Eltern sind für eine Schule immer ein Problem, gewiß, aber es wird nicht erwartete, daß Schulen das Problem lösen, indem sie schwierige Eltern von bösartigen Hunden zerreißen oder zumindest erschrecken läßt.

»Es ist nett hier«, sagte Reed. »Mir gefällt eure Schule, und ich hoffe, daß sie durch diese Geschichte keinen allzu großen Schaden erleidet.«

»Wir wollten dich fragen«, sagte Julia und schenkte Kaffee ein, »ob die Möglichkeit besteht, daß die Leiche heute morgen hierher gebracht wurde, nachdem die Hunde wieder oben in ihrem Zwinger waren. Diese Meinung vertritt Mr. O'Hara, aber dem geht es auch um seine Hunde.«

»Das muß es auch«, sagte Reed, lehnte sich zufrieden in einem tiefen Sessel zurück und streckte die Beine von sich. »Übrigens, ich würde gern hinaufgehen und sie mir ansehen, aber erst wenn man mich auf meine höfliche Bitte hin eingeladen hat. Ich bin nicht offiziell hier.«

»Kanntest du diese Kriminalbeamten?« fragte Julia.

»Oh ja. Man kennt sich einfach, weißt du. Und deshalb habe ich gedacht, ich sollte auch einmal vorbeischauen. Außerdem sah Kate ziemlich erschöpft aus, und ich wollte nicht, daß sie in einer Ecke ohnmächtig wird und diese unglücklichen Hunde sie finden; das würden die nämlich nicht überleben.«

Kate grinste ihn an. Die Nachricht hatte sie morgens wirklich mehr mitgenommen, als sie je für möglich gehalten hätte. Sie hing sehr am Theban, wie das eben bei einer Schule der Fall ist, in der man glücklich war. Aber darüber hinaus wußte sie um die gefahrvolle Gratwanderung, die alle privaten Schulen und Colleges zwischen finanziellem und pädagogischem Bankrott machten.

Der Gedanke, daß das Theban dem eigentlichen Schicksal der Familie Jablon zum Opfer fallen sollte, gefiel ihr ganz und gar nicht.

Miss Tyringham hatte um sieben angerufen, nicht gerade eine nachtschlafende Zeit für jemanden, der einer Schule vorsteht, die um Viertel nach acht ihr Pforten öffnet; aber für Kate, eine Langschläferin, schien das Telefon mitten in der Nach zu klingeln. Sie nahm ab, da Reed gerade unter der Dusche war (Tallulah Bankhead hatte auf die Frage, warum sie nie geheiratet habe, geantwortet, alle Männer stünden früh auf und duschten. Kate fand das bei ihrer Heirat überraschenderweise bestätigt, obgleich es Reed wütend machte, wenn man von ihm als von »allen Männern« sprach) und hörte, es gäbe eine Krise. Tatsächlich gab es eine Leiche.

»Mr. O'Hara hat sie heute früh entdeckt, als er herunterkam«, erklärte Miss Tyringham am Telefon. »Keine Ahnung, wie sie dorthin gekommen oder ob sie dort gestorben ist. Vielleicht kann Ihr gescheiter Mann mit all seiner kriminalistischen Erfahrung uns das sagen, Sie wissen schon, was ich meine. Nun, die

Polizei wird es bestimmt können. Kennt Ihr Mann die Polizeibeamten persönlich?« hatte sie dann ohne ihr gewohntes Fingerspitzengefühl weiter gefragt. Kate fand, unter diesen Umständen hätte Fingerspitzengefühl auch an Kaltblütigkeit gegrenzt.

»Haben Sie sich vergewissert ...« fing Kate an, unterbrach sich dann aber. »Soll ich gleich kommen«, fragte sie, »mit Reed im Schlepptau, falls er keine fünfzehn unaufschiebbaren Termine hat?«

»Würden Sie das tun, meine Liebe? Julia ist schon auf dem Weg. Sie beide waren beim letzten Mal wirklich so wohltuend vernünftig, und dieser Fall hat deutliche Parallelen, natürlich abgesehen davon, daß die arme Frau tot ist. Erst der Junge und jetzt seine Mutter – wirklich eine bedauernswerte Familie.«

»Aber was, um alles in der Welt, hat die Mutter da gemacht – ich meine, sie hat sich doch wohl dort nicht versteckt, oder?«

»Was sie hier gemacht hat, darum geht es wohl, meine Liebe. Aber Tote reden nicht, es sei denn, die oberste Kriminalbehörde bringt sie dazu; ist das die richtige Bezeichnung dieser Instanz? Mr. O'Hara sagte, wenn die Polizei behauptet, die Hunde hätten es getan, sei sie keinen Pfifferling wert. Das ist der schlimmste Fluch, zu dem er sich, selbst bei heftigster Herausforderung, in Gegenwart von Damen hinreißen läßt. In heiteren Momenten habe ich mich amüsiert bei der Vorstellung, wie er wohl in der Army geflucht haben mag.«

»Sicherlich war kein Wort dabei, das Ihre Viertklässler heutzutage nicht schon kennen«, sagte Kate. »Wir sind bald bei Ihnen, hoffe ich. Reed ist gerade mit dem Duschen fertig. Wahrscheinlich hat er sein Repertoire heute morgen nur einmal geschmettert.«

»Sein Repertoire?« Miss Tyringhams Stimme klang auf mitleiderregende Weise so, als wolle sie dem Gespräch eine heitere Note geben. »Er singt sich durch Rodgers and Hart oder Cole Porter. Gelegentlich auch Irving Berlin oder Kern, aber nur wenn er Frühlingsgefühle hat, was selbst im Frühling selten vorkommt.«

»Bitten Sie ihn, für mich ›June Is Bustin' Out All Over‹ zu singen«, sagte Miss Tyringham. »Vielleicht bricht der Juni ja früher aus.«

»Rodgers and Hammerstein kann er nicht leiden«, sagte Kate. »Zu schnulzig, zu sehr heile Welt und zu wenig Gs am Wortende. Aber ich werde ihm ›Easter Parade‹ vorschlagen, vielleicht ist es ihm ja naheliegend genug und er versucht es. Ich lege jetzt auf, wir treffen uns ja gleich.«

Es ist schön und gut, wenn man versucht so zu tun, als ginge das Leben weiter, aber als Reed und Kate zur Schule kamen und in der Halle mit Miss Tyringham sprachen, hing das Verhängnis wie eine Wolke über ihnen.

»Erzählen Sie mir, was passiert ist. Von Anfang an«, sagte Reed.

»Die Polizei ist jetzt oben«, bemerkte Miss Tyringham nervös.

»Kümmern Sie sich nicht darum. Die macht ihre gewohnte Routinearbeit und wartet auf den Gerichtsmediziner. Wer hat sie gefunden?«

»Mr. O'Hara. Wird man sie bald wegbringen?«

»Ganz bestimmt. Sobald die Fotos gemacht sind, die Umgebung vermessen ist und so weiter. Fahren Sie fort.«

»Mr. O'Hara rief mich an, so gegen sechs, glaube ich. Wie gewöhnlich war ich schon auf und spielte Cello. Er hatte wie immer die Hunde ausgeführt. Als ... «

»Was heißt: wie immer?« fragte Reed und überging die Tatsache, daß Miss Tyringham gewöhnlich um sechs Uhr morgens Cello spielte. Schon oft hatte er zu Kate gesagt, einer der interessantesten Aspekte bei der Untersuchung von Mordfällen seien die Gewohnheiten, die man bei höchst konventionell wirkenden Leuten entdeckte. Er vermutete, daß für eine so beschäftigte Frau sechs Uhr morgens die einzige mit Sicherheit ungestörte Zeit sein mochte, zu der sie von den Anforderungen der Schule noch nicht zu erschöpft war, um das Cello zwischen den Knien zu halten.

»Sehr früh am Morgen führt er die Hunde in den Park. Er benutzt dazu einen der Aufzüge, damit sie ihren Auslauf von der Arbeit unterscheiden können – das ist anscheinend bei Hunden sehr wichtig. Blindenhunde werden, soweit ich weiß, bei ihrem eigenen Auslauf von jemand anderem geführt als dem Blinden. Aber das gehört nicht zur Sache. Ich habe festgestellt, daß mich der ganze Streß leider dazu gebracht hat, vom Hundertsten ins Tausendste zu kommen. Vielleicht«, fügte sie bedrückt hinzu, »ist es auch das Alter.«

»Keine Sorge«, sagte Reed. »Das ist Ihre Art, im Dunkeln den Mut nicht sinken zu lassen und außerdem nicht übel. Er hat die Leiche also wohl nicht gesehen, als er mit dem Aufzug hinunterfuhr.«

»Nein, er hat sie nicht gesehen. Nachdem dann die Hunde wieder mit dem Aufzug hochgefahren sind, bringt er den zweiten Aufzug nach unten und wartet auf Mrs. Schultz, die die Küche unter sich hat und um sieben kommt. Er schließt ihr auf, und sie fährt ihn mit dem Aufzug ins Dachgeschoß; dann bringt sie den Aufzug wieder nach unten, so daß beide im Erdgeschoß sind, wenn die Kinder und Lehrer kommen; die Liftführer sind bis dahin auch eingetroffen. Ich hoffe, das ist klar.«

»Völlig.«

»Gut. Dann geht er zu Fuß hinunter, wirft einen abschließenden Blick in jede Etage und stellt in jedem Stockwerk den Alarm ab.«

»Kann der nicht mit einem Zentralschalter von oben abgeschaltet werden?«

»Das wäre sehr kostspielig gewesen, und außerdem arretiert er beim Abschalten jeden Kontakt mit einer Art Bolzen, damit die Kinder ihn nicht auslösen können, selbst wenn sie auf dem verdammten Ding herumhüpfen.«

»Ich verstehe.«

»Sie war in dem Raum – die Leiche, ich meine, ich sollte wohl sagen, Mrs. Jablon –, der im dritten Stock genau gegenüber vom Alarmkontakt liegt; es ist ein Zeichensaal, und morgens scheint die Sonne hinein. Er mußte sie einfach sehen, glücklicherweise, wenn man bedenkt, was hätte passieren können, wenn er sie nicht gesehen hätte, wenn sie in einem anderen Raum gelegen hätte und die Kinder hineinmarschiert wären . . . « Miss Tyringham verstummte. Das zu Ende zu denken, war ihr unmöglich. »Deshalb konnten wir«, fuhr sie fort, »die meisten Kinder per Telefon aufhalten; die, die zu früh das Haus verlassen hatten, um die Nachricht noch zu bekommen, wurden mit einer vagen Geschichte von Einbruch und Diebstahl zurückgeschickt.« Trübsinnig fügte sie hinzu: »Nicht daß ich die geringste Hoffnung hätte, diese Angelegenheit aus den Zeitungen heraushalten zu können. Eine Leiche ist eine Leiche, und in einem Klassenzimmer ist eine verdammte Leiche gleich doppelt schlimm. So wie Mr. O'Hara sie beschreibt, hat es wenigstens kein Blut gegeben.«

»Es ist vielleicht unwichtig«, fragte Reed, »aber wie um alles in der Welt konnten Sie innerhalb von vermutlich weniger als einer Stunde fünfhundert Kinder benachrichtigen, oder ein paar weniger, wenn man die Geschwister abzieht?«

»TAS«, sagte Miss Tyringham, offensichtlich froh, sich wieder auf vertrautem Boden zu befinden. »Das Theban Alarm System – es wurde schon lange vor meiner Zeit liebevoll das TAS genannt. Kate erinnert sich sicher daran?« Sie drehte sich fragend zu Kate um.

»Oh ja, natürlich«, sagte Kate. »Wenn ein Schneesturm kam, lauerten wir immer am Telefon, um zu hören, ob ein Anruf vom TAS kam. War das bis acht nicht der Fall, ging's auf zur Schule.«

»Wie Sie schon sagten«, erklärte Miss Tyringham, »wäre es ziemlich unmöglich, fünfhundert Leute anzurufen, zumindest in weniger als einer Stunde. Bei uns ist es eiserne Regel, daß, wenn es unklar ist, ob der Unterricht stattfindet, niemand, absolut niemand die Schule anruft. Die Telefonzentrale würde heißlaufen, Miss Strikeland bekäme hysterische Anfälle, und alle Anschlüsse wären besetzt, wenn wir versuchen, sie zu erreichen. Wenn also aus irgendeinem Grund die Schule geschlossen bleibt, und diese Entscheidung treffe ich gemeinsam mit den Leitern der verschiedenen Abteilungen, werden vier Familien angerufen. Diese wiederum rufen drei weitere Familien an, eine aus jeder Klasse, und diese Mütter rufen nach einem festgelegten Plan andere aus der Klasse ihrer Töchter an und so weiter. Das funktioniert ausgezeichnet, obgleich ich es vielleicht nicht so deutlich erklärt habe, wie ich sollte.«

»Es hätte nicht deutlicher sein können. Es ist Ihnen also gelungen, die Schule für heute geschlossen zu halten, eine kluge Entscheidung. Was ist dann passiert?«

»Es war nicht so sehr ›dann‹, als vielmehr ›währenddessen‹. Als Mr. O'Hara mich anrief, trug ich ihm auf, sich so schnell wie möglich mit Dr. Green in Verbindung zu setzen, noch vor einem Anruf bei der Polizei, und Mrs. Schultz sollte unten bleiben, um zu verhindern, daß irgend jemand außer Dr. Green das Gebäude betrat – das schien mir sinnvoll.«

»Ich bewundere Menschen, die in Krisensituationen klar denken können«, sagte Kate.

»Danke für diese netten Worte. Dr. Green kam sehr schnell; sie ist die Schulärztin, kennt unsere Regelungen und liebt die Schule sehr. Ihr war sofort klar, daß sie die Leiche nicht bewegen durfte, aber sie hat sich vergewissert, daß der Tod eingetreten war, etwas, das ich immer für ziemlich schwierig gehalten habe, es sei denn, man hielte dem Toten, wie König Lear, eine Feder an den Mund, und selbst das hat bei ihm nicht funktioniert. Aber Dr. Green bestätigte nicht nur den Tod, sondern auch, daß die Leichenstarre bereits eingesetzt hätte, die Frau also schon seit einigen Stunden tot war. ›Sie sollten lieber die Polizei rufen, damit sie die Sache übernehmen kann‹, sagte sie zu mir. ›Selbstverständlich unterschreibe ich den Totenschein nicht, selbst wenn ich wüßte, woran die Frau gestorben ist. Ich möchte die Leiche nicht bewegen, was jedoch offensichtlich der Polizei nicht mehr so wichtig ist, wenn die erst einmal ihren ersten sorglosen Begeisterungstaumel überstanden hat, aber ich glaube nicht, daß sie erschossen, erstochen oder erschlagen wurde. Sie könnte vergiftet worden sein, aber nicht mit einem ätzenden oder krampfauslösenden Mittel. Kopf hoch; wahrscheinlich hatte sie einen

Anfall und ist eines natürlichen Todes gestorben‹, waren ihre abschließenden, freundlichen Worte.

Aber warum hier? habe ich natürlich gefragt. Dr. Green konnte mir verständlicherweise darauf keine Antwort geben. Dann kam die Polizei, und das ist der Stand der Dinge. Julia ist hergekommen und hat wie immer die Dinge in die Hand genommen. Ich weiß gar nicht, warum ich Kate um Hilfe gerufen habe, vielleicht nur, weil sie in letzter Zeit in engerem Kontakt mit Familie Jablon stand und – nun, ich weiß es nicht, jedenfalls bin ich froh, daß Sie hier sind.«

»Machen Sie sich nicht mehr Gedanken als notwendig«, hatte Reed geantwortet. »Das ist wie ein Ruf vom Berggipfel: im ersten Moment schrecklich laut und aufmerksamkeiterregend, verebbt er dann aber zu einem unhörbaren Echo.«

»Die Zeit heilt alle Wunden, ich weiß, oder deckt sie wenigstens mit dem Narbengewebe des Vergessens zu. Oh Gott.«

Dann war Reed nach oben gegangen, um sich die Leiche anzusehen und mit der Polizei zu sprechen.

Nun nippte er an seinem Kaffee, lehnte sich noch weiter in seinen Sessel zurück und ging auf Julias Frage ein.

»Könnte die Leiche hierhergebracht worden sein? Ich weiß nicht, was der Gerichtsmediziner feststellen wird, aber die Antwort ist wahrscheinlich ›ja‹. Es könnte sein. Was nicht heißt, daß es so gewesen sein muß.«

»Kann man nicht feststellen, ob eine Leiche nach dem Tod bewegt worden ist?«

»Manchmal. Wenn es Blutungen gegeben hat und damit Blutflecken, die von den Wunden herrühren, wenn – ach, es gibt Hunderte von Möglichkeiten – kann man feststellen, ob eine Leiche bewegt wurde. Aber wenn ich dir über den Schädel schlagen würde, fest genug, um dich umzubringen, aber nicht so fest, daß die Kopfhaut aufplatzt, hier, zum Beispiel«, er zeigte auf Julias Kopf, »oder wenn ich dir eine Schlagader zudrückte, bis alles schwarz würde, oder andere makabre Dinge täte, und dich, wenn du tot bist, nähme und irgendwo deponierte, glaube ich nicht, daß eine medizinische Untersuchung das unbedingt nachweisen könnte, es sei denn, ich hätte den Körper nach dem Eintreten des Todes verletzt. Wunden, die nach dem Tod entstehen, sind als solche zu erkennen.

Man sollte hinzufügen«, sagte er, während er seine Kaffeetasse abstellte und sich mit einiger Schwierigkeit aus dem Sessel wand, »daß es ganz und gar nicht leicht ist, einen toten Körper zu bewegen. Im Gegenteil, es ist ausgesprochen schwierig. Abgesehen davon, würde es sogar in New York, wo man sich im Laufe der Zeit an so ziemlich alles gewöhnt, auffallen, den Leuten in Erinnerung bleiben und kommentiert werden, wenn jemand eine Leiche oder auch nur eine bewußtlose Frau mit sich herumschleppt. Es bleibt also die Frage, ob sie hier umgebracht wurde oder, wie wir noch immer hoffen, hier gestorben ist.«

»Hat die Polizei irgendwelche ungewöhnlichen Hinweise entdeckt?« fragte Kate.

»Ein paar. Erstens hatte das Opfer das Etikett einer Krawatte in seiner Rocktasche.«

»Einer Krawatte?«

»So eine Art Halstuch, weißt du, wie wir Männer, die wir unseren Lebensunterhalt in der Welt der Konventionen verdienen, es tragen, wenn wir zur Arbeit gehen und manchmal auch bei anderen Gelegenheiten. Zumindest wissen wir nun, daß derjenige, nach dem sie griff, nicht auf Rollkragen als Abendgarderobe stand, was doch immerhin schon etwas ist. Das Etikett stammt aus einem recht exklusiven Hemdengeschäft auf der Madison Avenue, wo recherchiert werden wird.

In dem Raum war nichts in Unordnung. Sie ist nicht zurückgewichen, hat keine Möbelstücke umgerissen und hat sich nicht den Kopf angeschlagen wie ihr Sohn; es bleibt wirklich alles offen.«

»Einschließlich der Tatsache, daß sie bereits tot war, als sie in dem Zimmer landete, nachdem die Hunde dort fertig waren.«

»Das sagst du immer wieder. Aber wenn du jemanden in den dritten Stock eines Gebäudes schaffen willst, ohne eine Spur zu hinterlassen, ist es wahrscheinlich leichter, wenn du ihn dorthin bekommst, solange er noch lebt, und ganz bestimmt ist es einfacher, wenn es dir gelingt, ihn mit irgendeiner fadenscheinigen Geschichte dazu zu bewegen, die drei Stockwerke zu Fuß zu gehen, als daß du die Leiche den ganzen Weg schleppen mußt.«

»War sie schwer?«

»Fünfundsechzig Kilo, grob geschätzt. Man hätte sie tragen können, aber leicht wäre es nicht gewesen. Und man hätte sie auch mindestens ein Stück weit durch die Straßen tragen müssen, aber das habe ich ja schon gesagt. Wir fangen an, uns im Kreis zu drehen, was im Fall einer Krise normal ist.«

»Könnte nicht spät in der Nacht eine relativ sichere Zeit sein, um eine Leiche herumzutransportieren?« frage Julia.

»Könnte sein, aber in New York kann man da nie sicher sein. Viele Kater schleichen sich zu jeder Tages- und Nachtzeit herum, von den Katzen ganz zu schweigen. Und dann all die Leute, die nachts arbeiten.«

»Weißt du etwas über den Zeitpunkt des Todes?«

»Nicht sehr viel. Die Autopsie wird uns darüber Auskunft geben, wenn wir Glück haben. Wenn die Leichenstarre schon eingesetzt hat, wie Dr. Green meinte, muß der Tod eine gewisse Zeit zurückliegen und sicherlich eingetreten sein, bevor die Hunde durch waren, das heißt, mindestens fünf Stunden vorher; aber ich habe noch keinen medizinischen Gutachter im Zeugenstand erlebt, der sich über die gute alte Leichenstarre absolut sicher war, und wenn doch, dann findet sich immer jemand, der ihm widerspricht. Die Räume sind geheizt, das hat Einfluß auf die Leichenstarre, wie so viele Dinge mehr.«

»Wird die Polizei zulassen, daß wir morgen wieder unterrichten?« fragte Julia.

»Das glaube ich schon. Und da es ohnehin so viele Gerüchte und Geflüster und Vermutungen geben wird, meine ich, ist es gut, so schnell wie möglich zu einer Situation zurückzukehren, die dem Normalzustand möglichst nahe kommt. Sollen wir zu Miss Tyringham gehen und mit ihr reden, wenn sie bereit ist?«

Während sie sich der Treppe und Miss Tyringhams Büro näherten, kam die Maschinerie des Morddezernats Ost in Gang. Ein Kriminalbeamter machte sich auf den Weg zu dem Hemdengeschäft, dessen Name auf dem Etikett stand, das man in der Tasche der toten Frau gefunden hatte.

ACHT

Detective George Young stellte fest, daß der Name des Hemdengeschäftes, ›Der Herr der Herren‹, diskret über der Tür angebracht war. Als er hineinging, befand sich ein Kunde im Laden, und er wartete geduldig, bis dieser eine Young schier endlos erscheinende Diskussion über Hemdenstoffe, Streifen, Manschetten und Farben abgeschlossen hatte. Young selbst ging in irgendein Kaufhaus, wenn er ein Hemd brauchte, nannte Kragenweite und Ärmellänge und verließ es mit dem ersten Hemd, das man ihm zeigte. Die Reichen hatten wohl mehr Zeit und nichts dagegen, sie auf diese Weise zu verbringen, vom Geld ganz zu schweigen, aber Geld war zwischen dem »Herrn der Herren« und seinem Kunden ohnehin kein Thema. Der Geschäftsinhaber unterbrach seine höchst bedeutsamen Verhandlungen, musterte Young, kam offensichtlich zu der Erkenntnis, daß mit ihm kein besonders gutes Geschäft zu machen sei, und fragte, ob er etwas für ihn tun könne. »Ich warte«, sagte Young mit einer Stimme, die erkennen ließ, daß er das tatsächlich vorhatte.

Nachdem der Kunde endlich alle Alternativen bezüglich seiner Hemden ausgeschöpft hatte und gegangen war, ging Young zur Theke und ließ das Etui aufschnappen, in dem sich seine Dienstmarke befand. »Wir haben ein Etikett Ihres Geschäftes unter Gegebenheiten gefunden, die für die Polizei von Interesse sind. Vielleicht können Sie uns helfen. Der Geschäftsinhaber ist ein Mann namens Sam Meyer. Sind Sie das?«

»Ja, aber ich wüßte nicht, wie ich Ihnen helfen könnte. Ich habe viele Kunden. Da die meisten von ihnen wohlhabend sind, verschenken sie ihre Hemden, wenn sie sie nicht mehr mögen. Zum Beispiel an das Personal. Verstehen Sie das Problem?«

»War dieses Etikett an einem Hemd?« Mr. Meyer warf einen Blick darauf. »Nein, das stammt von einer Krawatte. Wir überreichen Krawatten sogar als Präsent. Ich fürchte, ich kann Ihnen da nicht weiterhelfen.«

»Versuchen Sie es. Haben Sie einen Kunden namens Jablon?«

Mr. Meyer erschrak. »Mr. Cedric Jablon ist einer meiner ältesten Kunden. Meinen Sie den?«

»Erzählen Sie mir von ihm, dann werden wir sehen.«

»Ich habe Mr. Jablon vor vielen Jahren kennengelernt, als ich zu Beginn meiner Laufbahn für eine Kette eleganter Herrenausstatter gearbeitet habe. Mr. Jablon pflegte seine Anzüge und alle Accessoires stets bei mir zu kaufen. Als ich fortging, um dieses Geschäft zu eröffnen, kaufte er weiter seine Hemden nur bei mir. Er kann nichts mit einer Sache zu tun haben, für die sich die Polizei interessiert – einfach unmöglich.«

»Ist Mr. Jablons Enkel einmal wegen einer Krawatte hiergewesen?«

Mr. Meyer blinzelte unbehaglich. »Schauen Sie, ich möchte nicht . . . «

»Beantworten Sie einfach meine Frage.«

Mr. Meyer seufzte. »Der alte Herr brachte den Jungen einmal mit, vor ungefähr ein oder zwei Jahren, um ihm ein paar Hemden anfertigen zu lassen. Betrieb einen ziemlichen Aufwand deswegen, so im Stil: Der Kleine ist jetzt erwachsen, und Großpapa will ihm ein paar feine Hemden schenken. Aber es kam ganz anders.«

Gleichmütig und unverwandt betrachtete Young Mr. Meyer.

»Diese junge Generation«, sagte Mr. Meyer. »Der Junge fragte mich nach dem Preis der Hemden – er betrug damals fünfzehn Dollar, was sie auch wert waren, wenn man bedenkt, daß jedes Hemd nach Maß und aus feinster ägyptischer Baumwolle angefertigt wird; heute kosten sie über zwanzig –, und als er den Preis hörte, wurde er, es tut mit leid, das sagen zu müssen, unverschämt. Er sagte, es sei ein Verbrechen, für so etwas Geld auszugeben, solange Kinder in den Ghettos von Ratten gebissen würden.« Mr. Meyer fuhr es kalt den Rücken hinunter bei dem Gedanken an diese Szene, die offensichtlich in seiner Erinnerung traumatische Dimensionen angenommen hatte, besonders die unvergeßliche Erwähnung von Ratten in seinem exklusiven und eleganten Geschäft. »Obwohl mir das vielleicht nicht zustand, erklärte ich dem Jungen, daß auch ich in einem Ghetto angefangen habe –, daß das Wort eigentlich für Juden geprägt worden war, die nirgendwo anders leben durften – daß ich gearbeitet habe, um hierher zu kommen, und daß er nicht mich beleidigen mußte, um die Ratten in den Ghettos zu bekämpfen. Ich wurde sehr ärgerlich, fürchte ich. Später habe ich dann seinen Großvater, Mr. Jablon, angerufen, um mich zu entschuldigen, aber er war so freundlich zu sagen, er habe mir nichts vorzuwerfen, und entschuldigte sich für seinen Enkel. Haben Sie das Etikett in Harlem gefunden?«

Young, der gekommen war, um Fragen zu stellen, nicht um sie zu beantworten, überhörte das. »Ihre Etiketten sind nie verändert worden?« fragte er. »Gibt es keine Möglichkeit festzustellen, in welchem Jahr die Krawatte verkauft wurde?«

»Nein«, sagte Mr. Meyer knapp; er hatte offenbar das Gefühl, zu viel geredet zu haben, und würde sich von nun an auf einsilbige Antworten beschränken. »Wenn Sie natürlich die Krawatte hätten . . . «

»Also gut«, sagte Young. »Richten Sie sich darauf ein, einen Bericht zu unterschreiben, über das, was Sie mir erzählt haben.«

»Du lieber Himmel. Selbstverständlich ist alles wahr, aber ich möchte nicht . . . «

»Keine Panik«, sagte der Kriminalbeamte und ging.

Mr. Sam Meyer, der Herr der Herren, wartete ein paar Minuten, vielleicht um zu sehen, ob der Beamte zurückkam, vielleicht weil er zu einer Entscheidung kommen wollte. Dann nahm er den Telefonhörer ab und wählte.

Inzwischen war der Gerichtsmediziner mit seiner Arbeit fertig. Es mußten noch genauere Untersuchungen an einigen Organen vorgenommen, und ein Herzspezialist zu Rate gezogen werden, bevor ein offizieller Bericht herausgegeben werden konnte; es blieb noch immer genügend Spielraum für Hinweise, die die detaillierte Diagnose beeinflussen konnten, aber Esther Jablon war einem Herzanfall erlegen. Das teilte der Gerichtsmediziner dem Officer vom Morddezernat Ost mit, und der gab diese Information an Reed weiter, den er ja kannte. Sie war, auch wenn man sich da natürlich noch nicht eindeutig festlegen wollte, am vergangenen Abend zwischen neun und elf Uhr gestorben. Der Beamte sagte Reed, natürlich könnte sie den Anfall früher erlitten haben, gestorben sei sie aber nicht wesentlich früher. Es gäbe keine Möglichkeit festzustellen, ob die Leiche nach dem Tod transportiert worden sei, aber nichts deute darauf hin.

Ein ausführliches Gespräch mit dem Arzt des Opfers war nun notwendig – es war für den späteren Nachmittag vorgesehen. Aber es schien außer Frage, daß die Tote an einem schweren Herzfehler gelitten hatte und daß sie darüber hinaus ein extremer Hypochonder und ganz allgemein ein nervliches Wrack war. Könnten die Symptome bedeuten, daß sie über zwei bösartig aussehende Hunde zu Tode erschrocken war? Durchaus. Irgendwelche Hinweise auf Drogen, Alkohol et cetera? Sie hatte einen Drink zu sich genommen, wahrscheinlich vor dem Dinner, aber nicht genug, um sie betrunken zu machen. Sie hatte zwei oder drei Stunden vor ihrem Tod gegessen; stellen Sie, wenn möglich, die genaue Uhrzeit fest. Wir arbeiten ebenfalls daran. Sie hatte auch einen Tranquilizer eingenommen, ›Meprobamate‹; nach Auskunft ihres Arztes nahm sie regelmäßig dieses Medikament; auf ihrem Badezimmerregal standen neben dem ›Meprobamate‹ auch Schlaftabletten, aber davon hat sie vor ihrem Tod keine genommen. Der Tod muß relativ schnell eingetreten sein. Es stimmte also wirklich, daß sich jemand zu Tode erschrecken kann? Ja, wenn das Herz in entsprechendem Zustand ist und so weiter. Die Gerüchteküche hatte zu brodeln begonnen, aber wenn Reed mehr wissen wolle – solle er anrufen. Selbstverständlich würde er es als erster erfahren, falls die ergänzenden Untersuchungen oder die Rückfrage beim Arzt der Toten neue interessante Aspekte ergäben. Bis bald.

»Was uns auch nicht viel weiterbringt«, sagte Reed abends zu Miss Tyringham, die im Wohnzimmer der Amhearsts saß und an einem Brandy nippte. »Wenn

Sie die Dinge richtig handhaben, wird, dessen bin ich ziemlich sicher, beschlossen werden, daß der Anblick der Hunde sie getötet hat. Wenn Sie Glück haben, wird es noch nicht einmal ein Verfahren geben, es sei denn, die Versicherungsgesellschaft spielt sich auf.«

»Warum sollte die Versicherungsgesellschaft sich aufspielen?«

»Die Jablons brauchen nur Schmerzensgeld in ausreichender Höhe von Ihnen zu fordern, und die Versicherungsgesellschaft wird versuchen zu beweisen, daß sie das Opfer irgendeiner infamen Verschwörung war. Werden die Jablons Sie verklagen?«

»Das bezweifle ich sehr. Ich habe nur kurz mit dem alten Mr. Jablon telefoniert, um ihm mein Beileid auszusprechen und mich nach Angelica zu erkundigen.«

»Wie geht es Angelica?« frage Kate.

»Sehr schlecht, leider. Dies – noch zusätzlich zu dem Erlebnis mit ihrem Bruder – war zuviel. Sie ist offenbar depressiv und schweigsam, nachdem sie vorher hysterische Anfälle hatte. Man hat sie in die Klinik gebracht. Mr. Jablon wußte von den Hunden durch das Erlebnis seines Enkels und fand es ziemlich dumm von seiner Schwiegertochter, daß sie in die Schule gegangen ist. Von Klagen hat er nichts gesagt.«

»Er könnte irgendeinem Rechtsanwalt in die Hände fallen, dieser Fall birgt unendliche Möglichkeiten.«

»Ich bezweifle, daß ein Anwalt Mr. Jablon dazu

bringen könnte, etwas zu tun, was er nicht will«, sagte Kate. »Aber man kann nicht wissen, was er für sein Recht hält. Er schien die Schule für Angelicas radikale Auffassungen verantwortlich machen zu wollen, und er könnte aus grundsätzlicher Empörung über das ›Antigone‹-Seminar klagen, was ich allerdings nicht hoffe.«

Miss Tyringham lehnte sich in ihren Sessel zurück und drehte den Cognac-Schwenker in ihren Händen. »Ich möchte Ihnen eine Hypothese unterbreiten, aber antworten Sie erst, wenn ich damit zu Ende bin.« Die beiden nickten zustimmend.

»Angenommen«, sagte sie, »jeder, der mit der Sache befaßt ist, akzeptiert die Erklärung, die Sie gerade gegeben haben, daß nämlich Mrs. Jablon – aus Gründen, die wir nie erfahren werden, da sie tot ist – zur Schule gegangen ist, sich irgendwie Zugang verschafft hat, gegen Mitternacht plötzlich den beiden Dobermännern gegenüberstand und wegen ihres Herzfehlers einer Herzattacke erlag, die der extreme Schrecken ausgelöst hat. Mal angenommen – ich will nicht drumherum reden – wir könnten allen Einfluß des Theban geltend machen, der ist beträchtlich –, und einen solchen Beschluß erreichen. Der Fall wird fallengelassen, wegen der Hunde werden größere Sicherheitsvorkehrungen getroffen; vielleicht müssen wir sie auch ganz abschaffen. Nach und nach gerät die ganze Angelegenheit in Vergessenheit, und die Schule setzt ihre Gratwanderung durch diese schwierigen Zeiten fort. Wären Sie damit zufrieden?«

»Wir?« fragte Reed. »Kate und ich?«

»Ja. Sie. Sie beide.«

»Zufrieden, in welcher Beziehung? Miss Tyringham, vor ein paar Jahren hat in New Jersey eine Frau der besseren Gesellschaft auf ihren Mann geschossen und ihn getötet, als er nackt und mitten in der Nacht ins Schlafzimmer kam. Sie behauptete, sie habe ihn für einen Einbrecher gehalten. Es gab Beweise, daß die beiden nicht sehr gut miteinander auskamen. Ein Geschworenengericht aus zwölf guten, ehrenwerten Bürgern sprach sie von der Anklage des Mordes und der fahrlässigen Tötung frei und fällte das Urteil: Tod durch Unfall. Wir alle haben das vergessen und werden auch diese Geschichte vergessen. Angenommen, die Geschworenen hätten auf Mord entschieden, egal ob vorsätzlich oder im Affekt. Wem hätte das genützt? Die Kinder wären nicht nur vaterlos gewesen, sondern hätten obendrein eine verurteilte Mörderin zur Mutter gehabt. Es ist nicht anzunehmen, daß sie noch einmal auf jemanden schießen wird; ganz im Gegenteil. Mein ist die Rache, spricht der Herr.«

»Mir kommt diese Tendenz zur Rechtsbeugung in jede gerade opportune Richtung, die sich in Ihrer Geschichte zeigt, ungeheuerlich vor. Die Jugend hat wirklich recht: Wenn wir uns ärgern und Zeter und Mordio schreien, weil die Straßen nicht sicher sind und unsere Häuser genausowenig, und das ist so, weiß der Himmel, dann müssen wir dafür sorgen, daß wir nicht Bestrafungen für Verbrechen fordern,

Gesetz und Ordnung, wenn Sie so wollen, die dann – unter uns gesagt – für die oberen Gesellschaftsschichten nicht gelten sollen.« Sie nippte an ihrem Brandy.

»Ganz richtig«, sagte Reed. »In dieser Beziehung bin ich ein alter Zyniker und ich habe gelernt, in vielen Fällen ein Auge zuzudrücken. Fragen Sie Kate. Sie ist noch immer ehrenhaft und naiv. Fragen Sie sie, ob sie mit dem Happy-End, das Sie für uns entworfen haben, zufrieden wäre. Sehen Sie, eines meiner Probleme ist, daß ich irgendwie mit den Kindern fühle.«

»Genau wie ich«, sagte Kate erregt. »Meine Brüder, die immer als Musterbeispiel für Korrektheit in dieser Welt herhalten müssen, wenn ich mich ereifere und aus der Rolle falle, reden andauernd – und ich meine wirklich ununterbrochen – von Recht und Ordnung; sie reden vom Verbrechen auf der Straße, von den ausgeraubten Wohnungen und Häuser, von Unruhen auf dem Campus, der fehlenden Macht der Polizei und mangelndem Respekt vor dem Gesetz, bla, bla, bla. Wenn ich aber davon rede, daß sogar das Meer schon von Ölschlamm verschmutzt ist, daß die Autoindustrie keine Stoßstangen baut, die Autos schützen, weil sich rein dekorative Stoßstangen besser verkaufen lassen, daß die pharmazeutische Industrie Contergan auf den Markt gebracht hat und so weiter, dann ist er – egal mit welchem meiner Brüder ich gerade rede – in keiner Weise aufgebracht und bringt höchstens ein Pro-forma-Kopfschütteln zustande. Hat das etwas mit den Dingen zu tun, über die wir hier sprechen?«

»In gewisser Weise schon«, sagte Miss Tyringham, »das heißt, falls wir über Ehrgefühl sprechen, was wir tatsächlich ein wenig eingehender tun sollten, und ich meine hier wirklich Ehre und nicht den äußeren Schein, das Wort, das die meisten Menschen mit dem Wort ›Ehre‹ verwechseln. Aber ich muß an die Schule denken; das ist meine Aufgabe. Und im Interesse der Schule müssen wir annehmen, falls man uns läßt, daß die ganze Angelegenheit ein unglücklicher Unfall war. Vielleicht war es das ja auch.«

»Besteht denn überhaupt eine Chance, die Sache zu vertuschen?« fragte Kate. »Würde die Polizei sie wirklich ruhen lassen wie schlafende Hunde, um ein besonders gut passendes Bild zu gebrauchen?«

»Ja«, sagte Reed, »ich fürchte die Chancen stehen sehr gut, wenn niemand Einspruch erhebt. Sie ist an einem Herzanfall gestorben, vorausgesetzt, man stellt im Laufe der Untersuchungen nichts anderes fest. Wem soll es nützen, wenn man einer Reihe bedeutender Leute auf die Füße tritt und die einzigen, die man zu unrecht beschuldigen könnte, sind zwei Hunde, die schlimmstenfalls aufs Land geschickt werden oder eine andere Aufgabe bekommen? Schließlich sind wir doch alle vernünftige Menschen mit Verständnis für einander.«

»Also sind Sie zufrieden?« fragte ihn Miss Tyringham.

»Zufrieden? Ich finde mich vielmehr mit der Situation ab. Wie könnte man zufrieden sein? Die Zahl der unbeantworteten Fragen ist überwältigend: Wie kam sie in das Gebäude? Warum sollte sich diese Frau an diesen Ort begeben, was, nach allem was wir von ihr wissen, nicht zu ihr paßt? Warum hatte sie das Etikett, das einzige greifbare Indiz dieses Falles, in ihrer Tasche?«

»Stammte es von einer Krawatte, die Sie ausfindig machen konnten?«

»Ja, nichts leichter als das. Großpapa kaufte schon seit Jahren seine Krawatten dort.«

Reed ging im Zimmer auf und ab. »Warum, um noch ein wenig den Elefant im Porzellanladen zu spielen, hat sie die grauenvolle Erfahrung ihres Sohnes nachvollzogen? Was hat die Schule mit der Sache zu tun? Könnte es sein – nur so als Schuß ins Blaue –, daß Mr. Jablon fand, die Schule hätte ein ordentliches Durcheinander verdient, weil sie die Schülerinnen zu unpatriotischem Benehmen ermutigt? War er bereit, dafür seine Schwiegertochter zu opfern, an der ihm vielleicht nicht viel lag? Solcherlei Fragen könnte ich noch stundenlang zusammenspinnen.«

»Gewiß«, sagte Miss Tyringham. »Aber Sie haben meine Frage noch nicht beantwortet und Kate genausowenig.«

»Ich war nie der Meinung«, sagte Kate, »daß man die Untersuchung eines Falles auf halbem Weg beenden sollte, weil einen das Problem nicht interessiert oder weil die Schwierigkeiten zu groß werden. Das zeugt von einer schlampigen oder unsachgemäßen

Einstellung, wenn nicht von Schlimmerem. Die mangelnde Bereitschaft der Menschen, die Konsequenzen für ihr Handeln zu tragen – die Verschmutzung der Flüsse zuzulassen, um ein neutrales Beispiel zu nennen –, ist für mich grauenvoll. Wie die Zigarettenkonzerne Leute anheuert, die beweisen sollen, daß Rauchen keinen Krebs hervorruft. Meine Güte, jetzt bin ich schon wieder abgeschweift.«

»Man kann nicht mittendrin aufhören«, sagte Miss Tyringham, »aber man könnte sich weigern, überhaupt anzufangen.«

»In dem Augenblick, als Sie die Frage stellten, haben Sie bereits angefangen«, sagte Kate. »Wie dem auch sei, selbst wenn wir eine Antwort fänden, hieße das noch nicht unbedingt, daß wir etwas unternehmen müßten, oder?«

»Ich glaube, da machst du dir etwas vor«, sagte Reed. »Ich schwöre dir, schwöre euch beiden, daß, wenn ihr auch nur noch eine einzige Frage stellt, nur noch ein einziges Detail im Zusammenhang mit jener Nacht untersucht, ihr bis zum Hals in der Sache drinsteckt. Wenn ihr aufhören wollt, müßt ihr es jetzt tun.«

Ein paar Minuten herrschte Schweigen.

»Wir sollten lieber anfangen herauszufinden, was in jener Nacht im Hause der Jablons passiert ist. Kate, vielleicht weiß es der Großvater nicht nur, vielleicht erzählt er es Ihnen auch.«

»Wir sollten außerdem feststellen, wie diese Hunde arbeiten«, sagte Kate, »ich meine, sie uns richtig auf dem Dach ansehen und so weiter. Mr. O'Hara wird sicher nichts dagegen haben, wenn es uns gelingt, die Tiere zu entlasten.«

Reed starrte beide einen Augenblick an und füllte mit einem tiefen Seufzer aufs neue sein Glas.

Folglich stiegen Kate und Reed am nächsten Morgen auf das Dach des Theban, zu ihrer Verabredung mit Mr. O'Hara. Er hatte nur mit äußerst schwacher Begeisterung dem Treffen zugestimmt. »Ich habe schon alles der Polizei erzählt, und ich werde es Ihnen nicht nochmal erzählen, damit Sie mir dann erzählen, diese Hunde wären für den Tod von jemandem verantwortlich.« Nur weil sie auf ihrem unerschütterlichen Glauben an die Unschuld der Hunde beharrten, wurden Kate und Reed überhaupt auf das Dach gelassen. »Kitto«, sagte Kate auf dem Weg, »einer der besten Kommentatoren der ›Antigone‹ sagte: ›Mit dem ersten Auftritt des Wächters beginnt der problembeladenste Teil des Stückes.‹ Wie wahr, oh Muse, wie wahr.«

»Wenn Sheridan Whiteside die Bühne betritt«, entgegnete Reed, »sagt er: ›Mir ist speiübel‹, und das scheint mir ein sehr viel geeigneteres Zitat.«

Sie warteten in der Aula auf Mr. O'Hara. Kate fragte sich etwas unbehaglich, ob er wohl wie Heathcliff erscheinen würde, mit knurrenden Hunden im Gefolge. Doch er kam ganz allein und begrüßte Reed sogar mit einem Anflug von Herzlichkeit. Kate schien er, als ein weibliches Wesen mehr in einer Institution, in der es ohnehin schon allzu viele davon gab, für eher überflüssig zu halten. Er hoffte unverhohlen, daß Reed sie an der Tür zum Dach verabschieden würde.

»Miss Fansler muß mitkommen, wissen Sie. Ich habe es versprochen«, sagte Reed. »Aber sie wird sich ganz ruhig verhalten und nur kluge Fragen stellen. Sie ist wirklich recht gut erzogen.«

»Gibt es jetzt schon weibliche Bezirksstaatsanwälte?« fragte Mr. O'Hara. »Oder hat sie was mit der Schule zu tun?«

»Sie hat mit allem zu tun, aber sie ist eine echte Frau und hält immer sechs Schritte Abstand. Wir folgen Ihnen.«

Mr. O'Hara ging mit ärgerlichem Grunzen als erster durch die Tür und hielt sie für Reed auf, für Kate jedoch ausdrücklich nicht. Sie stiegen sogleich die steile, aber kurze Stiege zum Dach hinauf; nachdem sie hinausgeklettert waren – Reed half Kate und vermied dabei O'Haras Blick –, schloß O'Hara eine Falltür, die genau über der Treppe bündig mit dem Dach abschloß.

»Sie sehen«, brummte er, »die Hunde können unmöglich tagsüber nach unten laufen, wie ein paar Idioten unterstellen wollen, nicht einmal, wenn sie sich aus ihren Zwingern befreien könnten, was sie nicht können. Das sieht man doch. Frauen haben zwar Augen, aber manchmal frage ich mich, ob sie damit auch sehen können, vom Denken ganz zu schweigen.«

»Sie sind ein Mann der Armee, nicht wahr?« fragte Reed. »Zu dumm, daß das hier eine Mädchenschule ist.«

»Alles war in Ordnung, bis dieses verweichlichte Bürschchen sich hier versteckt hat, um sein Vaterland nicht verteidigen zu müssen. Es ist ein guter Job. Ich konnte mich nicht beklagen.« Kate war nahe daran zu erwähnen, daß Achilles sich bei Frauen versteckt hatte, ließ es dann aber doch. Falls Mr. O'Hara jemals von Achilles gehört haben sollte, was zweifelhaft schien, so hielt er ihn wahrscheinlich für einen Drückeberger und Miesepeter, wenn nicht für Schlimmeres.

»Zu den Hunden geht's hier lang«, sagte O'Hara, »und sie werden Sie anknurren; wenn Sie also vorhaben zu schreien, lassen Sie es lieber. Sie können hier warten.«

»Miss Fansler schreit nie, es sei denn, sie wird gekniffen«, sagte Reed. »Sie versucht, die Ehre und Loyalität der Hunde unter Beweis zu stellen und zu demonstrieren, wie gut ihre Ausbildung ist, also sollten wir ihr lieber Mut machen. Großer Gott!«

Dieser Ausruf der Bewunderung galt den beiden Dobermännern, die in ihrem Zwinger standen und mit leicht hochgezogenen Lefzen gewissermaßen die Ereignisse vorwegnehmend, leise knurrten. Ihr Zwinger war groß genug, um ihnen Auslauf zu ermöglichen, falls ihnen danach war. An den Zwinger angeschlossen war eine Hundehütte, die sie vor Regen und Wind schützte. Im Moment standen sie Seite an

Seite und behielten Reed und Kate mit einem Mißtrauen im Auge, das nur durch Mr. O'Haras Anwesenheit gemildert wurde. »Schon gut, meine Schönen«, sagte er. »Macht Platz und schlaft ein wenig.«

»Haben sie Namen?« fragte Kate.

»Keine Fragen, oder ich schick dich nach Hause«, flüsterte Reed.

»Selbstverständlich haben sie Namen«, sagte Mr. O'Hara. »Das ist Rose, und dies ist Lily. Gebt Küßchen.« Und der seltsame Mr. O'Hara, dessen Frauenfeindlichkeit sich offensichtlich nicht auf Hunde erstreckte, hockte sich vor den Zaun, steckte einen Finger durch den Maschendraht und kraulte die wilden Bestien, die, wie Kate und Reed bemerkten, selbst während dieser liebevollen Geste den Blick nicht von ihnen wandten. Ihr Fell aber, und besonders das Nackenhaar, sträubte sich nicht mehr.

»Wie würden die Hunde reagieren, wenn Sie nicht bei uns wären?« fragte Reed.

»Gehen Sie kurz weg, lassen Sie mich in meine Wohnung gehen, und finden Sie es heraus. Aber stecken Sie keinen Körperteil durch den Zaun.« Kate und Reed gingen zur Falltür zurück, während Mr. O'Hara in seiner Wohnung verschwand, die neben einem Wassertank, der Aufzugmechanik und den Hundezwingern das einzige war, was sich auf dem Dach befand. Der Blick auf die Stadt war außerordentlich und unverstellt. Mr. O'Hara hatte sich wirklich ein hübsches Plätzchen ausgesucht.

Als er verschwunden war, gingen Kate und Reed

wieder auf den Zwinger zu. Die Hunde reagierten blitzartig und furchterregend, bellten aber nicht. »Vermutlich arbeiten sie auf die leise Tour«, sagte Reed. »Selbst der größte Hundenarr bekäme einen Herzanfall, wenn er sich plötzlich in der Gesellschaft dieser Bestien wiederfände, glaube ich. Aber das sagen wir unserem Freund O'Hara lieber nicht.«

»Wenn er eine so große Abneigung gegen die Weiblichkeit hat – die zweibeinige meine ich –, dann hat er den Job vielleicht angenommen und Miss Tyringham die Hunde eingeredet, um die Erziehung von Mädchen in Verruf zu bringen; hast du schon mal daran gedacht?«

»Unsinn. Er ist wie aus einem Roman von Dickens entsprungen. Wahrscheinlich hat er ein kleines Mädchen, das er hütet wie seinen Augapfel, oder wünscht sich sowas. Wie seine Hunde knurrt er, aber er beißt nicht.«

»Das sollen wir jedenfalls glauben«, sagte Kate düster.

»Wir können hier nicht herumstehen und reden; er denkt sonst, wir verschwören uns gegen ihn.« Die Hunde beobachteten, noch immer knurrend, wie sie zum Haus gingen.

»Zufrieden?« fragte O'Hara.

»Danke«, sagte Reed. »Dürfen wir Ihnen ein paar dumme Fragen stellen? Das gehört dazu, fürchte ich.«

»Die Polizei hat mich schon ausgefragt.«

»Ja, natürlich. Aber wir glauben eher nicht, daß

die Hunde eine Schuld trifft. Das unterscheidet uns von der Polizei, macht uns anders und interessant. Um welche Zeit beginnen die Hunde ihre Runden?«

Mit einem Seufzer, wie ihn Kate gern ausstieß, wenn sie gegen ihren Willen auf eine Cocktail-Party geraten war, ließ sich Mr. O'Hara auf einen Stuhl fallen, forderte sie mit mäßig freundlicher Handbewegung auf, dasselbe zu tun und zündete sich umständlich eine Pfeife an. Er antwortete erst, als sie alle in dichte Rauchwolken gehüllt waren. »Riecht herrlich«, sagte Kate.

»Ich folge Ihrem Beispiel, wenn ich darf«, sagte Reed und zog seine eigene Pfeife heraus. Mr. O'Haras Gesichtsausdruck verfinsterte sich.

»An normalen Tagen«, sagte er, »schicke ich Rose und Lily gegen acht Uhr, nach meinem Abendessen, auf ihre Runde.«

»Sie kochen selbst?« fragte Reed.

»Natürlich. Glauben Sie, ich hab' ein junges, knackiges Hausmädchen?«

»Ich dachte, Sie bekämen Ihre Mahlzeiten vielleicht aus der Schulküche.«

»Hüttenkäse«, sagte O'Hara.

»Und glitschigen Thunfisch«, fügte Kate hinzu. Reed warf ihr einen warnenden Blick zu.

»Was meinen Sie mit normalen Tagen?« fragte er.

»Wenn die nicht gerade irgendeine verdammte Töberei vorhaben«, sagte er. »Tanzereien, Versammlungen und so. Eine Schule ist eine Schule und sollte sich nicht mit diesem Unsinn abgeben, aber ich bin angestellt worden, um das Haus zu bewachen, nicht um es zu leiten. An solchen Abenden ist es fast elf, bevor ich alle draußen habe und die Türen abschließen kann.«

»Dauern die Versammlungen so lange?« fragte Kate.

»Bis pünktlich Viertel nach zehn. Miss Tyringham ist da sehr genau. Aber die Damen stehen natürlich noch auf den Gängen herum und schwatzen weiter, und wenn es regnet, müssen die Männer, die armen Trottel, noch Taxen auftreiben, und so weiter. Und es ist verdammt kurz vor elf bis die letzten aus dem Haus und auf dem Heimweg sind.«

»Warten Sie unten, bis alle fort sind?«

»Ja. Ich bin auch da, um sie einzulassen. Einer muß es ja machen, sonst könnte schließlich jeder hereinmarschieren, nicht wahr?«

»Wird jeder, der hereinkommt, richtig kontrolliert?« fragte Reed.

»Natürlich, wir sind ja in keinem öffentlichen Theater. Ich kenne die Lehrer, zumindest vom Sehen, und die Lehrer kennen die Eltern.«

»Dennoch«, sagte Reed, »wenn zwei Leute, Mann und Frau, im passenden Alter und entsprechender Erscheinung hereinspaziert kämen, würde es ihnen gelingen, an der Versammlung teilzunehmen. Darauf wette ich. Die Lehrer können nicht alle Eltern kennen. Wenn ein völlig akzeptables Paar auftaucht, wird wohl niemand hingehen und sagen, ›Nennen Sie den Namen Ihrer Tochter, oder verlassen Sie das

Gebäude. Man nimmt einfach an, daß sie dazugehören und läßt es dabei bewenden.«

»Nicht ganz«, sagte Kate. »Das Theban ist besser organisiert, als es auf den ersten Blick scheint. Zuerst wird jeder gefragt, ob er zu einer Versammlung kommt. Natürlich kommt es vor, daß jemand vergißt, das Formular zurückzuschicken oder anzurufen oder zunächst sagt, er käme nicht, es sich dann aber doch anders überlegt. Aber, weißt du, alle Eltern haben ein Namensschild mit diesem neuartigen Klebstoff, der an der Kleidung klebt, ohne Spuren zu hinterlassen. Darauf steht zum Beispiel Mrs. oder Mr. Fred Jones, Esmeralda II, Sylvia IV, und alle Eltern stecken sich bei ihrer Ankunft dieses Ding an. Die Schachtel mit den richtigen Namensschildern steht schon bereit und wartet auf die Eltern, die ihr Treffen haben, und jeder steckt seins an; selbst wenn man theoretisch annimmt, das ist eine Mama oder ein Papa, den keiner auf Anhieb erkennt, so würden die sich wohl kaum das Namensschild von Mr. oder Mrs. Jones anstecken und riskieren, neben jemandem zu sitzen, der Mrs. beziehungsweise Mr. Jones ganz genau kennt. Ich hoffe, du kannst mir folgen.«

»Wie alle Arrangements im Theban ist es leichter zu handhaben als zu beschreiben; ich behaupte noch immer, daß, wenn sich jemand ein Namensschild macht, auf dem Mrs. Montmorency steht, sie niemand belästigen wird. Jeder wird annehmen, sie gehöre dazu. Das ist immerhin etwas, das man im Auge behalten sollte. Wir wollen mal davon ausgehen, daß Eindringlinge es nicht leicht hätten. Tut mir leid, wenn ich Sie unterbrochen habe, Mr. O'Hara, aber wir müssen alles klarstellen und in eine Reihenfolge bringen. Bitte fahren Sie fort.«

»Womit?« brummte Mr. O'Hara, und das Grollen in seiner Stimme erinnerte an Rose und Lily.

»An normalen Tagen ist es acht, an Versammlungstagen elf Uhr, und Sie schicken die Hunde los.«

»Ich habe nicht gesagt, daß ich sie um elf auf ihre Runden schicke. Ich habe gesagt, daß ich, wenn alle die Versammlung verlassen haben, die Stockwerke prüfe, in denen die Versammlungen stattgefunden haben. Dann bringe ich alles ein wenig in Ordnung, öffne die Türen und so. Dann fahre ich beide Aufzüge nach oben, und erst danach lasse ich die Hunde hinaus.«

»Wie ist das mit der Runde, die Sie durch das Gebäude machen, nachdem die Putzkolonne fertig ist, auf der Sie die Türen öffnen, und so weiter?« fragte Kate.

»Damit bin ich schon fertig, jeden Tag zur selben Zeit. Wenn eine Zusammenkunft stattfindet, lasse ich einen der Aufzüge unten, das ist alles. Mit dem bringe ich dann die Eltern nach oben und so.«

»Angenommen«, fragte Reed, »ein Elternteil oder jemand, der sich dafür ausgibt, schleicht sich nach oben und versteckt sich nach dem Treffen?«

»Die Hunde würden denjenigen finden. Dazu sind sie ja da. Wenn ich jede Nacht durch das Gebäude gehen müßte, würde ich ja die Hunde nicht brauchen, oder? Außerdem kann ich niemanden mit der Nase ausfindig machen, sie aber schon.«

»Jeden? Ohne Ausnahme?«

»Ja, verdammt nochmal, genau das habe ich doch allen immer wieder gesagt, der Polizei, der Schule, Miss Tyringham – alle stellen mir dieselbe blöde Frage. Wenn sich diese verrückte Dame im Gebäude versteckt hätte, hätten die Hunde sie gefunden. Sie war nicht hier.«

»Sie wurde hier gefunden«, sagte Reed.

»Verdammt nochmal, das weiß ich. Ich habe sie gefunden. Jemand hat ihre Leiche hier hingelegt, nachdem die Hunde fertig waren, entweder, als ich mit ihnen im Park, war, oder als sie schon wieder oben waren.«

»Mr. O'Hara, die Leichenstarre hatte bereits eingesetzt. Zu der Zeit, zu der Sie mit Ihren Hunden draußen waren, war sie schon steif wie eine Statue, wie ein Stück Marmor. Glauben Sie wirklich, jemand könnte morgens eine lebensgroße Statue in dieses Gebäude schleppen, ohne beim Hineingehen oder Herauskommen gesehen zu werden?«

»Sie haben es getan, das ist alles, was ich weiß. Man kann doch in der Leichenstarre die Gelenke brechen, oder? In der Armee . . . « Er wurde sich Kates Gegenwart bewußt und klappte den Mund zu.

»Das kann man, wenn auch schwerlich alle Gelenke. Egal wie, man hat es nicht getan. Das heißt, die Leiche war ganz eindeutig stocksteif.«

»Trotzdem, sie war nicht im Gebäude versteckt, sonst hätten die Hunde sie gefunden.«

»Wie Sie immer wieder betonen. Vielleicht war sie in einem großen Raum, dessen Tür geschlossen war.«

»Das hätten sie gemerkt. Sie hätten davor gewartet, bis ich gekommen wäre, nachdem das übliche Signal ausgeblieben war. Außerdem, wie hätten die Hunde sie zu Tode erschrecken können, wenn sie in einem verschlossenen Raum war? Warum versuchen Sie nicht mal, sich zu verstecken, und finden das raus?«

»Was soll ich versuchen?«

»Sich in einem Zimmer zu verstecken. Stellen Sie sich einfach hin und warten Sie ab, was passiert. Suchen Sie sich ein Versteck, in dem sie Sie nicht finden können. Ich werde wissen, wann die Hunde Sie gefunden haben und kommen. Wenn Sie ruhig stehenbleiben, tun die Hunde Ihnen nichts. Versuchen Sie es. Suchen Sie sich das netteste Plätzchen, das Sie finden können. Verdammt nochmal, diese Hunde sind so perfekt ausgebildet wie West-Point-Kadetten, und sie stellen keine Fragen.«

»Wie wissen Sie, wann die Hunde Mr. Amhearst gefunden haben?« fragte Kate nervös.

Mr. O'Hara fletschte tatsächlich die Zähne. »Das habe ich Ihnen schon gesagt. Die Klingel! Ich weiß, daß sie etwas aufgespürt haben, wenn das Klingelzeichen nicht kommt, und dann sehe ich nach. Das ist der sicherste und zuverlässigste Schutz, den es gibt.«

»Hören Sie die Klingel auch im Schlaf?« fragte Kate.

»Ich schlafe tagsüber, wenn man mir die Gelegenheit gibt«, knurrte Mr. O'Hara.

»Wir gehorchen dem Wink«, sagte Reed, erhob sich und klopfte seine Pfeife in Mr. O'Haras gut gefülltem und wohlriechendem Aschenbecher aus. »Darf ich mich melden, wenn ich beschlossen habe, die angepflockte Ziege zu spielen? Danke, und richten Sie bitte Rose und Lily meine Grüße aus.«

Mr. O'Hara stapfte hinaus und öffnete ihnen die Falltür. »Verriegeln Sie die Tür von unten«, sagte er.

»Danke schön, Mr. O'Hara«, sagte Kate, ganz wohlerzogenes Mitglied des Theban.

Mr. O'Hara knurrte.

NEUN

Am nächsten Morgen öffnete das Theban mit einer Schulversammlung. Gerüchte über die Leiche und die Hunde waren durch die Schülergemeinschaft geweht wie Wind durch ein Kornfeld – Kate dachte an Midas' Frau, die das Geheimnis der Eselsohren ihres Mannes nicht für sich behalten konnte und es dem Schilf am Fluß erzählte, das die Neuigkeit dann verbreitete; die Metapher dieser alten Sage traf den Kern aller Gerüchte.

Es war ungewöhnlich, daß eine Versammlung der gesamten Schule mitten im Schuljahr stattfand, aber Miss Tyringham hatte die Notwendigkeit einer offenen Erklärung erkannt, einer Maßnahme, die den Schülerinnen, auch den kleinsten, ein Gefühl der Zusammengehörigkeit gab. Die Kleinen aus dem Kindergarten saßen in der ersten Reihe und sahen mit leuchtenden Augen zu Miss Tyringham auf, die in ihrem Talar auf dem Podium stand, und ihr Schweigen, das Schweigen der gesamten Zuhörerschaft war fast körperlich spürbar, wie der eigene Herzschlag in den Ohren. Da die Versammlung am Morgen stattfand, begannen sie mit einem Choral, der davon handelte, daß es im Leben eines jeden Menschen und einer jeden Nation Situationen gibt, die vor die Entscheidung zwischen Gut und Böse stellen. Sie sangen mit Hingabe, als gelte es, etwas zu bestätigen; dann setzten sie sich mit erwartungsvollem Geraschel. Miss Tyringham sprach:

»Ihr alle kennt den Grund für diese Versammlung, auch ohne daß ich ihn euch nennen muß. In unserer Schule hat sich ein Unfall ereignet, der zu allen möglichen Vermutungen Anlaß gibt. Passiert ist folgendes: Eine Frau, die Mutter einer Schülerin aus der Abschlußklasse, Angelica Jablon, wurde vor zwei Tagen am frühen Morgen tot im Schulgebäude aufgefunden. Wir wissen, daß sie an einem Herzinfarkt starb; ihr Tod wurde durch keinerlei Gewalteinwirkung verursacht. Wir wissen nicht mit Sicherheit, ob die Hunde sie erschreckt haben oder nicht, die, wie ihr nun alle wißt, nachts das Schulgebäude bewachen.

Ich will euch gegenüber nicht so tun, als seien uns alle Einzelheiten dieses Ereignisses klar. Wir wissen nicht, was sie im Schulgebäude gemacht hat, wonach sie gesucht hat. Wir werden mit Hilfe der Polizei und privater Ermittler unser bestes tun, um soviel von der Wahrheit herauszubekommen wie möglich.

Ihr alle werdet verstehen, daß jedem Gerücht und jedem Geschwätz ruhig, aber mit Nachdruck, ein Riegel vorgeschoben werden muß, und zwar nicht nur der Schülerin und ihrer Familie wegen, sondern auch im Interesse des Theban. Natürlich werden die Leute euch nach ›der Leiche im Theban‹ ausfragen. Antwortet so knapp wie möglich und wechselt das Thema. Ich bitte euch alle: Benutzt dieses Ereignis nicht dazu, Aufmerksamkeit auf euch zu ziehen! Es kann oft passieren, daß man auf Kosten von Loyalität und Diskretion vorübergehend zum Mittelpunkt des Interesses wird, doch ich versichere euch, der Preis, den man dafür bezahlt, ist zu hoch. Darin werdet ihr mir sicherlich zustimmen. Das Theban und die betroffene Familie werden mit eurer Hilfe dieses traurige Ereignis leichter überwinden. Ich persönlich habe volles Vertrauen zu eurem Feingefühl und habe deshalb, vielen anderslautenden Ratschlägen zum Trotz, die Gelegenheit ergriffen, euch im Interesse der Schule ins Vertrauen zu ziehen und euch alle Informationen zukommen zu lassen, die ich, das Lehrerkollegium und die Treuhänder besitzen. Laßt uns nun zum Schluß den Choral ›O God, Our Help in Ages Past‹ singen, und ich darf unsere Jüngsten daran erinnern, daß wir auf unseren Plätzen bleiben, bis das letzte Amen verklungen ist, und erst dann nacheinander hinausgehen.«

Sie nickte knapp, und das Klavier intonierte die ersten Akkorde.

»Ich bete zu Gott, daß sie weiß, was sie tut«, sagte Julia im Hinausgehen zu Kate.

»Ich denke, sie tut das Richtige«, sagte Kate. »Es ist immer besser, offen zu sein, den Menschen zu vertrauen, als zu versuchen, sie zu überlisten. Ganz besonders, wenn sie das Geheimnis ohnehin herausfinden werden und dann eine Art Besitzrecht daraus ableiten.«

»Oh, natürlich mußte sie es ihnen sagen«, sagte

Julia. »Aber warum die Sache nicht damit gut sein lassen? Den Hunden die Schuld geben und zur Tagesordnung zurückkehren.«

»Ich glaube, man sollte nicht einmal Hunde zum Sündenbock machen.«

»Ich meine ja nicht, daß man sie die Klippen hinabstürzen soll, verstehst du?«

»Das Schicksal des Bocks beunruhigt mich nie so sehr wie das Schicksal derer, die ihn mit ihren Sünden beladen. Entschuldige, ich will nicht hochtrabend klingen – natürlich bin ich genauso beunruhigt wie du, und jetzt hat Reed auch noch vor, sich von diesen Bestien aufspüren zu lassen, um zu sehen, was passiert. Ich brauche wohl nicht zu sagen, daß ich voll hehrer Prinzipien bin, solange mein Mann nicht hingeht und sie in die Tat umsetzt. Für mittelalterliche Abenteuergeschichten habe ich noch nie viel übrig gehabt im Gegensatz zur epischen Erzählung, und ich hatte auch keine Ahnung, daß ich einen Ritter der Tafelrunde geheiratet habe.«

»Großer Gott, Kate, ich kann mir nicht vorstellen, daß er wirklich ...«

»Oh doch, er wird. Er ist so stur wie ein Maulesel, wenn er einmal einen Entschluß gefaßt hat. Ich bin sicher, es gibt etwas noch Stureres als einen Maulesel, womit man ihn vergleichen könnte, aber es fällt mir nicht ein, was. Natürlich sagt er, die Hunde seien perfekt abgerichtet, und er hätte schon Wachhunde bei der Arbeit gesehen; er wird einen gepolsterten Schutzanzug tragen und behauptet, die Gefahr sei nicht größer als eine Autofahrt auf irgendeinem Highway, was mich auch nicht gerade beruhigt. Und dann sind da noch die Jablons.«

»Er wartet unten.«

»Reed?«

»Mr. Jablon.«

»Aber auf wen denn?«

»Auf dich natürlich.«

»Also, ich habe nicht die Absicht, mit ihm zu reden. Ich will Angelica besuchen, wenn . . . «

»Angelica ist im Krankenhaus und steht unter Beruhigungsmitteln. Vielleicht will er dir ja erzählen, daß er seine Schwiegertochter im Zeichensaal angegriffen hat; dann sind die Hunde entlastet und du kannst Reed zurückrufen.«

»Also, ich habe jetzt mein Seminar und deshalb keine Zeit, mir Beichten anzuhören; außerdem soll er die bei der Polizei ablegen.«

»Jetzt hör endlich auf und sag dem alten Mann guten Tag. Du bist wirklich ganz schön außer Fassung, Kate, stimmt's?«

»Mir ist nicht aufgefallen, daß sich dein Mann als Versuchskaninchen angeboten hätte, dabei bist du ganz genauso um das Theban besorgt wie ich.«

»Noch besorgter, deshalb wollte ich ja auch an der Hundegeschichte festhalten. Mein Mann ist Versuchskaninchen auf der Madison Avenue, wenn du es genau wissen willst.«

Kate sah Julia eine Weile an. »Tut mir leid«, sagte sie dann. »Ich benehme mich abscheulich. Man mißbraucht seine Freunde in der Gewißheit, daß sie es schon aushalten werden. Man sollte mit denen, die man liebt, wirklich ebenso rücksichtsvoll umgehen wie mit denen, die einem völlig gleichgültig sind, aber aus irgendeinem Grunde tun wir das nie.«

»Gott sei Dank«, sagte Julia. »Schenk Mr. Jablon ein paar nette Worte, und ich werde bedeutungsvoll durch die Flure wandern und mich vergewissern, daß sich keine Tratschgrüppchen bilden, sondern daß alle mit Entschlossenheit zu unseren niveauvollen Aktivitäten zurückkehren. Eine schöne Hoffnung.«

Die Schule kehrte tatsächlich mit großer Zielstrebigkeit zu ihren verschiedenen Aufgaben zurück. Als Kate den Lärm im Treppenhaus hörte, war sie froh, daß das Haus nicht mehr leer war.

Mr. Jablon, der sich erhoben hatte, als er sie in die Halle kommen sah, sagte fast dasselbe.

»Bitte, nehmen Sie Platz«, sagte Kate und sank selbst in einen Sessel. »Ich habe jetzt mein Seminar. Glauben Sie, Angelica wird bald wieder bei uns sein?«

»Ich weiß es nicht. Sie will nicht zurückkommen. Das ist ein sehr schlechtes Zeichen. Der Wille ist in solchen Dingen wichtig, in allen Dingen. Der Wille.«

»Vielleicht ist es weniger eine Frage des Willens als des Vertrauens?«

»Es kommt darauf an, daß man weiß, was man tun muß.«

»Wirklich? Ich bin mir dessen nicht mehr so sicher. Mich selbst, so habe ich herausgefunden, verwirrt es jedesmal, wenn ich mir die Frage stelle, was ich tun soll. Die einzig klare Frage, die man sich stellen sollte, ist die, was man tun will.«

»Ist das nicht reine Zügellosigkeit?«

»Gewiß, so mag es klingen, aber seltsamerweise ist es das nicht. Die ›Sollte‹-Menschen sind in Wirklichkeit die Zügellosen, weil sie nie herausfinden, was sie wirklich wollen. Ich habe viele Jahre gebraucht, um zu lernen, daß die Entdeckung dessen, was man will, der Beginn einer Reise ist, an deren Ende die Erkenntnis steht. Ich vermute, daß Sie an wahrer Erkenntnis interessiert sind?«

»Warum vermuten Sie das?«

»Intuition. Wiedererkennen, vielleicht. Mr. Jablon, fast alle Gewalt und alles Böse auf der Welt entsteht durch die ›Sollte‹-Menschen. Da bin ich mir absolut sicher.«

»Und gehören Ihre langhaarigen, bombenwerfenden College-Studenten, die der kommunistischen Verschwörung dienen, auch zu den ›Sollte‹-Menschen?« Sein Gesicht war vor Zorn rot angelaufen.

»Natürlich tun sie das. Ich glaube nicht, daß sie Teil einer kommunistischen Verschwörung sind; ich glaube ohnehin nicht an Verschwörungen – sie sind zu schwierig in die Tat umzusetzen. Aber diese Studenten sind so sehr ›Sollte‹-Menschen, wie man nur sein kann. Das ist einer der Gründe, warum sie von der radikalen Rechten nicht zu unterscheiden sind.« Kate hielt einen Moment inne und dachte an Antigone. Sie mußte ihren Schülerinnen sagen – nun, vielleicht gerade heute –, daß Antigone den tiefen, unleugbaren

Wunsch hatte, die Leiche ihres Bruders zu begraben. Man brauchte für dieses Bedürfnis keine religiösen Gründe zu suchen; es ist eine zutiefst menschliche Eigenschaft, tote Körper mit einer gewissen Ehrfurcht zu behandeln. Doch Kreon hatte sie, und in erster Linie sich selbst, ins Verderben gestürzt, weil er sicher war, daß Antigones Bruder nicht begraben werden sollte.

Mit einer gewissen Anstrengung kehrte Mr. Jablon zu konkreteren Dingen zurück, und Kate vermutete, daß er sich immer so verhalten hatte, wenn Fragen ihn auf den bittersüßen Pfad emotionaler Auseinandersetzungen gelockt hatten. »Sind alle zufrieden mit der Erklärung für den Tod meiner Schwiegertochter – nämlich daß sie, zu Tode erschreckt durch die Hunde, einem Herzinfarkt erlegen ist?« fragte er. »Mehr oder weniger.« Kate machte eine Pause. »Der Stand der Dinge ist der: Mein Mann hat vor, heute nacht selbst herauszufinden, ob es möglich ist, daß die Hunde sie nicht bemerkt und ihre Anwesenheit sozusagen nicht gemeldet haben. Wenn sie so sehr damit beschäftigt waren, Ihre Schwiegertochter zu Tode zu erschrecken, wären sie wohl kaum davongetrottet, um zur vorgesehenen Zeit das Signal zu geben. Sollten sie versagt haben, erklärt das zwar noch nicht, warum Ihre Schwiegertochter hergekommen ist, aber es könnte bewirken, daß man diesem Punkt ein wenig mehr nachgeht.«

»Ich verstehe, Mrs. Fansler. Wären Sie wohl so freundlich, mich über das Ergebnis des Experiments von heute nacht zu unterrichten? Wenn es Ihnen lieber ist, kann ich natürlich auch mit Miss Tyringham sprechen ...«

»Es ist wahrscheinlich nichts dagegen einzuwenden, daß ich Ihnen Bescheid sage; ich werde es tun, wenn dem so ist. Und bitte, Miss Fansler ist richtig.«

»Sie sagten, Ihr Mann.«

»Ja. Ich muß mich beeilen, Mr. Jablon. Danke.« Daran hat er zu knabbern, dachte sie und stieg schnell in den Aufzug. Hatte Angelicas Mutter an jenem Abend den Aufzug benutzt, und wenn ja, wer hatte ihn für sie bedient, und wenn nein ... Oh, dachte Kate, zur Hölle mit der ganzen Sache.

Als Kate den Seminarraum betrat, war sie darauf vorbereitet, notfalls den Zeitplan über Bord zu werfen – auf dem eine Diskussion über Ismene und Haemon stand – und der Gruppe, allen, die Angelica, wenn nicht schon seit Jahren, dann wenigstens heute nahestanden, die Möglichkeit zu geben, über den Tod ihrer Mutter zu sprechen. Es gehörte zu den Prinzipien, die Miss Tyringham in das Theban eingebracht hatte, daß jeder festgelegte Stundenplan die Möglichkeit offen ließ, über ein aktuelles Ereignis zu sprechen, das in irgendeiner Weise, und sei es noch so sehr am Rande, einen Bezug zum Unterrichtsthema hatte. Die Schule, alle Schulen hatten die Tendenz zu sagen: ja, das ist wichtig, aber wir müssen zu den ägyptischen Dynastien zurückkehren, unserem heutigen Thema. Miss

Tyringhams Vademecum für eine lebensnahe Schule schloß den Grundsatz ein, daß die Beziehungen, die sich zwischen den ägyptischen Dynastien und aktuellen Problemen herstellen lassen, das Lebenselixier sind, sowohl für Ägypten als auch für Erziehung und Bildung. Kate, die daher eher zu einem offenen Gespräch über Mrs. Jablon neigte, fand sich von den Schülerinnen mit Nachdruck in die Grenzen des Schicksals der Ismene verwiesen. Die Seminarteilnehmerinnen hatten beschlossen, entweder dem Rat der Schulversammlung zu folgen oder Angelica zu schützen.

Irene Rextons Referat rechtfertigte Ismenes Standpunkt. Sie entscheidet sich zu Beginn des Stücks dafür, keine Risiken für ihr Leben und ihre Sicherheit einzugehen. Sie schließt sich der großen Mehrheit derer an, die unbemerkt und unbedeutend bleiben wollen. Wenn sie nach Antigones Gefangennahme anbietet, Antigones Schicksal zu teilen, so wird ihr das Märtyrertum zu Recht verweigert, gegen das sie sich zuvor gewehrt hatte. Irene fand, es sei leicht, verächtlich auf Ismene herabzublicken, aber was würden die Antigones ohne die Ismenes dieser Welt als Hintergrund tun, vor dem sie ihren Glanz zur Schau stellen können?

»Du meinst also, sie bilde nur den Hintergrund für Antigone, wie Laertes für Hamlet?« fragte Freemond.

»Ich glaube schon«, sagte Irene. »Auch wenn es vielleicht nicht ihre Absicht ist, so ist es doch ihre Bestimmung. Ich will damit sagen, daß es keine Welt voller Antigones geben kann, wir aber in einer Welt der

Ismenes leben, die auch alle Probleme in der Familie zu lösen haben, und ich denke, das sollten wir ihnen zugute halten.«

»Die schweigende Mehrheit«, sagte Alice.

»Die Mehrheit auf jeden Fall. Aber mit Mut, mit dem Mut, die Dinge hinzunehmen, und nicht nur auszuteilen. Das hält man ihnen allerdings nie zugute.«

»Ich verstehe nicht, warum die schweigende Mehrheit plötzlich Ismenes Tugenden zugestanden bekommen soll, nur weil sie, wie Ismene, nicht den Mut hat, aktiv zu werden und Dinge zu verändern?«

»Offensichtlich«, sagte Freemond, »ist es unter anderem Ismenes Aufgabe, Kreons wahren Charakter zu zeigen. Seine Feindseligkeit, seine Tyrannei ihr gegenüber zeigt, daß es ihm nicht um Gerechtigkeit, ja nicht einmal um das Gesetz geht, sondern nur um Macht.«

»Sie zeigt, wo seine Feindseligkeit liegt.«

»Aber«, sagte Elizabeth, »als wir damit gearbeitet haben, das heißt, wenn ihr daran denkt, also, sein Zorn ist nicht . . . « Ihre Stimme verlor sich.

»Selbst Angelica konnte als Kreon keinen besonders großen Zorn zustande bringen, als Ismene auf die Matratze einschlug«, sagte Alice, »mir scheint . . . « Die Blicke der anderen brachten sie zum Schweigen.

»Matratze?« fragte Kate. »Ist mir etwas entgangen?«

»Alice schwatzt immer soviel daher«, sagte Freemond, »und manchmal fängt sie richtig an zu phantasieren. Wem könnte sonst eine Verbindung von Kreon und einer Matratze einfallen?«

Natürlich konnte man Verbindungen zwischen ägyptischen Dynastien und der Gegenwart herstellen, aber die Mädchen waren keine Kinder mehr, und Kate zu sehr Teil des Establishments, als daß sie ihr diese Zusammenhänge erklären wollten.

»Warum, glaubt ihr, will Ismene mit Antigone sterben?« fragte Kate in die Stille hinein.

Freemond übernahm die Antwort. »Wohl mehr oder weniger aus demselben Grund, aus dem Antigone ihrem Bruder folgen will: Das Weiterleben hatte keinen Sinn mehr.«

»Ich kann an Ismene nichts Bemerkenswertes entdecken«, sagte Betsy, »sie ist genauso, wie man erwartet. Antigone ist es, die überrascht – verblüffend, daß Sophokles sich eine solche Gestalt ausdenken konnte.«

»Ismene ist langweilig, eine durchschnittliche Frau, trotz faszinierender Eltern«, sagte Alice. »Haemon ist der Mutige; wie viele Männer würden sich für den Tod mit einer Märtyrerin entscheiden, frage ich euch? Der einzige Mann, der irgendein Interesse an Jeanne d'Arc gezeigt hat, war ein Soldat, der ihr Herz aus dem Feuer holte, was ihr dann auch nicht mehr viel genützt hat. Haemon aber erstach sich über Antigones Leiche, und ich hoffe zu Gott, daß niemand daraus irgendeine freudianische Theorie ableitet.«

Die Klasse lachte und wandte sich Haemon zu, den Elizabeth McCarthy zum großen Vergnügen aller für sündig, arrogant und respektlos seinen Eltern gegenüber hielt.

»Meine Güte«, sagte Alice. »Er beweist doch nun

wirklich, daß Höflichkeit Eltern gegenüber reine Verschwendung ist. Haemon war die ganze Zeit die Höflichkeit in Person im Umgang mit seinem Vater, aber sein Vater verhöhnte ihn trotzdem. Was Haemon fehlte, war Selbstachtung, solange, bis es dafür zu spät war.«

Es wurde noch mehr darüber gesagt, aber diese Worte blieben in Kates Gedächtnis haften, nachdem das Seminar vorbei war. Sie bat Betsy Stark, noch zu bleiben. Sie wollte mit ihr besprechen, ob sie mit ihrem Gedicht nicht am Lyrik-Wettbewerb der Schule teilnehmen wollte.

»Wenn du keine dringende Verpflichtung hast«, sagte Kate.

»In Ordnung«, sagte Betsy und ließ ihre Büchertasche auf den Boden fallen. Sie sah Kate mißtrauisch aus den Augenwinkeln an.

Kate ging zur Tür und machte sie zu. »Setz dich, Betsy«, sagte sie. »Hab keine Angst, ich werde keinen Ballermann aus der Tasche zaubern und dir an den Kopf halten. Meine Absichten sind alles andere als ehrenhaft, aber ich mache kein Geheimnis daraus.«

»Es geht also nicht um das Gedicht?«

»Das war ein Vorwand, aber Mrs. Johnson möchte, daß ich dich überrede, es einzureichen, und Mrs. Copland will unbedingt mindestens ein Gedicht von jedem Lehrer; du bist also sozusagen meine einzige Chance.«

Betsy lachte. »Mir ist es egal, ob Sie es einreichen oder ich. Aber es ist ein Gedicht, das zu Mißverständnissen führen kann, wie unsere Diskussion bewiesen hat.«

»Ich weiß«, sagte Kate. Die Klasse hatte Betsy vorgeworfen, sie versuche, den Knaben des Tiresias zu einem Peter Pan zu machen, was, wie Kate bereitwillig zugab, ein schlimmes Schicksal war. Aber warum, so hatte sie gefragt, sollen wir auf eine interessante Idee verzichten, nur weil Barry die viktorianische Prüderie aufgestachelt hat?

»Der eigentliche Grund ist«, sagte sie nun, »daß ich Hilfe brauche, was Angelica betrifft. Ich könnte ihr vielleicht helfen, aus dem Abgrund herauszuklettern, aber ich möchte keine schrecklichen Fehler machen. Also versuche ich dich anzuzapfen, wie Angelica sagen würde. Ich bitte dich nicht, irgendwelche Geheimnisse zu verraten, so gern ich auch wüßte, was ihr mit Matratzen angestellt habt – im Zusammenhang mit Kreon, meine ich.«

»Warum ich?« fragte Betsy.

»Ich weiß nicht genau, warum, aber als ich darüber nachdachte, fand ich es einleuchtend.«

»Daß ich eher petzen würde?«

»Das würdige ich keiner Antwort. Du kommst mir reifer vor, zumindest in mancher Hinsicht; jedenfalls klug genug, um dir vorstellen zu können, daß Geheimnisse, insbesondere wenn sie etwas mit dem Tod der Mutter zu tun haben, immer bedrohlicher sind als die Wahrheit.«

Kate war ehrlich mit Betsy, sagte aber nicht die volle Wahrheit. Sie spürte, daß Betsy eine Art Gratwanderung machte zwischen dem ihr bestimmten persönlichen Schicksal und dem Wunsch nach Anerkennung als Frau in einer Männerwelt. Ein Kollege und Frauenhasser hatte an der Universität einmal zu Kate gesagt: »Es gibt keine Frau, die nicht jede Gabe, die sie haben mag, eintauschen würde gegen Erfolg bei Männern. Selten, ganz selten findet man eine Frau, die Erfolg bei den Männern hat und deren Gaben, wenn sie sie schließlich zu schätzen weiß, noch intakt sind.« Kate kannte die Demütigungen zur allzu gut, die die Gesellschaft, sogar eine so aufgeklärte Gesellschaft wie die des Theban, ihren weniger hübschen Mitgliedern bereitet. »Hündchen« werden sie von den Jungen genannt, deren Aufmerksamkeit sie erringen möchten – seltsam wie dieses Tier sich immer wieder aufdrängt –, und sie sind entweder gezwungen, an gesellschaftlichen Ereignissen teilzunehmen, wo man sie wie ausgestoßene Sklaven nicht auffordert, oder diesen fernzubleiben, was als Eingeständnis von mangelndem Durchstehvermögen betrachtet wird; eine entwürdigende Alternative. Wenn es Mädchen wie Betsy gelang, ohne Bitterkeit auf die Gelegenheit zu warten, Männern statt Jungen zu begegnen, oder wenn sie bewußt auf die Rolle der von Männern umworbenen Frau verzichteten, könnten sie ihr eigenes Leben leben – aber die Gefahr, Ressentiments und Zynismus zu entwickeln, war groß, größer, so schien es Kate, als die Gefahren des Gesteinigtwerdens, das Antigone bevorstand.

»Entschuldigung«, sagte Kate, »ich hing gerade

meinen wirren Gedanken nach und wollte dir Gelegenheit zum Nachdenken geben. Du kannst sagen, ich soll mich zum Teufel scheren und aus dem Zimmer rauschen, verstehst du?«

»Was wollen Sie wissen?«

»Nun, zuerst einmal, wie war Angelicas Mutter? Und wie stand Angelica zu ihr?«

»Ich habe befürchtet, daß Sie das fragen würden. Nein, nicht daß ich darauf nicht antworten wollte; irgendwie macht es immer Spaß, ein Bild mit ätzenden Farben zu malen, es beruhigt die Nerven, wenn man eklig ist und zugleich vollkommen recht hat. Schwierig daran ist nur, daß es vielleicht so scheint, als ließe man sich von der Leidenschaft der eigenen Worte davontragen. Kurz gesagt, sie war ein Miststück, und wenn die Hunde sie fertiggemacht haben, dann verdienen sie dafür einen Monat lang so viel bestes Steakfleisch, wie sie nur fressen können. Kann ich jetzt davonrauschen?«

»Natürlich nicht. Erzähl weiter.«

»Sie hatte vor allem Angst, nicht nur vorm Fliegen, vor schnellen Autos und Aufzügen, in denen man selbst die Knöpfe drücken muß, Straßen und geschlossenen Räumen und Höhe und Gift und ansteckenden Krankheiten; all diese Ängste sind mehr oder weniger rational, zumindest, wenn sie nacheinander auftreten; aber daß ein Einbrecher zwei Schlösser aufbricht, wenn man zwei hat und drei, wenn man drei hat, oder daß der Mann, der die Brückenmaut kassiert, versuchen könnte, die Hand festzuhalten oder sie mit einer Hautkrankheit anzustecken; daß die Sonne ihr Sommersprossen macht, daß sie durch eine Bluttransfusion von einem Neger schwarz wird, daß – da haben wir es schon. Ich klinge, als würde ich übertreiben; noch tue ich das nicht, aber vielleicht bald.«

»Sie hatte Angst vor Hunden?«

»Großer Gott, ja. Nicht nur, daß sie beißen, nein, sie übertragen auch Krankheiten, und wenn ein Hund einen leckt, bekommt man wahrscheinlich noch am selben Tag Hepatitis, Gürtelrose und die afrikanische Schlafkrankheit.«

»Das klingt wirklich ziemlich schrecklich. Hat sie Angelica geliebt?«

»Sie gehörte zu den Frauen, die auf die eigene Tochter eifersüchtig sind, was, soviel ich weiß, nur in Bette-Davis-Filmen vorkommt. Aber sie war tatsächlich der einzige Mensch, den ich kenne, bei dem das wirklich zutraf.«

»Ich vermute, sie hat sich selbst als femme fatale gesehen.«

»Als Sexobjekt par excellence. Wenn ihr Haar mal nicht richtig gefärbt, toupiert, frisiert und gesprayt war, hielten die Sterne auf ihrer Umlaufbahn inne, zumindest hätte sie das aus Mitgefühl von ihnen erwartet. Sie hatte soviel Stroh im Kopf, daß jeder Bauer sein Vieh ein Jahrzehnt damit ernähren könnte. Und wenn eines ihrer Kinder irgend etwas mit ihr besprechen wollte, schützte sie entweder eine Herzattacke vor oder bekam einen hysterischen

Anfall, je nachdem wieviel Energie sie zu dem Zeitpunkt erübrigen konnte.«

»Aber sie hatte wirklich etwas am Herzen.«

»Wenn Sie es sagen.«

»Ihr Arzt hat es gesagt, und zwar nachdrücklich. Man hat es der Polizei ganz offiziell mitgeteilt, aber die hat es bei der Autopsie auch festgestellt.«

»Ja. Wenn man immer ›Feuer‹ schreit, dann kommt die Feuerwehr eines Tages nicht mehr, und das ist wohl der Knackpunkt der Geschichte, oder?«

»Es ist offensichtlich der Knackpunkt dieser Geschichte.«

»Ich weiß, daß sie tatsächlich einmal wegen ihrer sogenannten Herzattacken, wie Angelica und Patrick das immer genannt haben, in einer Klinik war. Ich denke, sie haben es ihr einfach nicht geglaubt, obwohl es vielleicht stimmte.«

»Offensichtlich war ihr Zustand schlimmer, als die Ärzte glaubten, ihr mitteilen zu können. Ich meine, wenn es schon möglich war, sie zu Tode zu erschrecken, dann war es immerhin nicht notwendig, sie durch die bloße Mitteilung dessen umzubringen. Sie gehörte wohl zu den Menschen, die die Wahrheit gar nicht wissen wollen.«

»Kaum, aber ich glaube, sie hätte Wahrheit nicht einmal in ihrer einfachsten arithmetischen Form erkannt. Damit meine ich«, fügte Betsy offenbar in dem Gefühl hinzu, dies genauer erklären zu müssen, »zwei und zwei ergab stets die Summe, die sie wollte. Verdammt, sie war ein Monstrum, das steht außer

Frage. Natürlich haben wir alle Probleme mit unseren Müttern«, sagte Betsy in einem Ton, als stelle sie fest, daß alle zwei Arme und zwei Beine haben, »aber Angelicas Mutter war nicht einmal zu einem Minimum an Verläßlichkeit fähig. Sie erlaubte Angelica, Freundinnen über Nacht einzuladen, und dann bekam sie vor deren Augen einen Wutanfall deswegen. Ich weiß nicht, aber das Schlimmste war, daß sie versucht hat, einen Keil zwischen Angelica und ihren Bruder und ihren Großvater zu treiben; allen dreien ist es, glaube ich, zu verdanken, daß ihr – der Mutter – das nie gelungen ist.«

»Sie haben alle beim Großvater gelebt, stimmt das?

»Ja. Er wollte es so, und so reaktionär und alt und verknöchert er auch sein mag, das ist er wirklich, ich finde, er hatte recht. Er hätte, als der Vater gestorben war, das Sorgerecht für die Kinder auf keinen Fall bekommen, und er wußte, daß es tödlich wäre, sie der Mutter auf Gedeih und Verderb zu überlassen; also überredete er sie, bei ihm zu wohnen, und bestach sie mit viel Geld, das sie für Schuhe aus Krokodilleder und Mäntel aus Seal ausgab. Das hätte Angelica das Herz gebrochen, wäre es nicht schon durch soviel anderes gebrochen gewesen – sie ist nämlich Naturschützerin. Er hat wenigstens dafür gesorgt, daß seine Enkel gute Schulen besuchen und vernünftig aufwachsen – und das hat auch alles ziemlich gut funktioniert, bis zu diesem verdammten Krieg. Ich glaube, Angelica wußte, daß ihr Großvater das Richtige tat, auch wenn sie es als Kind vielleicht noch nicht ganz verstanden hat, und er war feinfühlig genug, nie etwas gegen ihre Mutter zu sagen; daher hatte Angelica auch keinen Loyalitätskonflikt, wie das Leute immer haben, wenn es um ihre Mütter geht. Als der alte Mann sich dann von den beiden abwandte, fing natürlich die Sch . . . , hm, der Ärger an.«

»Ich habe mit dem Großvater gesprochen und verstehe ein bißchen, was du meinst. Ich erwähne das, weil ich dich nicht ausquetschen will, ohne dir zu sagen, was ich weiß.«

»Für jemanden Ihrer Generation versuchen Sie, ehrlich zu sein, obwohl wir alle der Meinung sind, daß Sie unmöglich so geradeheraus sein können, wie Sie offensichtlich sind.«

Kate lachte. »Ich habe mich nicht getraut, Mr. Jablon zu fragen, warum er so sehr darauf besteht, daß sein Enkel in einen Krieg zieht, wenn doch sein Vater, Mr. Jablons Sohn, in einem Krieg gefallen ist.«

»Angelica glaubt nicht daran, daß ihr Vater gefallen ist. Sie glaubt, er hat sich das Leben genommen.«

»Mein liebes Kind, darüber gibt es doch sicher Unterlagen.«

»Sie klingen wie Miss Tyringham. Im Bericht steht das so, o.k. Er ging den verlockenden Weg nach Korea und erschoß sich oder tat sonstwas Schlaues, das ihm das purpurne Herz oder die chartreusegrüne Niere einbrachte, oder was man sonst verliehen bekommt, wenn man beim Militär verwundet wird; außerdem war der Krieg schon vorbei, als er dort ankam, und ihm ging es nicht darum, Soldat zu spielen, sondern er wollte fort von seiner schrecklichen Frau und seinem dominierenden Vater.«

»Meiner Meinung nach hätte es in der ganzen Geschichte nie einen Krieg gegeben, wenn die Männer nicht eine Ausrede gebraucht hätten, um von ihren Frauen wegzukommen.«

»Glauben Sie das wirklich? Ich dachte, Sie mögen Frauen.«

»Tu' ich auch. Aber ich glaube nicht, daß ihre Attraktivität für einen Mann wächst, wenn sie sich in jeder Beziehung von ihm abhängig machen; es erhöht höchstens seine Schuldgefühle, wenn er sie verläßt, und ein Krieg ist da sehr hilfreich.«

»Glauben Sie an Gruppenehen?«

»Glauben? Ich weiß nicht einmal, was das ist.«

»Nun, viele Menschen leben zusammen und wechseln die Partner, wie Fred Astaire in den guten, längst vergangenen Zeiten gesungen hat.«

»Du mußt wirklich meinen Mann kennenlernen«, sagte Kate; wenn er denn überlebt, fügte sie für sich hinzu. »Das klingt ziemlich problematisch, wie ein Rudel Löwen, das nicht zusammenarbeiten muß, weil es keine Gazellen zu fangen gibt. Ich glaube an freie Beziehungen, aber ich glaube außerdem, daß jede Frau zur gemeinsamen Kasse beitragen und einen Job haben sollte. Klärt das die Frage meiner Aufrichtigkeit?«

»Glauben Sie, es kann Komödien über Sex geben, wenn es keine Rituale mehr gibt – den Hof machen und all den Scheiß?«

»Nun, weniger Rituale als jetzt kann es kaum geben, also wäre es einen Versuch wert. Ich spreche mit dir über Sex, wenn du mit mir über Matratzen sprichst, und wenn dir das Angebot unfair vorkommt, dann hast du recht, denn nur du kannst mir etwas über Matratzen erzählen, aber jeder, dich selbst in ein paar Jahren inbegriffen, kann dir etwas über Sex erzählen.«

»Ehrliche Menschen sind unehrlicher als Lügner, weil sie einen entwaffnen. Somerset Maugham hat gesagt, man könnte eine Figur atemberaubend brillant erscheinen lassen, indem man sie einfach die Wahrheit sagen läßt. Haben Sie schon mal von Esalen gehört?«

»Dieser Ort in Kalifornien, wo Drogensüchtige geheilt werden?«

»Das ist Synanon. Esalen hat viele Techniken, und wir, das heißt einige von uns, haben das ausprobiert. Man schlägt auf eine Matratze ein, die ja weich ist und Schläge ignoriert, und stellt sich vor, es sei jemand, auf den man Wut hat. Auf diese Weise agiert man die feindseligen Gefühle aus und erkennt sogar manche, die man vorher nicht wahrhaben wollte, was immer nützlich ist. Meinen Sie, es sollte überhaupt keinen Sittenkodex im sexuellen Bereich geben?«

»Moment mal. Woher wißt Ihr das über Esalen – ist eine von euch dort gewesen?«

»Man kann darüber nachlesen.«

»Ich finde, eine Frau sollte Jungfrau sein, wenn sie heiratet, weil ihr Juwel ihr kostbarster Besitz ist, und sonst kann sie ja bei ihrer Hochzeit nicht weiß tragen, wenn sie erst dem einen Mann und dann einem anderen gehört hat. So habt Ihr das bei Mrs. Banister gelernt, stimmt's?«

»Wenn Sie es schon wissen, warum fragen Sie mich dann?« sagte Betsy und klang plötzlich wie ein quengelndes Kind, was den ganzen Nachmittag nicht der Fall gewesen war.

»Bis vor ein paar Minuten hatte ich keine Ahnung. Das scheint eine verdammt gute Idee zu sein – ich meine die Sache mit der Matratze. Warum macht ihr so ein Geheimnis daraus?«

»Nun, es ist schließlich nicht gerade das, was sich das Theban unter ›Schauspielgruppe‹ vorgestellt hat. Wir sprechen auch mit Kissen, als wären sie unser anderes Ich, mit dem wir uns auseinandersetzen, oder jemand, der – die Leute haben sich oft über unsere Encountergruppen lustig gemacht, aber sie haben nie wirklich gedacht . . . «

»Ja?«

»Also, manchmal hatten wir nach der Schule eine Sitzung und Mrs. Banister war nicht sicher, obwohl sie es nie gesagt hat oder vielmehr, wir waren eben nicht sicher . . . «

»Ob die Schule das offiziell gutheißt.«

»Genau. Aber sie hat uns wirklich sehr geholfen. Sie können sich nicht vorstellen wie sehr.«

»Ich glaube doch. Ich habe Mr. Jablon gerade heute gesagt, daß das, was man tun will, wichtiger ist als das, was man tun sollte, und man weiß solange nicht, was man will, wie man sich dem, was man haßt, nicht stellt, sich damit konfrontiert und die Dimension erkennt.«

»Falls Sie sich das fragen, Mrs. Banister hat nichts mit Mädchen, wenn Sie wissen, was ich meine.«

»Absolut.«

»Man muß vorsichtig sein; die Welt ist boshaft und mißtrauisch, obwohl wir uns bemühen, nicht paranoider zu sein als nötig. Ich wünschte, mir würde eine richtig brandheiße Frage über Sex einfallen, die ich Ihnen stellen könnte . . . «

»Wenn du das tust, werde ich dir zwischen zwei Anflügen von Schamröte antworten.«

»Ich werde daran denken. Sagen Sie nicht . . . «

»Nur wenn nötig, und dann nur unter dem Siegel der Verschwiegenheit. Du kannst dich auf mich verlassen.«

»Das werde ich«, sagte Betsy und fegte nun endlich aus dem Raum.

Reed fegte nicht in den Raum; er ging auf Zehenspitzen hinein und blickte um sich mit der Verstohlenheit eines Lauschers in einer Komödie aus der Zeit der Restauration. Er hatte eine dick gepolsterte Jacke bei sich, auf der Mr. O'Hara bestanden hatte für den Fall, daß die Hunde ihre Zähne in einen Arm oder den Hals schlagen würden. Auch wenn die Hunde garantiert nicht bissen oder sich sonst irgendwie wild gebärdeten, wurden dennoch Vorkehrungen gegen derartige Möglichkeiten getroffen.

Die Frage war, ob er eine Stelle fand, an der ihn die Hunde nicht bemerkten. Das war O'Haras Herausforderung. Reed bezweifelte zwar, daß es ihm gelingen würde, wollte es aber versuchen.

Der Raum, den er ausgewählt hatte, war eine kleine Halle für turnerische Heldentaten; Seile, Ringe und Trapeze hingen von der Decke herab. Geschickt schwang Reed seine schmale Gestalt an einem Seil empor und zur Sprossenwand hinüber, die die eine Seitenwand bedeckte. Dort hielt er sich erst mit der einen, dann mit der anderen Hand fest und zog die Jacke an. Die Turnhallenuhr, die sich schüchtern hinter ihrem Schutzgitter verbarg, zeigte drei Minuten vor acht. Punkt acht würde O'Hara die Hunde vom Dach lassen. Ihr Start wurde sozusagen angekündigt von der Glocke, die jede Stunde durch das ganze Schulgebäude klang. Beim Klang der Glocke ließ er sich los und hing nun frei schwebend an den Ringen wie – Kate konnte nicht wissen, wie genau sie das Bild getroffen hatte, als sie ihn beschrieb – eine Ziege am Strick, nämlich ziemlich hilflos.

Er baumelte in einem der oberen Stockwerke, damit die Hunde nicht lange brauchten. Tatsächlich glaubte er schon kurz darauf, sie zu hören, das Geräusch ihrer Krallen auf dem Boden, als sie, wie er annahm, vom Treppenhaus ausgehend und mit gespitzten Ohren begannen, systematisch alle Räume der Etage abzusuchen.

Er hörte sie kommen, weil er angestrengt lauschte. Er hörte ihre Pfoten und ihr Hecheln, aber sie hatten seine Gegenwart fast früher registriert. Er hing in der entgegengesetzten Ecke des Raumes in der Luft, aber sie bemerkten ihn sofort. Aus ihren Kehlen erklang ein Knurren, sie zogen die Lefzen hoch und fletschten die Zähne. Ja, dachte Reed, das kann jeden zu Tode erschrecken, in jedem Fall reicht es, um einen jungen Mann zu ängstigen, daß er zurückweicht, stolpert und sich den Kopf aufschlägt; aber werden sie mich unbeschadet herunterkommen lassen?

Sie sprangen nicht hoch und schnappten auch nicht nach ihm. Sie standen da und beobachteten ihn. Langsam befreite er seine Füße und schwang sich zurück zur Sprossenwand. Ihr Knurren wurde lauter, als er herunterstieg, aber sie rührten sich nicht von der Stelle. »Die schnappen nicht nach Ihren Beinen«, hatte O'Hara gesagt. »Wenn Sie nicht irgendwas Verrücktes probieren, kommen die Ihnen nicht zu nahe. Aber sie sind darauf abgerichtet, nach einer Hand zu springen, die eine Waffe hält« (deswegen die Jacke für den Fall, daß die Hunde eine Waffe vermuten, wo keine ist); »Falls Sie die Hunde angreifen, werden die Sie mit ihrem ganzen Gewicht anspringen und zu Boden werfen. Aber nur, wenn Sie auf sie zu gehen.«

Lily und Rose sind zwei besonders unpassende Namen, dachte Reed. Er behielt sie mißtrauisch im Auge, während er langsam hinunterkletterte. Das Knurren wurde intensiver, die Zähne wirkten noch bedrohlicher, aber die Tiere rührten sich nicht von der Stelle. »Drehen Sie den Rücken zur Wand und bleiben Sie ruhig stehen, bis ich komme«, hatte O'Hara gesagt. Reed spielte mit dem Gedanken, sich eine Zigarette anzuzünden, gab ihn aber wieder auf. Seine Nerven würde es beruhigen, aber was wäre mit den Nerven von Lily und Rose? Das Risiko wollte er nicht eingehen. Außerdem schienen ihm die Bewegungen, die nötig wären, um unter der gepolsterten Jacke Zigaretten und Feuerzeug hervorzuholen, kaum geeignet, Vertrauen zu erwecken. Ohne den Kopf zu drehen, sah Reed zur Turnhallenuhr hinauf. In diesem Augenblick erschien O'Hara in der Tür.

»In Ordnung, meine Schönen«, sagte er. Dann ging er auf sie zu und hakte kurze, kräftige Leinen an den Halsbändern der Hunde fest. »Was ein Glück, daß Sie sich so weit oben im Haus versteckt haben«, sagte er zu Reed. »Viel länger warten zu müssen, hätte ich kaum ausgehalten.«

»Ich auch nicht«, gab Reed zu. »O.K., kann ich die Jacke jetzt ausziehen?«

O'Hara nickte. »Überzeugt?« fragte er.

»Oh ja«, sagte Reed, »eine sehr lobenswerte Darbietung. Ich empfehle sie jedem, der rasch abnehmen möchte.«

»Sie hatten also Angst?« fragte O'Hara.

»Allerdings«, sagte Reed. »Todesangst, um diesen abgenutzten Begriff zu gebrauchen.« Dann griff er nach einer Zigarette, zündete sie an und brach wahrscheinlich damit eines der eisernsten Gesetz der Schule. Aber das Recht hatte er sich verdient.

»Könnten Sie diese charmanten Damen noch ein wenig festhalten«, fragte Reed, »während ich mich unten noch umsehe? Ich suche da etwas.«

»Wie lange brauchen Sie?« fragte O'Hara widerwillig. Er wußte, er verdankte Reed viel, weil er beides demonstriert hatte: daß die Hunde Mrs. Jablon nicht zu Tode erschreckt und dann liegengelassen hatten und daß sie nicht bösartig jeden angriffen, den sie fanden – eine häßliche Unterstellung, die mehr als einmal ausgesprochen worden war, seit die Existenz der Hunde allgemein bekannt war. Dennoch wollte er nicht in die Routine der Hunde eingreifen. »Ich bringe sie aufs Dach zurück. Rufen Sie mich von der Telefonzentrale im Erdgeschoß aus an, bevor Sie gehen; danach gebe ich Ihnen noch zehn Minuten.«

»In Ordnung. Darf ich Ihre Geduld noch einen Augenblick in Anspruch nehmen? An dem Abend, als Mrs. Jablon hier gefunden wurde ...«

»Dem Abend vor dem Morgen, an dem sie hier gefunden wurde.«

»Richtig. Am Abend der Elternversammlung. Sie haben die Eltern in einem der Aufzüge nach oben gebracht. War der andere Aufzug im Dachgeschoß?«

»Ja. Ich habe Ihnen doch schon erzählt ...«

»Nicht so ungeduldig. Könnte nicht jemand ohne Ihr Wissen den zweiten Aufzug geholt haben?«

»Unmöglich.«

»Warum?«

»Der war oben an der Aula, höher fahren die Aufzüge nicht. Jemand müßte zu Fuß heraufkommen, wissen, wo der Schlüssel für die Fahrstuhltür ist, und den Fahrstuhl runterfahren.«

»Haben Sie den anderen Fahrstuhl – den, der nicht oben war – auch benutzt, um die Eltern und Lehrer wieder hinunterzufahren?«

»Klar. Punkt Viertel nach zehn war ich oben und habe auf sie gewartet. Das hat Miss Tyringham so angeordnet.«

»Angenommen, jemand wollte früher gehen?«

»Der hätte zu Fuß gehen oder die Fahrstuhlklingel drücken müssen.«

»Haben Sie im Fahrstuhl gesessen?«

»Ich war in der Nähe.«

»Was bedeutet ›in der Nähe‹? Waren Sie ständig im Gebäude, ständig im Parterre?«

»Oder direkt vor der Eingangstür. Ein paar Chauffeure warteten dort auf die Eltern, und ich habe mich ein bißchen mit ihnen unterhalten. Meine Aufgabe ist es, den Eingang zu bewachen, nicht den Butler zu spielen.«

»Bleiben die Fahrer, die Eltern gebracht haben, und warten auf sie?«

»Manchmal. Meistens fahren sie weg und haben den Auftrag, um zehn zurück zu sein. Normalerweise kommen sie etwas früher zurück und stehen dann herum.«

»O.K.«, sagte Reed. »Wissen Sie zufällig, welche Eltern mit Chauffeur kommen? Wenn nicht, kann ich das vermutlich auch von Miss Tyringham erfahren; die Chauffeure könnten etwas gesehen haben.«

O'Hara kannte die Fahrer vom Sehen, und natürlich ihre Wagen, aber das war auch schon alles. »Ich gebe Ihnen nach Ihrem Anruf noch zehn Minuten«, sagte er und ging mit Lily und Rose zum Treppenhaus.

»Übrigens«, sagte Reed, »wenn die Hunde von unten ein Geräusch hörten, würden sie dann ihre normale Runde unterbrechen und nachsehen?«

»Natürlich. Sie finden denjenigen, egal wo. Dann bliebe eines der Routinesignale aus, und ich würde nachsehen; das kann natürlich etwas länger dauern.« Er verschwand im Treppenhaus.

Reed lief die vielen Etagen hinunter bis zur Halle, unterwegs blieb er kurz stehen, drückte seine Zigarette aus und steckte den Stummel in die Tasche. Er knipste das Licht in der Halle an und sah sich um. Der Eingangsbereich, fast so breit wie ein Theaterfoyer, hatte an jeder Seite eine zweiflügelige Tür und führte zur eigentlichen Halle. Er entdeckte sofort hinter einer Glastür in der Halle das, wonach er gesucht hatte; die Tür führte zu einer Nottreppe, die vom Keller heraufführte. Er zündete sich eine neue Zigarette an und rief O'Hara an.

»Wozu dient diese Karre?« fragte Reed, als O'Hara sich gemeldet hatte. »Die in der Halle unter einer Abdeckplane?«

»Zum Transport von Geräten und so. Papiere, Bücher, eben alles. Wenn die Sachen geliefert worden sind.«

»O.K.«, sagte Reed. »Ich gehe jetzt. Mit einer letzten Frage.« Und er stellte sie.

Von der Telefonzelle an der Ecke rief er Kate an, um ihr zu sagen, daß er unbeschadet der Höhle der Löwen entronnen war. Es waren gut abgerichtete Löwen. »Ich weiß jetzt, was in der Schule passiert ist«, sagte er. »Aber ich weiß noch nicht, was zuvor passiert ist und wie sie dorthin gekommen ist. Rose und Lily lassen dich ganz lieb grüßen, so habe ich sie wenigstens verstanden. O'Hara hat offenbar überhaupt nicht an dich gedacht, zum Ausgleich habe ich die ganze Zeit nichts anderes getan. Hast du dich wirklich in deiner Zeit als wilde höhere Tochter zum Spaß an diese Ringe gehängt?«

ZEHN

Am nächsten Tag, einem Tag ohne Seminar, wachte Kate früh morgens auf in der unangenehmen Gewißheit, sich eine bestimmte Sache vorgenommen zu haben, an die sie sich nicht mehr erinnern konnte. Wahrscheinlich habe ich, wenn die Episode am Theban vorbei ist, die Fähigkeit verloren, morgens lange schlafen zu können, dachte sie unglücklich. Ich werde zu Reed in die Dusche gehen und alle Liedertexte von Cole Porter lernen müssen. Sie erzählte Reed, der gerade aufgestanden war, von dieser traurigen Aussicht. »Ausgezeichnet«, sagte der und verschwand ins Badezimmer, aus dem kurz darauf die Melodien aus ›Kiss Me, Kate‹ zu hören waren.

Kate sammelte ihre Gedanken soweit, daß ihr erstens wieder einfiel, was sie tun wollte, und daß sie zweitens, was schwerer war, entscheiden konnte, wie sie es angehen sollte. Je länger sie darüber nachdachte, um so mehr schien ihr dieser Tag eine Unmenge von Gesprächen mit sich zu bringen; ehrlichen Gesprächen, hoffentlich; außerdem würde sie sich einfach umhören. Als erster Punkt auf ihrer recht umfangreichen Liste der Nachforschungen stand ein Anruf bei Miss Tyringham.

Kate hatte gehört, daß Miss Tyringham kurz vor acht morgens im Theban ankam und in ihrem Büro für diejenigen zu erreichen war, für die sie erreichbar sein wollte, und die sich zuvor in der Telefonzentrale bei Miss Strikeland angemeldet hatten; Miss Strikeland kam stets wenige Minuten vor Miss Tyringham. Trotz schlechtem Wetter, Streik oder Stromausfall war Miss Strikeland nur ein einziges Mal nicht rechtzeitig erschienen; damals war der Bus, mit dem sie quer durch die Stadt kam, so zusammengebrochen, daß der Fahrer nicht einmal die Türen öffnen konnte. Miss Tyringham hatte auf diese untypische Verspätung so beunruhigt reagiert, daß sie sich, sichtlich verwirrt, selbst in die Telefonzentrale setzte, in der Hoffnung auf eine Nachricht. An diesem Morgen jedenfalls war Miss Strikeland an ihrem Platz und stellte Kate sofort durch.

»Wie geht es Ihnen«, ertönte Miss Tyringhams erfreute Stimme. »Ich habe gehört, Ihr charmanter Mann hat sich unseren bedrohlichen Bestien mit lobenswerter Kaltblütigkeit gestellt. Mr. O'Hara ist außer sich vor Bewunderung und hält die Ehre aller Hunde für gerettet. Wieweit hilft uns das bei unseren sonstigen Problemen?«

»Das weiß ich noch nicht«, sagte Kate, »aber ich habe eine Unmenge von Theorien und werde sicher keine ruhige Minute haben, bevor ich sie nicht alle geprüft habe. Dafür brauche ich Ihre Zustimmung oder zumindest Ihre stillschweigende Duldung.«

»Warum kommen Sie nicht gleich heute früh vorbei?

Ich werde zwei Termine absagen müssen, aber das ist nichts Ungewöhnliches. Wie lange wird es dauern?«

»Nun, wahrscheinlich nicht allzu lange. Es tut mir leid, damit einen Schultag zu stören, aber ich bestehe darauf, diese Angelegenheit irgendwie zu einem Ende zu bringen, weil ich an nichts anderes mehr denken kann. Ich wußte zwar, daß das ›Antigone‹-Seminar meine Arbeit über die Viktorianer beeinträchtigen, nicht aber, daß es mich in so fieberhafte Aufregung versetzen würde. Reed meint, der einzige Weg, eine Versuchung loszuwerden sei, ihr nachzugeben; ich hoffe, er hat recht.«

»Meinen Sie, er hätte vielleicht recht gehabt, als er uns riet, die ganze Untersuchung sein zu lassen?«

»Nun, er hatte ganz bestimmt damit recht, daß man nicht auf halbem Wege stehenbleiben kann. Also um neun?« Kate legte auf.

Sie beschloß, zu Fuß zum Theban zu gehen, da sie noch reichlich Zeit hatte, Taxis um diese Uhrzeit unmöglich zu bekommen und die Busse überfüllt waren; ein Spaziergang würde ihr zu einem klaren Kopf verhelfen. Sie wollte eine Ordnung in ihre verworrenen Gefühle bringen. Nach ihrem Gespräch mit Reed am Abend zuvor waren nicht mehr viele Zweifel übriggeblieben darüber, was an dem Abend geschehen war, bevor die Leiche auf so mysteriöse Weise im Theban aufgetaucht war. Natürlich blieben noch viele Einzelheiten zu klären, teils durch mühselige Kleinarbeit, teils mit Hilfe glücklicher Umstände etwas schneller. Das Aufdecken verborgener Ereignisse gleicht der Suche nach einem verlegten Dokument, das man auf der Stelle braucht. Es kann am ersten Platz liegen, an dem man nachschaut, oder man muß in jeder Ecke, in jedem Ordner suchen, den man hat, aber wenn das Dokument da ist, wird man es finden, und das ist schließlich das Wichtigste.

Was Kate beunruhigte, war die Frage, ob es für das Theban oder die Jablons besser wäre, die Untersuchungen würden nicht weitergeführt. Ja, konnte eine Institution oder eine Familie oder eine Beziehung den Druck einer derart schwierigen Situation überhaupt überleben?

In früheren Zeiten kehrte man nur gelegentlich zu den Bildungsstätten zurück, an denen man seinen akademischen Abschluß gemacht hatte; tat man es aber, dann immer mit der Gewißheit, Frieden zu finden. Man dachte immer, könnte ich nur hierher zurückkehren, wo alles in geordneten Bahnen verläuft und die Verhältnisse noch stimmen. Aber wo gab es heute noch solche Orte? fragte sich Kate. Was auch immer diese Leiche oder zuvor den Jungen ins Theban gebracht hatte – durch diese Tat war das Bild der Schule als Ort des Friedens für immer zerstört. Hunde durchsuchten die Räume, und Tote und Verängstigte bevölkerten das Gebäude.

Das Theban lag an einer dieser bezaubernden Seitenstraßen, die seit früheren, glücklicheren Zeiten unverändert scheinen. Das ist natürlich eine Illusion, da fast alle Stadthäuser in Apartments aufgeteilt worden sind, oder sogar in Büros. Dennoch war die Straße ruhig, luftig und gesäumt von Bäumen; in unmittelbarer Nähe gab es keine hohen Häuser, das Theban war mit seinen zehn Stockwerken das höchste. War das eine Straße, in der irgend jemandem etwas besonders auffallen würde? Am belebtesten war die Straße am Nachmittag, wenn die Busse kamen, um die jüngeren Schülerinnen heimzufahren. Nur dann gab sich das nüchterne, fast wie eine Behörde wirkende Gebäude als Schule zu erkennen. Wie alle vornehmen Mädchenschulen in New York hatte sie nämlich weder einen Namen noch ein Schild an der Tür, das sie verraten hätte. Entweder wußte man, daß dies das Theban war, oder es ging einen nichts an.

Miss Tyringham begrüßte Kate mit einer Art erschöpfter Erleichterung.

»Es geht Ihnen doch gut, oder?« fragte Kate. »Ich habe mich so daran gewöhnt, zu sehen, wie Menschen in bedeutender Position im akademischen Leben müde und krank werden und pessimistisch ihre Hoffnungen aufgeben, daß ich mir vielleicht vorschnell Sorgen mache. Aber Sie machen einen nervösen Eindruck.«

»Ach, das ist nur so eine leichte Grippe, die ich anscheinend immer bekomme, wenn der Winter in den letzten Zügen liegt, nichts Ernstes, meine Mutter nannte das immer das Auf-und-Ab. Soweit diese Erklärung«, fügte sie hinzu. »Aber selbstverständlich mache ich mir Sorgen.«

»Wegen der Leiche?«

»Unter anderem. Wir sprechen zwar nicht offen darüber, wissen Sie, aber wir haben eine Menge Probleme – wir, das sind in diesem Zusammenhang diejenigen, die an privaten Schulen die Verantwortung tragen. Ich meine nicht bloß lange Hosen und die Protestaktionen oder die Bedrohung durch Drogen. Einige von unseren Schülerinnen kommen gar nicht mehr zur Schule, besonders in den höheren Semestern. Ich glaube, wenn veröffentlicht würde, wie viele Jugendliche aus den mittleren und gehobenen Gesellschaftsschichten New Yorks einfach die Schule schwänzen – was der Himmel verhüten möge –, die Mr. Jablons würden sich zu recht Sorgen machen.«

»Glauben Sie, Angelicas Fernbleiben hat auch damit zu tun?«

»Vielleicht, vielleicht auch nicht. Sie hat wirklich eine schwere Zeit hinter sich. Sie ist jetzt wieder zu Hause, will aber nichts von der Schule wissen.«

»Zu den Dingen, die ich Sie fragen wollte, gehört auch, ob Sie etwas dagegen hätten, wenn ich Angelica besuche. Natürlich werde ich höflich bei ihrem Großvater anfragen, aber er wird wohl kaum ablehnen, wenn Angelica das nicht tut. Stört es Sie, wenn ich mich auch mit ihm unterhalte?«

»Nein, wohl kaum. Wir müssen diesen Dingen auf den Grund gehen, soweit das ohne eine Psychoanalyse von mindestens fünfzehn Jahren Dauer überhaupt möglich ist.«

»Lange Einzelanalysen geraten aus der Mode,

glaube ich. Es gibt neuerdings Encountergruppen, in denen man sich ausagiert und so.«

»Wirklich? Nun, um ehrlich zu sein, ich konnte nie besonders großes Vertrauen in die Psychoanalyse aufbringen, obwohl im Laufe der Jahre eine beachtliche Anzahl unserer Schülerinnen eine Therapie oder gar Analyse gemacht haben. Zeitweise schien es zum guten Ton zu gehören wie eine Kieferregulierung, und die war, bei großzügiger Schätzung, vermutlich in zwanzig Prozent der Fälle notwendig.«

»Haben Sie hier etwas von Encountergruppen gehört?«

»Hier im Theban? Nein.« Sie sah Kate an. »Du liebe Güte, Sie versuchen mir etwas schonend beizubringen, oder wenn nicht, dann habe ich es trotzdem verstanden. Egal, ich will es nicht wissen. Ich hatte recht, was die ›Antigone‹ angeht, oder? Ist sie nicht immer noch relevant?«

»Langsam finde ich, daß das sogar in außergewöhnlichem Maße der Fall ist. Als Kreon, zum Beispiel, schließlich einsieht, daß er unrecht hatte, Polyneikes nicht begraben zu lassen und Antigone für ihren Ungehorsam zu bestrafen, will er sie aus dem unterirdischen Verließ befreien, in das er sie einsperren ließ. Unterwegs hält er an, um Polyneikes zu begraben, und als er das Verließ erreicht, ist es zu spät. Sie ist tot und mit ihr alle, die ihm etwas bedeutet haben. Oh nein, machen Sie nicht so ein betroffenes Gesicht, ich kündige keine weiteren Leichen an, ich schlage nur vor, daß wir uns in erster Linie um

Angelica kümmern – einfach nur, um meine Idee im Gespräch zu halten, ein ganz gängiger Zeitvertreib an der Universität.«

»Ja, meine Liebe. Sehen Sie zu, wie Sie mit den Jablons zurechtkommen. Seien Sie so gut. Was steht sonst noch auf Ihrem Plan?«

»Noch ein paar langweilige Fragen. Erzählen Sie mir in wenigen Worten etwas über die anderen fünf Mädchen aus dem Seminar. Sie beraten die Abschlußklassen, nicht wahr, geben ihnen Ratschläge für das College und so weiter?«

»Ja, genau. Ich gebe auch Ethik-Unterricht, eine Tradition am Theban – aber daran werden Sie sich ja sicher erinnern.«

»Natürlich erinnere ich mich. Aber was um alles in der Welt hat Ethik heutzutage für eine Bedeutung?«

»Eine berechtigte Frage. Ich bin eines Tages dazu übergegangen, das zu tun, was heute im akademischen Bereich üblich ist: Ich lasse die Mädchen selbst entscheiden, worüber sie diskutieren möchten und bete zum Himmel, daß es nicht Sex ist. Das ist schließlich ein Thema, das, entgegen aller landläufigen Meinung, in der Schule nur rein wissenschaftlich und sachlich behandelt werden kann – unsere Naturwissenschaftslehrer stellen sich dem reihum und mit einer Offenheit, die mich verblüfft. Mein Status als unverheiratete Frau hat mich glücklicherweise vor dem Schicksal bewahrt, über Sex sprechen zu müssen – ich nehme an, man wollte mich nicht verschrecken. Ein Thema, über das sie immer wieder diskutieren wollen, sind ihre Eltern, und das ist beinahe noch schlimmer als Sex. Jedenfalls ist es mir gelungen, das in eine mehr oder weniger systematisierte Kombination von Fragebögen und soziologischen Studien zu verwandeln. Wir fragten alle Schülerinnen der letzten beiden Jahre der Oberstufe, was sie am meisten im Verhalten ihrer Eltern ablehnten, und dann – und in diesem Punkt halte ich mich für recht geschickt, was ich aber wohl nicht sagen sollte – fragten wir die Eltern der beiden ersten Jahre der Oberstufe (wir wollten vermeiden, daß Antworten verglichen werden konnten), was sie am meisten am Verhalten ihrer Kinder störte. Das Ergebnis war ausgesprochen interessant, und wer wollte uns daran hindern, das Ethik zu nennen? Das war wohl eine bemerkenswert umständliche Weise, Ihnen zu sagen: ja, ich kenne die Schülerinnen der Abschlußklassen.«

»Waren die Eltern und Schülerinnen mehr oder weniger einer Meinung über das, was sie bei der anderen Gruppe nicht mochten?« fragte Kate fasziniert.

»Ja, die Antworten waren tatsächlich einmütig. Die Schülerinnen beklagten, daß ihre Eltern unaufrichtig seien und mit Druck ihre Wertvorstellungen durchzusetzen versuchten. Das heißt, sie behaupten, keinen Druck auf das Mädchen auszuüben, damit es gute Noten bekommt und auf ein gutes College geht, doch die Mädchen spürten genau, daß das nicht stimmt. Sie behaupten, materielle Dinge bedeuteten ihnen nichts, was genausowenig stimmt, und so weiter. Den

Frisuren der Mädchen würde mehr Aufmerksamkeit geschenkt als ihren Gedanken. In einem Wort: Heuchelei. Andererseits beklagten sich die Eltern, daß sie den Kindern nie etwas recht machen könnten. Egal wie sehr sie versuchten, mit ihren heranwachsenden Kindern Frieden zu halten und ihnen auf halbem Weg entgegenzukommen, alles, wirklich alles was sie täten, sei immer verkehrt, selbst wenn sie an zwei aufeinanderfolgenden Tagen sich völlig gegensätzlich verhielten. Die Diskussion klärte die Atmosphäre, und wir alle kamen zu dem Schluß, daß Eltern Kritik ertragen können, Kinder dagegen dazu verdammt sind, ihre Eltern verständnislos zu finden, und daß es kein Mittel gibt, als Elternschaft mit Gottes Hilfe zu ertragen.«

»Oder sie zu vermeiden.«

»Nun, etwas spät im Falle der Eltern von Theban-Schülerinnen. Vater oder Mutter zu sein ist heutzutage um einiges schwieriger; es gibt so viel mehr Dinge, zu denen man ›nein‹ sagen muß, und die Gesellschaft leistet keinerlei Hilfestellung; auch die Gefahren wie Drogen, Geschlechtskrankheiten, Autounfälle und Vergewaltigungen sind größer und beängstigender als je zuvor. Soviel zur Ethik. Was möchten Sie noch wissen?«

»Erzählen Sie mir ein wenig über den familiären Hintergrund, die Wertvorstellungen und so weiter.«

»Freemond Oliver gehört zur höchsten High Society, aber sollten Sie mich jemals zitieren, werde ich leugnen, diesen Begriff gebraucht zu haben. Wir hatten vier Oliver-Mädchen am Theban, und es gibt auch noch zwei Söhne. Sie leben in zwei Etagen in der Lower Park Avenue, und Freemond ...«

»O.K. Betsy Stark kenne ich von allen Mädchen am besten, weiß aber nichts über ihre Familie.«

»Ich nehme an, Sie möchten etwas über Geld wissen.«

»Genau genommen, ja; das und irgendwelche Hinweise auf übermäßige oder übermäßig eingeschränkte Freiheit.«

»Die Starks sind von mütterlicher Seite her vermögend. Die Großmutter finanziert die Ausbildung der Kinder. Die Familie lebt irgendwo in den East-Seventies, ich habe vergessen, wo genau, in einer dieser großen, geräumigen Vorkriegswohnungen, die in Genossenschaftsbesitz übergegangen sind.«

»Und die Mutter ist häuslich, aber lebhaft und klug und glaubt, ihr Mann habe sie wegen ihres Geldes geheiratet, und Betsy glaubt das auch.«

»Sie scheinen mehr über sie zu wissen als ich.«

»Ich weiß nicht das geringste. Ich stelle nur Vermutungen an, und wahrscheinlich irre ich mich. Ist es nicht komisch, daß Menschen mit Geld nie sicher sind, daß sie um ihrer selbst willen geliebt werden, schöne Menschen dagegen fast immer?«

»Das ist entweder sehr tiefsinnig oder ganz und gar unsinnig.«

»Wie die meisten meiner Bemerkungen. Und Alice Kirkland?«

»Oh, sie ist ein Problem. Es ist immer sehr unerfreulich, wenn Rebellion die Form reiner Ungezogenheit annimmt. Sie ist die Jüngste in der Familie, und die Eltern, die ihr auf geradezu lächerliche Weise alles nachsehen, erwarten nicht einmal ein absolutes Minimum an Höflichkeit. Wir hatten ihnen mit Nachdruck ein Internat empfohlen, doch Alice wollte nichts davon hören. Natürlich bestehen wir nicht darauf. Geld? Oh, Unmengen. Mr. Kirkland hat uns kürzlich einen Scheck über fünfzigtausend Dollar überreicht. Er sagte, er habe das Geld mit einem Telefongespräch von dreißig Sekunden Dauer verdient, und es lag ihm viel daran, nicht spießbürgerlich zu wirken.«

»Haben Sie angenommen?«

»Selbstverständlich, meine Liebe, natürlich nicht ohne auf die Geschichte vom Installateur hinzuweisen, der fünfzig Dollar und fünfzig Cent für die Reparatur eines Heizkessels in Rechnung gestellt hat, fünfzig Cent für eine Dichtung und fünfzig Dollar für das ›Gewußt-wo‹. Wer fehlt uns noch?«

»Elizabeth McCarthy und Irene Rexton.«

»Ach ja, natürlich. Elizabeth war bis zu Beginn dieses Schuljahres bei den Nonnen. Normalerweise nehmen wir für die Abschlußklasse keine neuen Schülerinnen auf, aber ihre Zeugnisse waren ausgezeichnet, und außerdem brachte sie nicht nur die Empfehlungsschreiben dreier Elternpaare von Theban-Schülerinnen bei, sondern sogar eines vom Kardinal persönlich.«

»Ich verstehe. Und Irene? Hübsch anzusehen, entzückend sie zu kennen, wie Reed sagen würde.«

»Und himmlisch sie zu küssen, da sind sicher alle Männer einer Meinung. Sie ist das Adoptivkind eines Anthropologen-Ehepaares von der Columbia Universität – beide so dunkelhäutig wie die Eingeborenen, bei denen sie immer wieder leben, und mit einer Einstellung zur Unabhängigkeit von Jugendlichen, wie sie den Eingeborenen von Samoa eigen ist. Sie war die einzige Schülerin, die sich nicht über ihre Eltern beklagt hat.«

»Sie ist ein so umwerfend konventionelles Kind und verteidigt stets Ismene und die reine Weiblichkeit.«

»Ich weiß. Kindererziehung ist ein ewiges Rätsel. Aber wenn man so aussieht, bleibt einem vielleicht überhaupt nichts anderes übrig, als konventionell zu sein.«

»Die Familie lebt in der Nähe der Columbia Universität, nehme ich an?«

»Ja, ich glaube, aber lassen Sie mich nachsehen.« Miss Tyringham blätterte in einem Ringbuch. »Hier ist es, Morningside Drive. Das sind nun alle, abgesehen von den Jablons, über die Sie ja wohl schon alles wissen.«

»Oder mein Bestes tun werde, alles herauszubekommen.«

»Sie müssen mir irgendwann mal erzählen, wozu das alles gut ist.«

»Das verspreche ich Ihnen, selbst wenn sich herausstellen sollte (was wahrscheinlich der Fall sein wird), daß es zu gar nichts gut ist. Ich will mir nur schnell die Adressen notieren und Ihnen noch eine Frage stellen, wenn auch eine schwierige. Nein, ich habe noch zwei. Haben Sie etwas dagegen, wenn Mr. Jablon von Reeds Feststellung erfährt, daß die Hunde Mrs. Jablon, wenn sie denn dort gewesen wäre, auf ihrer abendlichen Runde gefunden hätten? Es liegt ihm sehr viel an dieser Information, und ich möchte herausfinden, warum.«

»Ich sehe keinen Grund, warum er es nicht erfahren sollte. Ich verfolge die Strategie der Aufrichtigkeit, was am Ende viel weniger Probleme bereitet und außerdem meinem Wesen entspricht.«

»Ja, versuchen Sie in diesem Punkt aufrichtig zu sein: Mal angenommen, jemand aus dem Lehrkörper des Theban oder einer der Eltern war in irgendeiner Weise in Mrs. Jablons Tod und ihre Anwesenheit hier verwickelt – ich meine natürlich nicht, daß derjenige sie umgebracht hat; sie wurde ja nicht umgebracht, wie Sie wissen. Würden Sie in dem Fall zur Nachsicht neigen?«

»Je nachdem. Nein, ich will nicht ausweichen, es würde wirklich von den Umständen abhängen. Die Eltern gehen mich wohl kaum etwas an. Eine Lehrerin schon. Die Frage wäre, ob ich sie in Anbetracht dieser neuen Erkenntnisse immer noch für fähig halte ihre Arbeit angemessen zu leisten.«

»Was nun nicht sehr aufrichtig ist.«

»Nein, das ist es nicht. Aber Ihre Frage ist es genausowenig. Sie fragen mich, ob Sie mir den Namen einer Lehrerin, die mit der Sache zu tun hat, sagen dürfen oder nicht; da ich sie möglicherweise hinauswerfe, dürfen Sie es nicht. Man kann nur auf aufrichtige Fragen aufrichtige Antworten finden, wenn überhaupt.«

»Das ist nur fair. Aber es handelt sich ohnehin nur um einen winzigen Verdacht, also machen Sie sich keine Sorgen. Ich frage mich außerdem, ob ich nicht an diesem Punkt abbrechen sollte, aber ich weiß gleichzeitig, daß ich es nicht darf. Nicht wenn wir noch rechtzeitig zum Verließ kommen wollen.«

»Was für ein Verließ?«

»In dem sich Angelica befindet. Das Verließ der Schuldgefühle, vielleicht.«

»Du lieber Himmel.«

»Seltsamerweise ist mir auch der Großpapa wichtig. Und das Theban. Werden Sie trotz allem die Hunde behalten?«

»Oh ja, sie sind noch immer der preiswerteste und beste Schutz, den wir finden können, und jetzt, da sie so berühmt sind, werden sie sogar noch besser sein. Zumal ihre Unfehlbarkeit so eindeutig bewiesen wurde.«

»Ich frage mich, warum Sie einen derartigen Frauenhasser zum Schutz einer Mädchenschule engagiert haben.«

»Meine Liebe, diejenigen, die Frauen am meisten fürchten, schützen sie am eifrigsten zu ihrem eigenen Besten, vorausgesetzt natürlich, sie sind keine Triebverbrecher, und Mr. O'Hara ist nicht nur über diese Zeit hinaus, nein, er hat sogar die besten Empfehlungen vom Pentagon abwärts.«

»Über jeden Zweifel erhaben.«

»Und unter aller Kritik. Er ist trotzdem ein ausgezeichneter Wächter. Ich bin alt genug, um das für wichtiger zu halten als eine völlige Übereinstimmung mit meiner Meinung. Glücklicherweise haben Rose und Lily keine eigene Meinung.«

»Haben Sie gerade meine schwierige Frage beantwortet? Ja, du lieber Himmel, tatsächlich«, sagte Kate und machte sich auf den Weg.

Sie machte in der Halle Halt und drängte Miss Strikeland solange, bis diese Mr. Jablon anrief. Kate war zwar bewußt, daß es Reed am Vorabend gelungen war, sie von einer nahegelegenen Telefonzelle aus anzurufen, aber nicht einmal das konnte Kate von der Überzeugung abbringen, daß kein einziges öffentliches Telefon in New York funktionierte. Üblicherweise hingen die Hörer senkrecht nach unten und dokumentierten so ihre hilflose Ohnmacht – wenn man Glück hatte. In anderen Fällen fütterte man sie mit Münzen, wurde aber weder mit einem Amtszeichen noch mit der Rückgabe seines Geldes belohnt. Wie die meisten Menschen, die in Zukunft nicht nur in New York überleben, sondern die Stadt auch weiterhin lieben wollen, hatte Kate es sich zur Gewohnheit gemacht, die offenkundigsten Quellen von Frustration und Ärger zu umgehen: Taxen zur Stoßzeit und Telefonzellen zu jeder Zeit. Miss Strikeland stellte mit erfreulicher Effizienz die Verbindung her.

Doch Mr. Jablon war nicht zu Hause; er war schon ins Büro gegangen. Es überraschte Kate, zu erfahren, daß ein älterer Mann, der tagelang die Eingangshalle einer Schule beobachtete, ein Büro besaß; sie fragte nach der Nummer und erhielt sie auch, und es gelang ihr, mit weiterer Hilfe von Miss Strikeland, Mr. Jablon dort zu erreichen. Er sagte, er würde sich freuen, sie so bald wie möglich in seinem Büro zu begrüßen. Kate winkte Miss Strikeland ein Dankeschön zu und ging in einen Tag hinaus, der ganz offensichtlich aus längeren Fußmärschen bestehen würde.

Es zeigte sich, daß Mr. Jablons Büro in einem neuen und eleganten Gebäude in den Fünfzigern der Park Avenue lag. Sein Büro war ein großer Raum mit einem kleinen Vorzimmer, dessen Zwischentür er Kate selbst öffnete. Die Einrichtung erinnerte eher an einen behaglichen Wohnraum, und Kate setzte sich in einen bequemen Sessel, während er in einem anderen Platz nahm. An einer Wand stand ein großer Schreibtisch.

»Ich erledige hier einen Teil meiner Arbeit«, sagte Mr. Jablon, ihrem Blick folgend. »Kapitalanlagen und so weiter. Ich rufe meinen Börsenmakler an, er ruft mich an. Ich lese verschiedene Börsenberichte, das ›Wall Street Journal‹ und den ›National Observer‹. Ich könnte das alles auch zu Hause tun, aber dies ist ein Ort, an den ich von zu Hause gehen und von dem aus ich nach Hause zurückkehren kann. Das verleiht dem Tag eine Struktur.«

Kate nickte. Bevor man sie gebeten hatte, das Seminar im Theban zu übernehmen, hatte sie mit diesem Problem gelebt wie alle, die zu Hause arbeiten und deren Tag nicht durch die Notwendigkeit strukturiert wird, zu bestimmten Zeiten zur Arbeit zu gehen und wieder heimzukommen. Es war das alte Problem von Freiheit und Zeit, die einem durch die Finger glitt. Solange man seinen Tag nicht sehr sorgfältig strukturierte und Zeitpläne mit einer Striktheit einhielt, die einem Trappistenkloster Ehre gemacht hätte, vergeudete man Zeit und verzettelte sich.

»Sie wollten wissen, wie gestern abend das Experiment mit den Hunden ausgegangen ist«, sagte Kate, »und Miss Tyringham hat mir erlaubt, es Ihnen zu erzählen. Die Hunde haben Reed, der ein paar halbherzige Versuche gemacht hat, sich vor ihnen zu verstecken, sofort aufgespürt. Er ist überzeugt, daß sich niemand im Gebäude verstecken kann, ohne von den Hunden entdeckt zu werden.«

»Ich verstehe«, sagte Mr. Jablon. »Dann werde ich meine Geschichte wohl ändern müssen.«

»Ich denke, das wäre nicht schlecht«, sagte Kate. »Wie sollte sie denn aussehen – daß Sie Ihre Schwiegertochter überredet haben, mit Ihnen zur Schule zu gehen, daß Sie sie dort aus den Augen verloren haben, nach Hause gegangen sind und sie dort gelassen haben, damit sie von den Hunden erschreckt wird?«

»So ähnlich. Wissen Sie, ich hatte Angst, daß eines

der Kinder . . . aber, wie es aussieht, hatte die Polizei mich in Verdacht und meinen Tagesablauf überprüft; dabei hat sie festgestellt, daß ich für den ganzen Abend ein Alibi hatte. Ich hoffe, mir gelingt es wie sonst niemandem, zu verbergen, daß ich nicht am Ort des Verbrechens war. Aber es gibt wohl nichts, was nicht schon einmal dagewesen ist, oder?«

»Wo waren Sie?« fragte Kate. »Ich hoffe, Sie haben nichts gegen meine direkten Fragen. Wenn es Ihnen lieber ist, werde ich gern versuchen, mehr um die Dinge herumzureden.«

»Im allgemeinen ist es mir lieber«, gab Mr. Jablon zu. »Ich mag die Höflichkeit gesellschaftlicher Umgangsformen, die das Räderwerk des Fortschritts ölen. Unter diesen Umständen akzeptiere ich die Notwendigkeit von Abkürzungen. Ich war zum Dinner zu Hause, mit Angelica, einer ihrer Schulfreundinnen, Freemond Oliver, meinem Enkel Patrick und meiner Schwiegertochter.«

»Lädt Angelica häufig Freundinnen zum Dinner ein?«

»In letzter Zeit schon. Vor nicht allzu langer Zeit habe ich festgestellt, daß meine Schwiegertochter das mit der Begründung zu unterbinden versuchte, es beanspruche zuviel von ihrer Zeit und Energie, aber ich habe ihr klargemacht, daß das Personal durchaus in der Lage ist, zusätzliche Arbeit zu verkraften und daß ich der Meinung bin, Kinder sollten ein Zuhause haben, in das sie ihre Freunde einladen können. Wahr ist, daß Angelica erst in letzter Zeit ihre Freundinnen mitgebracht hat, weil sie sich wegen ihres Zuhauses geschämt hat.«

»Geschämt? Ich hatte den Eindruck . . . «

»Nicht wegen des Hauses, das ist durchaus akzeptabel, sondern wegen ihrer Mutter und mir. Es bestand leider immer die Gefahr, daß ihre Mutter eine hysterische Szene machte oder Angelica durch irgendeine taktlose Bemerkung in Verlegenheit brachte, und sie genierte sich wegen meiner Auffassungen, die sie konservativ nannte, als sei das Wort ein Schimpfwort; ich betrachte es eher als Kompliment. Ich versuche, Dinge zu erhalten.«

»Ich verstehe«, sagte Kate. Sie war geneigt, Freemonds Anwesenheit Mrs. Banister und den Encountergruppen zuzuschreiben. Wenn man seine Abneigungen und seinen Ärger erst einmal herausgeschrien hat, und die Freundinnen über Mutter und Großvater Bescheid wissen, gibt es keinen Grund mehr, das Zuhause vor ihnen zu verbergen. Im Gegenteil, sie können als unbeteiligte Beobachter sogar die berechtigte Ablehnung bestätigen.

»Nach dem Dinner«, fuhr er fort, »sind alle verschwunden, wie immer, und ich bin zu meinem Bridge-Club gegangen. Ich kam dort gegen neun an und war kurz vor eins wieder zu Hause. Ich habe die ganze Zeit über Bridge gespielt. Es ist ein privater Bridge-Club, nur für Männer; Robber-Bridge, kein Re-kontra.«

Kate fielen mehrere Kriminalromane ein, die sie vor langer Zeit einmal gelesen hatte und in denen der

Mörder Bridge als Alibi benutzt hatte. Aber durch geschicktes Befragen hatte der Detektiv aufgedeckt, daß es dem Verdächtigen während seiner Zeit als Strohmann gelungen war, sich irgendwohin davonzustehlen, jemanden zu ermorden und rechtzeitig zum nächsten Spiel zurück zu sein. Hier schien das unwahrscheinlich.

»Man hat mich dort die ganze Zeit gesehen«, sagte Mr. Jablon und machte damit den Bridge spielenden Mörder in Kates Gedanken überflüssig. »Ich bleibe immer am Spieltisch stehen und beobachte, wie ausgespielt wird. Und wenn das Spiel vorüber ist, diskutieren wir darüber.«

»Waren alle zu Hause, als Sie zurückkamen?«

»Das habe ich jedenfalls angenommen. Tatsächlich waren, wie ich heute weiß, alle da, mit Ausnahme meiner Schwiegertochter. Angelica wurde ganz hysterisch, als wir am nächsten Morgen die Nachricht vom Tod ihrer Mutter erhielten. Ich rief unseren Hausarzt an, der mir offen sagte, daß Angelica ins Krankenhaus gebracht werden müßte, da er befürchtete, sie könnte sich etwas antun. Er riet auch zu einer psychiatrischen Behandlung, doch das lehnte Angelica so strikt ab, daß wir nicht weiter darauf bestanden. In dem Punkt scheinen sich alle einig zu sein, daß eine psychiatrische Behandlung nichts nützt, wenn der Patient nicht einverstanden ist.«

»Und was ist mit Ihrem Enkel?«

»Patrick ist seit Monaten in einer eigenartigen und schwierigen Verfassung, die Erfahrung mit den Hunden in der Schule hat die nicht gerade verbessert. In seiner Situation – er verachtet mich, weil ich ihn verachte – hätte ich meine Sachen gepackt und wäre meiner Wege gegangen. Doch das scheint nicht zu den Gepflogenheiten der heutigen Jugend zu gehören. Sie ist durchaus bereit, ein Dach über dem Kopf, Kleidung und Nahrung von einem Menschen anzunehmen, der in ihren Augen geradezu ein Krimineller ist.«

»Aber er hat Sie doch sicher nie als Kriminellen bezeichnet?«

»Doch, oft sogar. Zum Beispiel gab ihm seiner Meinung nach die Entdeckung – er hat mich gefragt, und ich habe geantwortet –, daß ich Aktien von Firmen besaß, die Kriegsmaterial herstellen, das Recht, mein gesamtes Wertsystem anzuzweifeln. Ich machte ihm klar, daß er seine Ausbildung und seine derzeitige Lebensform gerade diesen Aktien verdankte aber das hat seiner Empörung nur noch Schuldgefühle hinzugefügt.«

»Meinen Sie nicht, daß er irgendwie recht hat?«

»Nein. Zum Beispiel würde ich keine Aktien von Konzernen kaufen, die Zigaretten herstellen. Ich halte ihre Werbung für unmoralisch und die Schädlichkeit des Rauchens für mehr als ausreichend erwiesen. Ich würde auch ganz bestimmt keine Aktien von Gesellschaften kaufen, die mit suchterzeugenden Drogen handeln, falls solche auf den Markt kämen. Patricks besonderer Widerstand galt Dow Chemical. Er bat mich inständig, diese Aktien zu verkaufen, weil Dow Chemical Napalm herstellt, eine gelartige, brennbare Substanz, die auf Menschen abgeworfen wird und ihnen die Haut verbrennt; man sie nicht abwischen. Patrick konnte nicht verstehen, wie jemand bereit sein kann, so etwas zu produzieren. Als er entdeckte, daß wir Saran Wrap und andere Reinigungsmittel von Dow verwenden, hat er sie weggeworfen.«

»Aber die Aktien haben Sie nicht verkauft.«

»Ich hatte mich entschieden, das zu tun. Schließlich bin ich aus ähnlich eigenmächtigen und willkürlichen Gründen gegen manche anderen Firmen. Aber gerade als ich die Aktien verkaufen wollte, verlor Dow den Regierungsvertrag für die Produktion von Napalm, und Patrick stimmte mir zu, daß es keinen Grund mehr gab, zu verkaufen. Schließlich produzierte Dow nicht mehr für den Militärsektor als manch andere Gesellschaft, an der ich Anteile besitze.«

»Aber wenigstens hatten Sie ihm in einem Punkt zugestimmt ... «

»Später hat mir das leid getan. Nicht nur weil dabei ein falsches Prinzip eine Rolle gespielt hat, sondern auch weil ich den sogenannten militärisch-industriellen Komplex unseres Landes unterstütze. Nichts am Krieg ist schön oder human. Aber er ist notwendig.«

Kate fühlte sich in Mr. Jablons Gegenwart unwohl. Sie war nicht seiner Meinung, das verstand sich von selbst, und sie hatte nicht vor, ihm das zu sagen. Sie war mit seinen Einstellungen nur allzu vertraut, um damit Zeit zu verschwenden, wo es doch andere so viel dringlichere Dinge gab. Was Kate irritierte war, daß sie Mr. Jablon recht gut leiden konnte und seinen Standpunkt aus seiner persönlichen Sicht für ehrenwert und vertretbar hielt. Wie so viele seiner Generation und seines Erfahrungshorizontes hatte er seine persönliche Moral und die nationale Moral seines geliebten Landes voneinander getrennt. Er war bereit, ein offensives Vorgehen als nationale Aufgabe zu rechtfertigen. Aber niemals hätte er dies auch nur einen Augenblick lang auf seine persönliche Handlungsweise übertragen. Wie Matthew Arnold schon ein Jahrhundert zuvor festgestellt hatte, hat diese doppelte Moral den Nationen ungeheuer geschadet und ihnen Ehrlichkeit und Glanz genommen.

»Was ist Ihrer Meinung nach Ihrer Schwiegertochter passiert, Mr. Jablon?«

»Ich weiß es nicht. Ich akzeptiere die Erklärung der Gerichtsmediziner und ihres Arztes, daß sie ums Leben gekommen ist durch einen Schock, der einen Herzinfarkt ausgelöst hat. Sie hatte Herzbeschwerden; ich fürchte allerdings, daß keiner von uns sie wirklich ernstgenommen hat. Andererseits las ich kürzlich von einem vierjährigen Kind, das auf einem Zahnarztstuhl vor Angst gestorben ist – zu viel Adrenalin wurde in ihr Herz gepumpt. Ich weiß nicht, was meine Schwiegertochter erschreckt hat.«

»Hat die Polizei gesagt, daß sie notwendigerweise erschreckt worden ist, oder vermutet sie das nur wegen der Hunde?«

»Ich glaube nicht, daß das Wort ›erschrocken‹ fiel, nein. Ihr Arzt meinte, es könnte auch ein Zornausbruch gewesen sein. Sie neigte in der Tat zu Zornausbrüchen.«

Vermutlich die Untertreibung des Monats, dachte Kate. Voll Bewunderung für seine Zurückhaltung ließ sie das Thema fallen.

»Mir liegt daran herauszubekommen, was an jenem Abend wirklich passiert ist und wer für den Tod Ihrer Schwiegertochter verantwortlich ist. Auf meiner Suche nach der Wahrheit würde ich gern in Ihrem Haus mit Ihrem Enkel und Ihrer Enkelin sprechen, falls sie dazu bereit sind. Haben Sie etwas dagegen?«

»Dagegen, daß Sie in meine Wohnung gehen? Nein. Und auch nicht, daß Sie mein Personal befragen, wenn Sie es für nötig halten. Ich verlasse mich darauf, daß Sie sich auf das wirklich Notwendige beschränken. Aber ich mache mir keine großen Hoffnungen, daß Sie herausfinden, was passiert ist, und ich glaube, Sie machen sich Illusionen, wenn Sie darauf hoffen. Was meine Enkelkinder angeht, so sind die durchaus in der Lage, Sie zum Teufel zu jagen.«

»Haben Sie vor, etwas gegen die Schule zu unternehmen?«

»Wegen meiner Schwiegertochter? Ganz gewiß nicht. Was sollte das für einen Sinn haben?«

»Man könnte ihr Fahrlässigkeit vorwerfen.«

»Das bezweifle ich. Sie haben doch eine Menge Zeugen dafür, daß die Hunde sie nicht zuerst geängstigt und dann liegengelassen haben können.«

»Man kann jeden Menschen zu allen möglichen Zeugenaussagen anstiften, und zwar zu ganz aufrichtig gemeinten. Nichts ist sicher. Und man könnte unterstellen, daß allein die Tatsache, daß ihre Leiche dort gefunden wurde, ein deutlicher Beweis der Fahrlässigkeit ist.«

»Wollen Sie mich zu einer Anzeige überreden?«

»Keinesfalls. Aber ich weiß nicht, was ich möglicherweise herausfinde. Miss Tyringham hat sich – mit ungewöhnlichem Ehrgefühl und Mut, wie mir scheint – auf die Seite der Wahrheit gestellt, soweit sie aufzudecken ist. Ich halte die Suche nach der Wahrheit für den vernünftigsten Weg, aber bei mir ist das normal. Wir können nicht wissen, was wir herausfinden, und ich möchte sicher sein, daß Sie mir keine Verschwörungsabsichten unterstellen.«

»Ich verstehe. Nun, ich sehe nicht, wozu es gut sein soll, Anzeige gegen die Schule zu erstatten. Auch eine Anzeige wegen der radikalen Ideen, die sie meiner Enkelin in den Kopf gesetzt hat, würde nichts nützen. Schließlich hätte ich sie jederzeit von der Schule nehmen können. Sie haben angedeutet, daß Sie, wenn Sie einmal einen Weg eingeschlagen haben, den bis zum Ende gehen müssen, ohne vorher wissen zu können, wie dieses Ende aussieht. Das verstehe ich. Um ehrlich sein, ich wäre froh gewesen, wenn es mir gelungen wäre, alle zu überzeugen und die Angelegenheit mit der Geschichte zu beenden, daß ich für die Anwesenheit meiner Schwiegertochter in der Schule verantwortlich war. Aber wenn das nicht geht, müssen wir die erforderlichen Enthüllungen in Kauf nehmen.«

»Diese Frage geht mich zwar nichts an«, sagte Kate, »aber wenn Patrick eingezogen worden wäre, hätten Sie etwas unternommen, um zu verhindern, daß er nach Vietnam geschickt wird?«

»Selbstverständlich hätte ich das, und ich hätte alle Beziehungen und meinen ganzen Einfluß genutzt.«

»Und das finden Sie nicht genauso falsch, wie Sie Patricks Verweigerung falsch finden?«

»Keineswegs. Alle Kontakte und allen Einfluß, den ich besitze, habe ich mir verdient. Und wenn sie nicht ausgereicht hätten, hätte Patrick gehen müssen. Ich hätte mich nie gegen die Entscheidung seines Landes über ihn erhoben.« Kate schüttelte den Kopf. »Miss Fansler, die Polizei hat den Mann befragt, der seit vierzig Jahren meine Hemden angefertigt und mir die Krawatten verkauft hat. Gleich nachdem der Beamte fort war, hat er mich angerufen, um es mir zu sagen. Sein Wunsch, mich zu warnen, beruhte auf langer Kenntnis meiner Person und meines Rufs.«

»Ich finde, das ist etwas ganz anderes. Das eine ist ein aus persönlicher Treue und Freundschaft geknüpftes Netz, das ich durchaus gutheiße. Das andere steht für Einflußnahme und Beziehungen, und das ist mir zuwider. Oh, ich weiß, wir alle nutzen unsere Beziehungen. Aber Ihr Hemdenschneider hat die Polizei nicht angelogen.«

»Natürlich nicht.«

»Aber wenn nun Ihr Enkel nicht nach Vietnam

geschickt worden wäre, hätte ein anderer mit schlechteren Beziehungen an seiner Stelle gehen müssen.«

»Das ist mir klar. So ist der Lauf der Welt, und es hat keinen Sinn, die Augen davor zu verschließen, daß die Welt ein Dschungel ist.«

»Nun«, sagte Kate und stand auf, »die Zeit reicht nicht aus, um das jetzt zu diskutieren. Ich glaube nicht, daß Sie selbst alles glauben, was Sie sagen. Ich kann mir nicht vorstellen, daß Sie Napalm produzieren würden. Oder irre ich mich? Würden Sie es herstellen, aber nicht eigenhändig auf Kinder werfen?«

»Man muß sich den Konsequenzen seiner Überzeugungen stellen. Ihr Liberalen wollt alle Vorteile Amerikas gratis.«

»Ich habe Ihnen kein Etikett angehängt«, sagte Kate.

»Es tut mir leid. Ich hätte das nicht sagen sollen.« Er brachte Kate mit einer Verbeugung zur Tür und bat sie, jederzeit zu seiner Wohnung zu gehen, es sei immer jemand da, um sie hereinzulassen.

»Ich mache zuerst noch einen Spaziergang«, sagte Kate, »oder fahre ein wenig mit dem Bus herum. Wenn es Ihnen recht ist, gehe ich heute am späteren Nachmittag hin. Vielleicht treffen wir uns ja dort.«

»Es wird mir eine Ehre sein«, sagte Mr. Jablon in seiner höflichen Art. Mit Bedauern hatte Kate festgestellt, daß ihm weder Tränen noch Ärger anzumerken waren. Er hatte seinen Verteidigungswall aufgebaut und dahinter Stellung bezogen.

Sie beschloß, ein wenig herumzuspazieren und sich die Häuser anzusehen, in denen die Teilnehmerinnen ihres Seminars lebten. Das war nur ein Vorwand, denn Kate liebte es, durch die Straßen zu wandern und mit Bussen und U-Bahnen unterwegs zu sein. Straßenleben nannte sie das in Anlehnung an Virginia Woolf, und es war eine Leidenschaft, die sie ihr Leben lang begleitet hatte.

Die Wohnungen der Starks, Kirklands und McCarthys lagen alle nahe beieinander (nach Kates Vorstellungen von Nähe; Reed fand, für alle anderen Sterblichen war das weniger die Dimension eines Spaziergangs als vielmehr einer Pilgerfahrt), aber um zu den Morningside Heights zu kommen, mußte sie den Bus nehmen und einmal umsteigen. Kate hatte gehört, dies sei eine gefährliche Gegend, daher näherte sie sich ihr mit gewisser Besorgnis. Ein paar uniformierte Wachen patrouillierten jedoch auf den Straßen. Kate, die gern mit Leuten über ihre Jobs sprach, hielt einen Wachmann an und fragte ihn, was er bewache.

»Das Haus des Präsidenten«, sagte er und zeigte auf ein großes, rotes Backsteingebäude.

»Des Präsidenten der Columbia University?« Der Mann nickte.

»Man kann nie wissen, wann jemandem in den Sinn kommt, einen Aufruhr anzuzetteln«, sagte er. »Vielleicht jemand, dessen Wohnhaus abgerissen worden ist oder so. Und dann ist da noch die Sache mit dem Park.«

Kate folgte seinem Blick zum Morningside Park, von dem ein Teil offenbar von einem riesigen Bulldozer plattgewalzt worden war. Kein Baum war übriggeblieben und kein Hügel.

»Was ist passiert?« fragte Kate.

»Die wollten dort eine Turnhalle bauen.« Der Mann zuckte mit den Schultern.

Kate stellte fest, daß Irene Rextons Haus nur etwa einen Block vom Haus des Präsidenten entfernt lag, und ging hinüber, von den hilfsbereiten Blicken des Wachmannes begleitet. Die erste Eingangstür war offen, die zweite verschlossen. Das Schloß öffnete sich nur, wenn ein Mieter auf einen Knopf drückte. Dahinter vermutete Kate einen Aufzug. Der Anzahl der Namen an den Klingeln entnahm Kate, daß sich in jeder Etage zwei Wohnungen befanden und das Haus nur sechs Stockwerke hatte. Sie drückte auf den Knopf neben dem Namen Rexton, war jedoch nicht überrascht, keine Antwort zu bekommen. Irene war in der Schule und die Eltern vermutlich bei den Papuas oder sonstwo. Oder sie hielten nicht ganz so weit entfernt Vorträge über die Papuas.

Kate ging wieder hinaus und sprach noch einmal mit dem Wachmann. »Stehen Sie auch abends hier?« fragte sie.

»Einer von uns ja, vor dem Haus des Präsidenten. Oder im Eingang.«

»Danke«, sagte Kate. Sie ging in Richtung Broadway und kaufte sich an einem Wagen einen Hot Dog mit Sauerkraut und Senf. Kauend ging sie die Straße entlang – kein gutes Aushängeschild für das Theban, wo man es, wenn auch wirkungslos, mißbilligte, wenn Schülerinnen auf der Straße aßen. Mittlerweile war Kate müde vom Laufen; sie winkte einem Taxi (es war gerade keine Rush Hour), ließ sich auf den Rücksitz fallen und zündete sich eine Zigarette an. Sie fragte sich, ob sie Aktien besaß an der Firma, die ihre Marke produzierte, dachte eine Weile darüber nach und beschloß, diese Frage ruhen zu lassen. Es war wirklich mühselig, seinen Prinzipien gemäß zu leben. Das Taxi setzte Kate vor einem großen Gebäude an der Park Avenue ab, der Adresse der Jablons. Ein Portier kam eilfertig aus dem Haus, hielt Kate die Taxitür auf und fragte, nachdem er ihr auf den sicheren Bürgersteig geholfen hatte, zu wem sie wolle.

»Mr. Jablon, mit dem ich gerade gesprochen habe, weiß Bescheid, daß ich komme«, sagte Kate mit aller Sicherheit des Auftretens, deren sie als Mitglied der Familie Fansler fähig war. Der Portier führte sie zum richtigen Aufzug; unterwegs passierte sie ihrer Rechnung nach mindestens drei livrierte Männer. Sie hatte vorgehabt, mit Angelica zu sprechen oder es zumindest zu versuchen, und dann, wenn die Nachtschicht gekommen war, diese nach dem Abend von Mrs. Jablons Tod zu befragen. Reed hatte ausdrücklich betont, daß die Polizei das zwar schon getan hatte, aber Kate hatte gelesen, der durchschnittliche Polizist verfüge über einen IQ von 98, und meinte bestürzt: »Stell dir vor, wie hoch der IQ dann bei einigen sein muß.« »Bei einhundertdreißig«, hatte Reed geantwortet. Aber Kate war nicht beruhigt.

Der Fahrstuhlführer brachte sie zum dritten Stock und wartete, bis die Wohnungstür geöffnet und Kate hereingebeten wurde. Ein gut geführtes Haus mit gut geschultem Personal, dachte Kate mißmutig. Sie hatte so sehr auf Nachlässigkeit und Durcheinander gehofft.

Kate nannte dem Hausmädchen, das ihr in Häubchen und weißer Schürze geöffnet hatte, ihr Anliegen. »Aber ich möchte nur dann mit Angelica sprechen«, sagte sie abschließend, »wenn es ihr recht ist. Wenn nicht, komme ich wieder, wenn sie sich besser fühlt.«

»Warten Sie bitte einen Moment, Madam, ich werde nachsehen.« Das Mädchen ließ Kate eintreten und schloß die Tür. Es gab zwar Stühle in der großen, unpersönlich wirkenden Diele, doch Kate blieb stehen. Nach kurzer Zeit kam das Mädchen zurück und nickte Kate bloß zu; ihr folgte ein junger Mann mit Bart und langem Haar, abgeschnittenen Jeans und einem ausgesprochen bedauerlichen Hemd.

»Sie müssen Miss Fansler sein«, verkündete er und rieb einen seiner unbeschreiblich schmutzigen Füßen am anderen. »Ich bin Patrick Jablon.« Der erste Gedanke, der Kate durch den Kopf ging, war: Tom Sawyer mit Sex Appeal. »Angelica ist gleich wieder in Tränen ausgebrochen, als sie hörte, daß Sie es sind, aber aus langer Erfahrung weiß ich, daß es Tränen der Erleichterung und Dankbarkeit sind. Da ist die Patientin persönlich.«

In der Tür stand eine ungeheuer niedergeschlagene und bemitleidenswerte Angelica, barfuß wie ihr Bruder, aber in ein langes Nachthemd gehüllt, das aussah, als stammte es aus einem Kaufhaus und nicht von der Müllhalde.

»Hallo«, sagte Kate. »Ich bin gekommen, um zu sehen, wie es dir geht, und um mit dir zu reden. Ich bin den ganzen Tag herumgelaufen, und wenn ich mich jetzt hinsetze, wird es wahrscheinlich Stunden dauern, bis ich wieder aufstehe; wenn ich also wieder gehen soll, sag es bitte lieber gleich und nicht erst, wenn ich die Füße hochgelegt habe.«

»Sie können meinetwegen ruhig hereinkommen«, sagte Angelica. Sie wollte vorausgehen zu ihrem Zimmer, überlegte es sich dann aber offensichtlich anders. »Wir können hier hereingehen«, sagte sie und führte Kate ins Wohnzimmer. »Kann ich Ihnen etwas anbieten?« fragte sie, offensichtlich fühlte sie sich durch die Förmlichkeit des Raumes an einige Grundregeln der Gastlichkeit erinnert.

»Wenn ich ehrlich bin«, sagte Kate und ließ sich dankbar in einen riesigen Clubsessel mit passendem Fußteil sinken, mit dem sie schon von der Diele aus geliebäugelt hatte, »dann hätte ich gern eine Tasse Tee.«

»Ich sage Nora Bescheid«, sagte Angelica. »Patrick kann sich inzwischen mit Ihnen unterhalten.«

Patrick legte sich auf den Boden und seine schmutzigen Füße auf das Seidensofa; er zündete sich eine Zigarette an und schnippte das Streichholz in einen weit entfernten Aschenbecher, den er prompt verfehlte.

»Rauchen Sie?« wollte Patrick wissen.

Unsicher, wohin die Frage nach dem Rauchen führen mochte, nahm Kate ihre eigenen Zigaretten heraus und hielt sie hoch. Sie schälte sich aus ihrem Mantel, nachdem niemand ihn ihr abgenommen hatte, legte die Füße hoch, lehnte sich zurück und schloß die Augen.

»Möchten Sie wirklich Tee, oder hätten Sie lieber einen Scotch oder sowas. Sie müssen nicht bei Tee bleiben, nur weil Sie darum gebeten haben. Wir sind entsprechend beeindruckt.«

»Schließen Scotch und Tee einander aus?« fragte Kate.

Patrick stand auf und ging zu einer prächtig ausgestatteten Bar hinüber. »Eis?« fragte er. Kate nickte. Er brachte ihr den Drink und stellte das tropfende Glas auf einen polierten Mahagonitisch. Kate hob das Glas sofort hoch und wischte den Tisch ab. Dann nahm sie schnell einen Schluck, um ihr Wischen zu überspielen. Aber er ließ sich nicht täuschen.

»In Ihrer Generation trinkt jeder«, verkündete er.

»Und in Ihrer riecht jeder«, entgegnete Kate vergnügt. »Cheers.«

ELF

Angelica und der Tee kamen zur gleichen Zeit; der Tee wurde auf einem Teewagen mit silberner Kanne und hübschem Zubehör hereingefahren; Angelicas Kleidung glich nun der ihres Bruders, war aber sauberer und weniger pittoresk.

»Darf ich Ihnen eine Tasse Tee einschenken, Madam?« fragte das Mädchen.

»Ja, bitte«, sagte Kate. »Bei den sechs oder acht Tassen, die ich noch vorhabe zu trinken, bediene ich mich dann selbst. Nein, danke, keine Kekse. Ich nehme nicht an, daß Ihr beide auch Tee wollt.« Angelica schüttelte den Kopf; ihr Bruder machte sich nicht die Mühe zu antworten. »Nur Zucker, danke, keine Sahne und keine Zitrone. Vielen Dank.«

Kate nippte an der zarten Teetasse und betrachtete über den Rand hinweg die beiden Jablons. Sie hatte keine Eile, schließlich war es unwahrscheinlich, daß sie verschwinden würden, bevor sie die letzte Information aus Kate herausgeholt hatten, wenigstens schienen sie sich das so vorzustellen. Ein Blick hatte sie überzeugt, daß Kate eine Informationsquelle war, wahrscheinlich die ergiebigste, die sich ihnen bieten würde. Kate dachte amüsiert an die Sorgen, die sie sich gemacht hatte im Gedanken an diesen Empfang. Um gerecht zu sein, Angelica schien froh, daß Kate sich aus persönlichem Interesse die Mühe gemacht hatte zu kommen, und das sagte sie auch.

»Ich habe mir große Sorgen um dich gemacht«, sagte Kate, »und ich bin gekommen, um dich zu trösten, soweit ich kann. Dabei bin ich überzeugt, daß nur die Wahrheit dir wirklich helfen kann, auch wenn sie sich nicht im Einschlagen auf Matratzen und Einreden auf Kissen ausdrückt. Ich finde das eine ziemlich gute Idee; wenn man gezwungen ist, mit jemandem zu sprechen, auch wenn es ein Kissen ist, das stellvertretend für jemanden steht, bekommt man eine gewisse Ordnung in seine Gedanken und Gefühle. Sieh mich nicht so wütend an, meine Liebe, ich meine das ernst.«

»Jemand hat Ihnen was erzählt«, sagte Angelica mit finsterem Gesicht.

»Ich bin keine Ausgestoßene«, sagte Kate freundlich. Sie sah eine entschlossene Widerspenstigkeit über Angelicas Gesicht ziehen. Es ist nicht leicht, im Gespräch mit einer Lehrerin, die obendrein mehr als doppelt so alt ist wie man selbst, mehr herauszubekommen, als man selbst preisgeben will, und es sprach für Angelicas Intelligenz, daß sie sich dessen bewußt war.

»Weißt du, ich bin in der Absicht gekommen«, sagte Kate, stellte ihre Teetasse ab und griff nach dem Scotch, »eine Menge Fragen zu stellen, nicht nur euch beiden, sondern vielleicht auch den Angestellten, und ganz bestimmt den Fahrstuhlführern.«

»Den Fahrstuhlführern?«

»Ja, sicher. Die Frage ist schließlich, wie Ihr sie aus dem Haus geschafft habt, ohne gesehen zu werden. Es ist schön und gut, wenn die Polizei die Leute befragt, aber wir wissen alle, wie überlastet die Polizei ist, auch wenn sie ihre Arbeit macht, und es schien mir unwahrscheinlich, daß die Angestellten zugeben würden, im entscheidenden Augenblick, sagen wir, bei einer Runde Poker im Keller gewesen zu sein. Ich habe mir gedacht, daß ein paar eindringliche Fragen und das Wedeln mit Zehn-Dollar-Scheinen mehr ans Tageslicht bringen könnten als der Polizei vergönnt war. Darf ich mir noch eine Tasse Tee nehmen?« Da sie keine irgendwie geartete Antwort auf ihre Frage erhielt, nahm Kate die Füße vom Fußteil, stand auf und ging zum Teewagen, um sich nachzuschenken. »Vielleicht kann ich ihn etwas näherschieben, das erspart mir den Weg«, sagte sie und setzte ihre Worte in die Tat um. Sie gab einen Teelöffel Zucker in den Tee, rührte um, setzte sich und legte die Füße wieder hoch.

»Hören Sie . . . «, sagte Patrick.

»Nein«, sagte Kate, »erst einmal hört Ihr zu. Wo war ich stehengeblieben?«

»Sie hatten gerade beschlossen, den Fahrstuhlführer zu bestechen, um an die Antwort zu kommen, die Sie haben wollen.«

»Etwas grob ausgedrückt, aber richtig. Ich habe mich allerdings anders entschieden, was für den Augenblick meinen Charakter rettet, von meinem

Geld ganz zu schweigen. Weil sie gar nicht von hier fortgebracht wurde. Das steht fest, nachdem ich gesehen habe, wie dieses Haus geführt ist. Das Personal ist natürlich nicht wie früher, aber das Haus ist streng nach den besten altmodischen Regeln organisiert. Haben Sie etwas gesagt?«

Patrick hatte allerdings eine überstrapazierte Obszönität geäußert, aber er zog es vor, sie nicht zu wiederholen.

»Was die anderen Mädchen betrifft, so leben alle in Häusern dieses Stils, vielleicht nicht ganz so straff organisiert, aber es ist unwahrscheinlich, daß um zehn Uhr abends, oder sagen wir lieber halb zehn, die Eingangshalle völlig unbewacht ist. Ich hatte zwar vor, eine Menge Fragen zu stellen, falls es euch recht wäre, oder einige wenige sehr gezielte, falls nicht. Doch ich habe meine Meinung geändert. Ich werde euch gar keine Fragen stellen. Statt dessen werde ich euch etwas erzählen. Einverstanden?«

»Miss Fansler«, sagte Angelica. »Es geht mir nicht besonders gut. Ich bin gerade erst aus dem Krankenhaus gekommen und . . . «

»Ja, meine Liebe, wie Miss Tyringham sagen würde. Und ich fand es sehr klug von dir, ins Krankenhaus zu gehen. Unter Beruhigungsmitteln unzusammenhängende Dinge zu murmeln, hysterische Anfälle zu bekommen, kurz, dich zu weigern, irgend etwas zu sagen. Es war natürlich verständlich, daß du dich entsetzlich fühltest. Es gibt nicht viele Menschen, die wirklich als Tote besser dran sind, aber ich fürchte, eure Mutter war einer dieser Menschen. Das klingt schrecklich? Das soll es auch. Meine Form, auf Matratzen einzuschlagen und mit Kissen zu sprechen. Wenn allerdings ein Mensch, dem wir den Tod gewünscht haben, tatsächlich stirbt, muß man sich ziemlich anstrengen, um nicht geradewegs in einen Abgrund der Selbstvorwürfe hinabzutauchen, besonders, wenn wir schuld an seinem Tod sind.«

»Das ist Erpressung«, sagte Patrick.

»Ja, das ist es wohl. Denn wenn ihr meine Geschichte nicht anhört, tut es vielleicht ein anderer, und das könnte unangenehm werden; schließlich kennt ihr die Geschichte noch gar nicht. Wenn ihr wollt, werde ich einfach gehen, nachdem ich fertig bin. In diesem Punkt bin ich wie euer Großvater, wenn auch in keinem anderen: Wenn ich euch mein Wort gebe, halte ich es auch. Soviel ihr sonst auch gegen ihn habt, wenn er euch sagt, er wird in den nächsten zwei Stunden etwas Bestimmtes tun, dann glaubt ihr doch, daß er sein Wort auch hält, oder?

»O.K., ein Punkt für Sie. Zweifellos haben Sie beide dieselben ehrenwerten Prinzipien. Wahrscheinlich waren Sie schon bei ihm.«

»In der Tat. Ich komme gerade von seinem Büro, naja, ein paar Stunden ist es schon her; ich habe sein Einverständnis eingeholt zu diesem Besuch, außerdem haben wir über Vietnam und ein oder zwei andere Punkte gesprochen. Wir sind in keinem Punkt einer Meinung, wirklich, in keinem einzigen, aber ich fühlte mich an Zweikämpfe zur Zeit der Ritter erinnert, als nach festen Regeln gefochten wurde, an die sich jeder hielt. Ich glaube, euer Großvater macht einen Fehler, aber das tut hier nichts zur Sache. Mrs. Banister könnte wahrscheinlich am besten damit umgehen, aber aus gewissen Gründen ...«

Kate sah auf die Geschwister hinunter, die sie beide mit einem unfreundlichen Blick beobachteten, in dem sich Mißtrauen, Neugier und Verachtung mischten. Sie fühlte sich an Miss Tyringhams Ethik-Unterricht und die Ergebnisse der Fragebögen erinnert. Es ist ganz offensichtlich, sagte sich Kate, daß ich nichts richtig machen kann, aber man kann mir wenigstens keine Heuchelei vorwerfen.

»Mrs. Banister hat damit überhaupt nichts zu tun«, sagte Angelica.

»Womit?« fragte Kate. Sie sah auf und suchte Angelicas Blick.

»Ganz ruhig, Angie«, sagte Patrick.

»Tut mir leid«, sagte Kate. »Ihr könnt das glauben oder nicht, aber ich gebe mir alle Mühe, offen und ehrlich zu sein; mir quillt die Aufrichtigkeit förmlich aus allen Poren, trotzdem klingt alles, was ich sage, als wollte ich euch hinters Licht führen. Warum ist Kommunikation so verdammt schwierig?«

»Weil Sie etwas herausbekommen wollen«, sagte Patrick. »Sie versuchen, uns zu manipulieren.«

»So ein Quatsch«, sagte Kate. »Entschuldigung. Also, fangen wir noch mal von vorn an, Schritt für Schritt, und unterbrecht mich, wenn ich abschweife, das heißt, falls euch die Wahrheit überhaupt interessiert. Eure Generation behauptet das ja immer. Manchmal frage ich mich, ob es so etwas wie Generationen überhaupt gibt. Es ist, als spräche man von den Frauen, den Männern und den Kindern – wirklich alles Unsinn. Also, laßt uns anfangen.«

Was mache ich überhaupt hier, fragte sich Kate. Ich taste mich durch einen Wall menschlichen Unglücks und versuche zwei junge Menschen zu erreichen, die mit gutem Grund zu der Überzeugung gekommen sind, daß kaum etwas im Leben wirklich das ist, was es zu sein vorgibt. Dennoch habe ich das Gefühl, Direktheit ist unsere einzige Hoffnung – den Dingen ins Gesicht sehen und nicht die Augen niederschlagen. Zweifellos wäre das alles in Esalen viel leichter, nackt vor der untergehenden Sonne oder ausgestreckt in Schwefelbädern – Kate hatte sich im Bekanntenkreis umgehört und war zu dem Schluß gekommen, daß Sonnenuntergänge und Schwefelbäder in allen Schilderungen eine Hauptrolle spielten. Ein Kissen, eine Matratze, engagierte Zuhörer – schließlich konnte man wohl kaum bei jeder Erziehungskrise, die in diesen unsicheren Zeiten entstehen mochte, nach Esalen fliegen oder Encountersitzungen veranstalten. Kate versuchte, sich selbst nackt in einem Schwefelbad vorzustellen (Wanne? Schlamm? eine Art Schwimmbecken?), gab es aber schnell wieder auf.

»Angelica und ihre Freundinnen«, fing Kate an, »sowohl die aus Mrs. Banisters Schauspielgruppe als auch die vom ›Antigone‹-Seminar, hatten vorsichtig mit einer Sache begonnen, die wir Encountergruppe nennen wollen. Am Anfang, glaube ich, war sie kein Mittel zur Aufarbeitung persönlicher Probleme, sondern sie sollte die Schülerinnen ermutigen, sich stärker in dramatische Situationen einzufühlen und dramatische Ausdrucksformen zu finden. Ich nehme an, im Zusammenhang mit dem Seminar haben diese mehr oder weniger informellen Gruppen angefangen, die ›Antigone‹ auszuagieren. Dieses Stück besitzt natürlich eine beachtliche Relevanz – verzeiht mir den Ausdruck – für unser heutiges Leben, und durch Patrick bekam es auch bald eine besondere Bedeutung für die Situation der Jablons.« Kate bemerkte, wie beide rot wurden; Patrick sah nach unten und kratzte an einem schmutzigen Zeh herum; Angelica biß sich auf die Lippen. Nicht weinen, betete Kate insgeheim; noch nicht.

»Ich meine damit natürlich nicht, daß es irgendwelche Parallelen zwischen den Charakteren der ›Antigone‹ und den Mitgliedern der Familie Jablon gibt, aber gewisse Ähnlichkeiten drängen sich doch mit großer Deutlichkeit auf. Kreon, zum Beispiel, sagt so viele Dinge, die in den Sätzen eures Großvaters widerzuhallen scheinen: ›Noch werd' ich jemals einen Feind des Landes mir / Zum Freunde wählen . . .‹ ›Und wer des eigenen Landes Wohl nicht höher stellt / Als seine Freunde, diesen acht' ich völlig nichts.‹ ›Der Übel größtes ist die Zügellosigkeit: / Sie rottet aus die Städte, wandelt Wohnungen / In Wüsteneien . . .‹ Ich könnte die Reihe noch fortführen; wir alle könnten das. Aber die Frage, die er im Hinblick auf Sie, Patrick, zu stellen scheint, ist auch Kreons Frage: ›So soll ich gar in meinem Alter noch Verstand / Von einem lernen, der so jung an Jahren ist?‹ Ich glaube, langsam und leidvoll wird ihm klar, daß diese Frage mit ja zu beantworten sein könnte. Ich glaube, wir alle haben angefangen zu lernen, sogar von Angelica, der, wie Antigone ›der Busen glühend wallt‹ wo Ismene ›der Schauder faßt‹.«

Jetzt hatte Kate die uneingeschränkte Aufmerksamkeit der Geschwister. Sie fühlte sich fast wie Antigone persönlich, zu der Ismene weise sagte: ›Man soll erst gar nicht wollen das Unmögliche!‹ War dies das Unmögliche? Nein, Ismene war nicht weise, denn das einzige Unmögliche ist das, was wir nicht wagen.

»Ich vermute«, fuhr Kate fort, »daß die Encountersitzungen über ihren ursprünglichen dramatischen Zweck für die ›Antigone‹ hinaus, zunächst unmerklich, mit Kissen und Matratze Bedeutung gewannen für die aktuellen dramatischen Situationen in Angelicas schwierigem Familienleben. Vielleicht haben auch andere im Mittelpunkt der Encountersitzungen gestanden, ich weiß es nicht, und es ist auch nicht wirklich wichtig. Ich bin mir aber sicher, daß sich Mrs. Banister in einem schrecklichen Gewissenskonflikt befand – wenn ihr meiner Generation die unselige Neigung zu Übertreibungen gestattet. In gewisser Weise war die Gruppe zu weit gegangen; die Grenze dessen, was sich das Theban unter einer Theatergruppe vorstellt, war schon lange vorher überschritten. Es bestand immer die Gefahr, daß in solch einer Situation ein reales emotionales Problem auftauchen könnte, ein Problem, mit dem nur ein besonders erfahrener Gruppenleiter (so nennt man sie, glaube ich, in Esalen) würde umgehen können. Hätte sie die Gruppe für diese Aktivitäten getadelt und verlassen, hätte sie mit Sicherheit die eigene Haut gerettet, das heißt ihren Job und scheinbar ihr Verantwortungsbewußtsein; aber sie hätte mehrere heranwachsende Mädchen, die, dessen war sie sicher, ihre Encountergruppen ohne sie fortsetzen würden, einer echten Gefahr ausgesetzt. Sie beschloß, und das spricht sehr für sie, bei der Gruppe zu bleiben, selbst bei den Sitzungen, die außerhalb der Schule stattfanden, und sie hoffte, es würde ihr gelingen, die Energie der Sitzungen auf andere Dinge zu lenken. Dabei hoffte sie besonders auf den nahenden Frühling und damit verbundene mögliche Verliebtheiten.

Unglücklicherweise ließ sich ihr hervorragender Plan nicht so realisieren. Neulich abend«, Kate nippte an ihrem Tee, »ihr wißt schon, welchen Abend ich meine . . . «

»Soll das alles uns wirklich helfen?« fragte Patrick. »Glauben Sie das selbst, oder macht es Ihnen einfach Spaß, hier zu sitzen und sich aufzuspielen?«

Kate sah ihn an. »›Oft brütet Schweres solch ein junges Herz im Gram.‹ Auch das ein Zitat aus der ›Antigone‹, obwohl man für diese Erkenntnis weiß Gott keinen Sophokles braucht. Ich rede gern, ich bin eine alternde, weitschweifige, selbstgefällige Nervensäge, aber wenn ihr glaubt, daß das hier meiner Vorstellung von Spaß und Spiel entspricht, dann denkt noch mal drüber nach. Offen gesagt, ich würde lieber in Woodstock einen Joint rauchen, auf einem überfüllten Feld im Regen, umgeben von selbsternannten Rocksängern, was für mich, falls euch die Anspielung entgangen ist, gleich nach der Hölle kommt. Dennoch«, plötzlich widerstrebte Kate die Art und Weise, mit der sie sich diesen beiden aufdrängte, »habt ihr vielleicht recht. Wenn ich jemandem diese ganze verdammte Geschichte erzählen muß, und ich fürchte, das muß ich, dann kann dieser ›jemand‹ ebensogut Miss Tyringham sein. Ich habe immer gesagt, daß das Verlagern von Problemen die Grundregel für ein langes und angenehmes Leben ist, und es ist ja eigentlich ihr Problem. Sie wird sowieso demnächst alles erfahren müssen. Tut mir leid. Wir glauben alle, und ich ganz besonders, daß unsere Aufrichtigkeit und unsere guten Absichten jedem, an dem uns etwas liegt, absolut klar sein müssen. In meinem Fall kommt es daher, daß ich das jüngste und verwöhnteste Kind der Familie war.«

Mit einem Seufzer der Erleichterung (niemand kann behaupten, ich hätte es nicht versucht) nahm Kate die Füße wieder vom Fußteil ihres Sessels und stand auf. Sie griff nach Mantel und Tasche, überlegte, ob sie nach der Toilette fragen sollte, ließ es dann aber bleiben. Noch keine Rush-Hour, vielleicht ein Taxi, Reed und ein Zuhause, dessen Schwelle, so wahr mir Gott helfe, kein Mensch unter dreißig jemals wieder betreten wird. Das Seminar und das Theban würden zu gegebener Zeit aus ihrem Blickfeld entschwinden.

»Danke für den Tee«, sagte Kate, »und vergebt mir meine Hybris; wie für alles, haben die Griechen auch hierfür das richtige Wort.« Zu Patrick gewandt sagte sie: »Meine ganze Generation dankt Ihnen für den Scotch.«

Nun ist es einer der erschreckenden, aber unbestreitbaren Aspekte der menschlichen Natur, daß wir für gewisse Leute erst dann besonders interessant werden, wenn sie uns gleichgültig geworden sind oder wir sie gar verachten. Ein Arbeitgeber wird sich immer bemühen, uns zu halten, wenn wir einen Job angeboten bekommen haben, den wir gern annehmen würden. Nie ist eine Ehefrau so attraktiv, wie wenn ein anderer sie begehrt. Darüber hinaus ist es höchst unerfreulich, wenn wir gerade beschlossen haben, jemanden nicht wiedersehen zu wollen, und derjenige uns dann sagt, er lege auf unsere Gesellschaft in Zukunft keinen Wert mehr. Kate hatte die beiden jungen Jablons kennenlernen wollen, doch ihre jetzt abweisende Haltung den beiden gegenüber katapultierte sie geradezu in deren Probleme.

»Entschuldigung«, sagte Patrick, »aus ganzem Herzen. Ich hole Ihnen noch einen Scotch. Ich wasche mir die Füße. Ich binde mir eine Krawatte um – nein, eine Krawatte werde ich nicht umbinden. Wahrscheinlich kennen Sie diese Geschichte auch. Ich werde aufstehen, weil Sie eine Dame sind.«

Mit der umwerfenden Anmut junger Männer sprang er auf.

»Sicher haben Sie genug von mir«, sagte Angelica. »Alle haben genug von mir. Patrick war der einzige, von dem ich auch nur im Traum angenommen habe, ich könnte ihm helfen, und die Hunde haben ihn angegriffen. ›Eine Leiche, zum Fraß für die Hund' und Vögel.‹ Das ist auch ein Zitat.« Und Angelica begann lauthals zu schluchzen.

»Die Hunde haben mich nicht angegriffen. Ich dachte nur, sie würden es tun. Und ich bin keine Leiche. Miss Fansler, bitte bleiben Sie. Trinken Sie noch eine Tasse Tee.«

»Großer Gott«, sagte Kate. »Himmel, Kreuz und Donnerwetter. Warum glaube ich nur immer wieder, die Wahrheit sei einfach? Und wenn Sie mir jetzt sagen, meine Generation glaube das immer, dann bekomme ich einen Anfall, das können Sie mir glauben.«

»Noch etwas Eis?« fragte Patrick. »Angelica, hör auf zu weinen und hol Miss Fansler Eis. Ich bringe den Teewagen hinaus, bevor man ihn holen kommt. Unter welchem Sternzeichen sind Sie geboren?« fragte er Kate, die Hände auf dem Teetisch.

»Lassen wir das«, sagte Kate, »ich bin mit meiner Vorlesung noch nicht zu Ende.«

Nach einer Weile waren sie wieder versammelt. Patrick hatte den Teewagen hinausgebracht und ein

Paar Turnschuhe angezogen, die, wenn auch kaum sauberer als seine Füße, so doch immerhin Schuhe waren. Kate hatte noch einen Drink angenommen, war zur Toilette gegangen und zurückgekehrt. Angelica hatte sich auf höchst abschließende Weise die Nase geputzt. Wie kommt es, fragte sich Kate, daß Liebe zwischen Menschen nur dort lebendig ist, wo Gefühle sind? Um wie viel besser dran waren doch die alten Männer in Platos ›Der Staat‹. Sie nippte an ihrem Scotch und fuhr fort, als hätte es keine Unterbrechung gegeben.

»An dem Abend, als eure Mutter starb, hatte sich die Gruppe zu einer Sitzung zusammengefunden. Freemond Oliver war zuerst hierher zu Angelica zum Dinner gekommen; ihr hattet vor, euch später bei Irene Rexton zu treffen. Die anderen trafen sich alle dort, wenn ich auch nicht genau weiß, wie viele ihr wart. Nachdem Freemond und Angelica gegangen waren, blieb Patrick mit seiner Mutter zu Hause, wenigstens für eine Weile; Mr. Jablon war schon vorher ausgegangen, um Bridge zu spielen.

Zuerst habe ich vermutet, daß die Sitzung hier stattgefunden hätte, aber jetzt sehe ich, daß das unwahrscheinlich ist. Zum einen, weil Angelica wohl kaum das Risiko eingegangen wäre, von ihrer Mutter und ihrem Großvater belauscht zu werden. Das ist mir erst später klargeworden, als ich herauszufinden versuchte, in welchem Haus keine Erwachsenen zu Hause sein würden und kein Portier in der Eingangshalle.

Was hier passiert ist, nachdem Angelica und Freemond gegangen waren, darüber weiß ich wenig. Laßt mich raten. Eure Mutter hat sich über irgend etwas aufgeregt und wollte wissen, wohin Angelica gegangen war.« Kate nickte Patrick zu.

»›Aufgeregt‹ ist gut«, sagte Patrick. »Etwas so Einfaches wie Aufregung hat sie nie gekannt; sie fing an, aus vollem Hals zu schreien und wurde immer schriller.«

Kate konnte sich die Szene vorstellen und den Überdruß, den diese Jugendlichen ihrer Mutter gegenüber empfanden. Sie mußten die ganze Gefühlsskala durchlaufen haben, angefangen von der Angst, sie aufzuregen, über sporadische und immer seltener werdende Phasen der Zuneigung bis hin zu Ungeduld, großem Mitleid und schließlich Gleichgültigkeit. Die Tatsache ihres Todes konnte daran nichts ändern; die Gefühle ihrer Kinder waren schon tot, als sie selber noch am Leben war.

»Ich war in meinem Zimmer, hörte Dylan und das Baseballspiel und blätterte in ›Catch-22‹; ich hatte das Buch schon durch, als sie ins Zimmer stürzte. Ohne anzuklopfen, ohne alles. Ich habe sie trotz Dylan und Phil Rizzuto und der begeisterten Zuschauer im Hintergrund gehört. Man konnte sie sicher bis zum Battery Park hören.« Patrick wurde einen Moment still, als erinnerte er sich wieder mit schmerzlicher Klarheit an sie. »Ich werde nicht versuchen, ihre Worte oder ihren Tonfall zu wiederholen, aber der Sinn war, daß alle fortgegangen waren, sich niemand um sie kümmerte, Angelica sie nicht um Erlaubnis gefragt hatte, und ob ich wüßte, wohin sie gegangen sei; nie sei mein Großvater auf die Idee gekommen, mit ihr Bridge zu spielen, und so weiter und so weiter. Ich nehme an, Sie kennen so etwas. Sie fragte mich schließlich, ob ich wisse, wo Angelica sei, redete lang und breit darüber, daß ich es wußte, sie aber nicht, und wollte zu guter Letzt von mir hingebracht werden.«

Patrick machte eine Pause und suchte nach einer Zigarette. Kate bot ihm eine von ihren an, die er lächelnd und mit dankbarem Nicken annahm. Es war offensichtlich, daß Patrick ungeheuren Charme besaß, wenn er es zuließ. Er ähnelte ziemlich seinem strengen Großvater, obwohl sein grimmiger Ausdruck von Spannungen herrührte, die viel schwerer zu verkraften waren, als die Notwendigkeit, seinen Lebensunterhalt zu verdienen und eine Familie zu ernähren; das zumindest vermutete Kate, denn sie selbst hatte weder das eine noch das andere je tun müssen.

»Sie wissen doch alles«, sagte Patrick mit einem Lächeln. »Fahren Sie fort.«

»Sie hat Sie dazu überredet, sie hinzubringen, nicht wahr? Aber zuerst sollten Sie sich eine Krawatte umbinden.«

»Ich habe doch gesagt, Sie wissen schon alles. Schließlich habe ich ein Hemd angezogen, das schien mir einfacher, als mit ihr zu diskutieren – sie hörte ohnehin nie zu, ja wollte es nicht einmal –, aber als ich meine konservativste Krawatte umband, ein weißes Muster auf Grün, protestierte sie heftig und fand, ich sähe aus wie ein Hippie – ihre Standardbezeichnung für alle, die sich nicht bei Saks in der Fifth Avenue einkleiden.«

»Nun ja«, warf Angelica ein, »diese Krawatte sieht aus wie psychedelische Spermatozoen vor einem Hintergrund von ... «

»In Ordnung«, sagte Patrick, »wir haben schon verstanden.« Aber er war offensichtlich froh darüber, daß Angelica versuchte, am Gespräch teilzunehmen, und alle grinsten einander freundlich an. »Alsooo, wie Angie sagen würde, ging sie in Großvaters Zimmer und holte mir eine von seinen Krawatten, womit er natürlich absolut nicht einverstanden gewesen wäre; aber es kommt nicht oft vor, daß man mit einer kleinen Geste gleich zwei Menschen ärgern kann. Sie bestand darauf, sie mir zu binden, was ich überhaupt nicht leiden kann, auch bei anderen nicht ... «

»Das Etikett ging ab, als sie sie Ihnen band. Sie hat es wohl in die Tasche gesteckt und weitergemacht.«

»Ja, das war typisch. Sie war zwanghaft ordentlich. Das können Sie sich nicht vorstellen. Ständig hob sie irgend etwas vom Fußboden auf, auch wenn da gar nichts war. Ewig beklagte sie sich, wie schlecht saubergemacht würde, wie verdorben das Personal sei und daß niemand mehr arbeiten wolle – gerade sie, die seit einem Vierteljahrhundert keinen Finger mehr gekrümmt hat.«

»Es wundert mich, daß die Angestellten nicht davongelaufen sind«, sagte Kate.

»Nun, Großvater behandelt sie sehr gut, macht ihnen großzügige Geschenke und so weiter; sie lieben ihn, natürlich; das scheint irgendwie zur Mentalität von Hauspersonal zu gehören. Nach seiner Definition ist ein Liberaler ein Mensch, der sich um alles kümmert, außer um seine Frau und das Hauspersonal – Sie sehen, es paßt alles zusammen. Sie suchte einen Papierkorb, fand aber keinen, weil ich den als Basketballkorb benutzt hatte und der Boden herausgefallen war; sie jammerte deswegen noch eine Weile herum, dann hat sie das Ding wohl schließlich in ihre Tasche gesteckt. Wir sind also mit einem Taxi hingefahren. Dem Taxifahrer hat sie gesagt, er darf nicht schneller als fünfzehn Stundenkilometer fahren; oh Gott, das war schrecklich, und dann klammerte sie sich an mich, weil der Fahrer anhalten und sie vergewaltigen würde, wenn ich ihn auch nur einen Moment aus den Augen ließ, und dann ausgerechnet noch Morningside Drive.«

»Nun ja, was Morningside Drive betrifft, hatte sie nicht so unrecht.«

»Wahrscheinlich nicht, jedenfalls erreichten wir die Wohnung der Rextons, ohne überfallen zu werden.«

»Ich begreife immer noch nicht, warum du es ihr nicht ausgeredet oder dich einfach geweigert hast, mitzukommen«, sagte Angelica. »Warum hast du sie hingebracht, ich meine, warum?« Angelica klang wieder weinerlich, und Patrick antwortete mit lauter Stimme, offenbar in der Hoffnung, sie damit von einem erneuten Weinkrampf abzuhalten.

»Um Himmels willen, Angie, laß uns doch ehrlich sein und mit dem Mist aufhören. Zum Teil bin ich mitgefahren, weil sie so ein Riesengeschrei deswegen gemacht hat, aber auch, weil ich wissen wollte, was da in euren Sitzungen so los war. O.K., ich war neugierig . . . «

»Aber daß du das zugelassen hast. Du wußtest, sie wäre ohne dich nicht gefahren, sie . . . «

»Hör auf, Angie. Reg dich ab. Ich bin hingefahren, die Sache ist vorbei, hör mit dem gottverdammten Mist auf.« Er stand auf und ging im Zimmer auf und ab, dann blieb er mit dem Rücken zu Kate stehen und schaute Angie wütend an. Offenbar sprach der Blick eine deutlichere Sprache als seine Worte, denn Angelica schwieg nun.

»Mehr ist zu der Geschichte nicht zu sagen«, sagte Patrick und drehte sich um. »Zerplatzt wie eine Seifenblase. Sie sah sich in der Wohnung der Rextons um, es war ein ganz gewöhnliches Zuhause, wissen Sie, Stühle zum Sitzen, Leselampen, kein Versuch, Eindruck zu schinden, ich meine, kein Statussymbol. Es war absolut unwahrscheinlich, daß irgend jemand sagen würde: ›was für ein interessanter Raum, wer ist Ihr Innenarchitekt, Sie haben ihn selbst eingerichtet? Sie sollten Innenarchitektin werden. Ach, Sie spielen mit dem Gedanken, wunderbar, ich werde Ihr erster Kunde sein.‹« Patrick war ein guter Schauspieler, und alle lachten. »Es war einfach eine Wohnung, in der Menschen lebten und glücklich sind, und sie rümpfte die Nase darüber, natürlich, nein, eigentlich tat sie nie etwas auf natürliche Weise, sie rümpfte einfach die Nase. Dann sagte sie: ›Patrick, ich will sehen, wo du dich in dieser Schule versteckt hast‹, also bin ich mit ihr auch dorthin gefahren, mit einem anderen Taxi, und sie hat sich mit den Eltern unterhalten, die dort zu einem Elternabend waren, und ich habe sie aus den Augen verloren; wahrscheinlich hätte ich warten sollen, aber ich tat es nicht; ich ging nach Hause, und Angie war schon da; ich glaube, sie ist einfach beim Anblick dieser Hunde gestorben. Glauben Sie mir, das ist sehr gut möglich. Ich weiß das, weil ich sie gesehen habe, und ich mag Hunde.«

»Taxifahrer kann man ausfindig machen«, sagte Kate.

»Manchmal, aber das beweist nicht, daß was nicht stimmt. Ich meine, wenn ein Fahrer sagt, er hat den und den von hier nach dort gefahren und hat das auch auf seinem Zettel stehen, ist es klar. Wird aber kein Fahrer gefunden, heißt das noch nicht, daß es keinen gibt, verstehen Sie?«

Kate ließ diesen Punkt im Moment auf sich beruhen.

»Wer war bei der Sitzung, als Sie hinkamen?« fragte sie.

Patrick zuckte mit den Schultern. »Keine Ahnung«, sagte er. »Wissen Sie, der übliche Haufen von Angies Freundinnen, wirklich ein Haufen von Gänsen.« Er lächelte Angie zu.

»Das sind die Freundinnen der Schwester vermutlich immer. Wer war da, Angelica?«

Angelica dachte nach. Das arme Kind, dachte Kate. Sie versucht, ihre Geschichte mit der Patricks in Einklang zu bringen und jemanden zu schützen – aber wen – und trotzdem so viel von der Wahrheit zu erzählen, wie möglich; schließlich ist sie klug genug, zu wissen, daß es leichter ist, zusammenhängend und schlüssig zu lügen, wenn man möglichst nah an der Wahrheit bleibt.

»Irene«, sagte sie, »und Freemond und ich, und Elizabeth. Elizabeth kam gut voran in diesen Sitzungen, obwohl wir das nicht gedacht hätten. Es waren nur wir vier.«

»Sonst niemand aus der Schauspielgruppe oder Betsy oder Alice Kirkland?«

»Nein, es war eigentlich so eine Art Privatsitzung, für mich – für uns alle«, fügte sie hastig hinzu. »Alice ist irgendwie . . . «

»Ich weiß«, sagte Kate, »aber ich habe die Hoffnung noch nicht aufgegeben. Warum nicht Betsy?«

»Nun, zum einen, weil ihr Vater Tobsuchtsanfälle bekommt, wenn sie abends ausgeht, also . . . «

Kate nickte. Sie bezweifelte, daß dies der einzige Grund war. Betsy hatte eine spitze Zunge, und sie sprach oft mit so herablassendem Taktgefühl, daß es, nach Kates Erfahrung, verletzender war als eine direkte Beleidigung. Wie so viele sensible Menschen hatte sie kein Gefühl dafür, wie grausam ihre eigenen Worte sein konnten, eine Ironie des Schicksals, die Kate schon oft aufgefallen war. Dennoch waren bei den meisten Sitzungen alle Mädchen anwesend, das war durch die unvorsichtigen Bemerkungen im Seminar deutlich geworden. Natürlich war Alice diejenige gewesen, die das Geheimnis ausgeplaudert hatte.

»Hattet ihr vor, an jenem Abend an einem bestimmten Thema zu arbeiten?« fragte Kate.

»Eigentlich ja«, sagte Angelica. »Ich habe versucht, meine Gefühle für meine Mutter auszudrücken ...« Ihre Stimme flatterte unglücklich.

»War Mrs. Banister nicht dabei?«

»Nein«, antwortete Angelica mit einer Aufrichtigkeit, die stets denjenigen verrät, der bisher gelogen hatte und nun froh ist, einfach die Wahrheit sagen zu können. »Wir haben ihr nichts davon erzählt. Erstens weil wir schon schrecklich viel von ihrer Zeit in Anspruch genommen hatten und zweitens weil es ja keine richtige Sitzung war, verstehen Sie, nur wir vier.« Sie verstummte, und ihre Stimme verklang im Raum.

Kate lehnte sich in ihrem Sessel zurück und schloß die Augen. Sie war nicht sehr gut in solchen Dingen, und sie hatte sich infolgedessen genau in die Ecke manövriert, die sie gern gemieden hätte. Sie war nun sicher, die Wahrheit zu kennen über die Sitzung bis zur Ankunft von Patrick und seiner Mutter. Die vier Mädchen waren allein in der Wohnung der Rextons und hielten eine Encountersitzung ab. Aber Patrick war nicht mit seiner Mutter zur Schule gefahren, dessen war sie sich sicher, nicht nur weil es absolut unwahrscheinlich war, daß sie zu einem derartigen Unternehmen bereit gewesen wäre oder es gar selbst vorgeschlagen hätte; sondern auch, weil Kate im

Gegensatz zu Patrick wußte, daß seine Mutter nicht von den Hunden getötet worden sein konnte.

Sie waren noch immer überzeugt, daß Kate mehr wußte, als sie offenbarte, dennoch gaben die Geschwister nichts preis. Warum auch? Und was konnte Kate schon wissen? Nur ein Punkt war übriggeblieben.

Mrs. Jablon war gestorben – aber wo? – und man hatte ihren Körper zur Schule gebracht und dort deponiert. Das war die einzig Erklärung. Hunde reagierten nicht auf Leichen. Das hatte Reed von Mr. O'Hara erfahren.

Wie war Mrs. Jablon in die Schule gekommen?

Angenommen, sie wäre, wie Patrick behauptete, zur Schule gefahren, egal ob aus dem von ihm genannten Grund oder einem anderen, wäre nach oben gegangen und im Zeichensaal an einem Herzinfarkt gestorben. Würde eine so ängstliche Frau in ein leeres Stockwerk hinaufgehen, um in einem einsamen Studio zu sterben? Sie hätte niemals allein den Aufzug benutzt, da das zu den Dingen gehörte, vor denen sie Angst hatte, außerdem wäre sie nach allem, was Kate wußte, nicht in der Lage gewesen, ein noch so einfaches technisches Gerät zu bedienen. Angenommen, Mr. O'Hara hätte sie hinaufgebracht, weil er sie für eine Mutter auf dem Weg zum Elternabend hielt, und sie wäre dann in den Kunstraum hinuntergegangen? Irgend jemand, Lehrer oder Eltern, hätte sie dann sicher gesehen. Alle Nachfragen der Polizei hatten ergeben, daß niemand sie gesehen hatte, und

Mr. O'Hara, der ihre Leiche entdeckt hatte, schwor, sie sei ihm nie zuvor unter die Augen gekommen, und er hätte sie ganz bestimmt nicht im Fahrstuhl nach oben gebracht.

Keine Frage, die verdammte Frau war schon tot, als man sie zum Theban brachte.

Warum zum Theban?

Genau das war die Frage. Gut, was fängt man mit einer Leiche an? Das ist der schwierigste Teil eines Mordes, wie man in Kriminalromanen immer wieder nachlesen kann. Der Fall von Patrick und den Hunden lag erst so kurze Zeit zurück, daß er als Anregung dienen konnte. Doch wer wußte von Patrick und den Hunden? Anders als im Fall von Mrs. Jablons Leiche, war über dieses Ereignis nichts veröffentlicht worden. Konnte es jemand aus dem Theban gewesen sein? Es war undenkbar, daß Julia oder Miss Tyringham das Theban hineingezogen hätten. Wären sie dort gewesen, hätten sie zweifellos genau das Gegenteil versucht, nämlich die Leiche möglichst weit von der Schule fortzubringen, immer vorausgesetzt, es wäre denkbar, daß eine der beiden Leichen hin und her schleppt.

Und genau das war das eigentliche Problem. Wieso war die Leiche hergebracht worden und wie?

Zunächst einmal, wo war Mrs. Jablon gestorben? Sie war nicht zu Hause gestorben – ihr zweiter Abgang, ob aktiv oder passiv, hätte in dieser Eingangshalle bemerkt werden müssen. Aber ihr Abgang aus dem Haus der Rextons, egal ob tot oder lebendig, wäre unbemerkt geblieben, nicht einmal den Wachposten vor dem Haus des Präsidenten mußte etwas aufgefallen sein; die waren höchstwahrscheinlich im Haus. Nun, man konnte ja wenigstens fragen. Und der Morningside Drive galt als so gefährlich, daß man fast sicher sein konnte, niemand auf den Straßen zu begegnen.

»Ich weiß«, sagte Kate und hoffte, sie klang entsprechend sicher, »daß eure Mutter in der Wohnung der Rextons gestorben ist. War sie zu Tode erschrocken, oder hat sie sich selbst in einem Wutanfall ins Jenseits geschrien?«

Angelica und Patrick sahen Kate an und dann einander. Ihr kurzes Schweigen – es hatte ein wenig länger gedauert – währenddessen sie mit geschlossenen Augen dasaß, hatte ihnen Mut gemacht. Vielleicht war das Schlimmste schon vorüber, die letzte Klippe sicher umfahren. Sie hatten eine Waffenruhe erwartet und mußten sich statt dessen erneut rüsten.

Patrick zuckte mit den Schultern und sah seine Schwester an.

»Es ist höchst unwahrscheinlich, daß eure Mutter, so wie ihr sie geschildert habt, den Wunsch haben sollte, zu sehen, wo, an welchem Ort, Sie so entsetzliche Angst ausgestanden haben und nur einen Augenblick dort allein zu bleiben – eher hätte sie wohl, nach allen Berichten, diesen Ort um jeden Preis gemieden. Daß sie abends zur Schule wollte, ist für sich genommen höchst unglaubhaft, aber . . . «

»Es hat keinen Sinn, Patrick«, sagte Angelica. »Sie

haben natürlich recht, unsere Mutter ist in Irenes Wohnung gestorben. Ich habe mit ihr gesprochen, mit dem Kissen an ihrer Stelle, als sie hereinkam. Sie und Patrick standen nur da und hörten zu. Es war nicht Patricks Schuld – ich glaube, er war ebenso vom Donner gerührt wie meine Mutter, wenn auch aus anderen Gründen.«

»Aber Patrick, Sie haben doch sicher an der Haustür geläutet, und erst recht oben an der Wohnung?«

»Nein, das haben wir nicht«, sagte Patrick. »Jemand mit einem Schlüssel ging hinein, und wir sind mitgegangen.«

»Das läßt sich ja nachprüfen«, sagte Kate. »In dem Haus gibt es nicht so viele Mieter; wir sind jetzt also einen Schritt weiter. Wißt Ihr, ich kenne das Haus«, fügte sie hinzu. »Was für ein Mann war das?«

»Irgendein Mann, ungefähr Ihr Alter. Ein Professor wahrscheinlich. Er ging weiter nach oben. Die Wohnungstür war offen, unverschlossen. Meine Mutter stürzte einfach hinein – das war so ihre Art; sie liebte die unerwartete Konfrontation mit ihren Kindern.«

»Und die hat sie bekommen, schlimmer, als sie es sich wohl in ihren wildesten Träumen vorgestellt hat. Und dazu noch eine Konfrontation mit sich selbst. Du hast dem Kissen gesagt, was du empfandest, immer empfunden hast und gerade in jenem Moment empfandest?« Angelica nickte. »Sie hatte dort nichts zu suchen«, sagte Kate. »Aber warum hat Irene in solch einer Gegend die Wohnungstür offengelassen?«

»Irene sagte, ihre Eltern verlegten ständig ihre Schlüssel. Außerdem war dort jemand zu Besuch, der keinen Schlüssel besaß und jeden Augenblick kommen konnte. In dem Haushalt ist das nichts Ungewöhnliches.«

»Ich verstehe. Sie hat dich also gehört und ist tot umgefallen?«

»Nicht ganz.« Angelica sah Patrick an.

»Ich hatte gedacht, sie wäre in meinem Zimmer hysterisch gewesen, aber das war nichts im Vergleich zu dem hysterischen Ausbruch, der jetzt kam. Sie fing an zu kreischen, was sie alles für Angelica getan hätte, sie hätte ihr ihr ganzes Leben geopfert und wäre immer selbstlos gewesen. Sie stieß das Kissen fort und schlug Angie ins Gesicht – es war widerlich.« Patrick steckte sich die nächste Zigarette an. »Und dann, sie legte eine kurze Pause ein, wahrscheinlich um Luft zu holen, und Angie fragte mit ganz ruhiger Stimme: ›Was hast du je für mich getan?‹ und Irene, die sowieso immer wie ein Engel des Himmels aussieht, sekundierte: ›Mrs. Jablon, was haben Sie je für Angelica getan, außer ihr das Gefühl zu geben, daß sie unerwünscht ist? Warum tun Sie nicht ...‹ Weiter kam Irene nicht, weil Mutter – nun, sie fiel rückwärts in einen Sessel, und wir gingen zu ihr und sagten: ›Können wir dir etwas holen?‹, und jemand brachte Wasser, und Irene sagte: ›Ich rufe besser einen Arzt‹ und ging zum Telefon, aber sie erreichte nur den Anrufbeantworter des Arztes, der sagte: ›Bitte warten‹, und dann war die Leitung tot, wie das so ist, und dann – dann war sie tot. Daran bestand kein Zweifel.«

»Ich verstehe«, sagte Kate. Das schien ihr Spruch zum Tag zu sein.

»Und dann«, schloß Patrick, »wurde uns klar, daß wir ein Problem hatten. Jetzt weiß ich, daß es das Sinnvollste gewesen wäre, einen Arzt zu rufen und fertig. Aber es sah wirklich so aus, als hätte Angie sie umgebracht, und eine Menge schrecklicher Fragen würden gestellt werden, und wir konnten die Leiche schließlich auch nicht einfach bei Irene lassen; und sowie der Krankenwagen gekommen wäre, würde alles untersucht werden, deshalb . . . «

»Jemand erinnerte sich an Patricks Erlebnis im Theban«, sagte Angelica, »ich war's, genau genommen, also brachte Patrick sie dorthin.«

»So war es«, sagte Patrick abschließend. »Das ist die ganze Geschichte.«

»Sie haben eine tote Frau durch die Straßen geschleppt, vom Morningside Drive bis zu den East Seventies?«

»Nein, ich habe einen Wagen gestohlen.«

»Tatsächlich?«

»Ja. Ich habe einen Wagen vor dem Haus geknackt und in Gang gesetzt. Später habe ich ihn dann zurückgebracht. Der Parkplatz war natürlich besetzt, deshalb habe ich ihn in der zweiten Reihe stehen lassen. Ich nehme an, der Besitzer hat ihn problemlos wiedergefunden.«

»Wie stiehlt man einen Wagen?«

»Oh, man öffnet die Haube und verbindet ein paar Drähte miteinander; das geschieht doch alle Tage. Ich habe irgendwo gelesen, daß die Autofirmen an einer Vorrichtung arbeiten, die das verhindern soll.«

Kate hätte ihn gern nach weiteren Einzelheiten über die Drähte gefragt, konnte aber nicht die Brutalität aufbringen, dieses Thema weiterzuverfolgen.

»Ich habe sie einfach auf den Beifahrersitz gesetzt«, sagte Patrick.

Alle lauschten eine Weile der Stille, die entstanden war.

»Also, Angelica, ich verstehe, warum du nicht darüber sprechen wolltest«, sagte Kate, »aber all diese Gründe, oder die meisten davon, sind doch jetzt hinfällig. Willst du mit Miss Tyringham darüber sprechen? Unter vier Augen? Ihr habt der Schule eine Menge Ärger gemacht, und es wäre nur fair, daß sie nun die Wahrheit erfährt. Abgesehen davon glaube ich, daß sie dich verstehen wird. Schließlich hat sie deine Mutter kennengelernt. Und deinen Großvater. Ich glaube, ihm solltest du es auch sagen. Was er jetzt vermutet, ist wahrscheinlich gar nicht so weit von der Wahrheit entfernt, aber die Wahrheit ist immer besser als eine unglückliche Phantasievorstellung. Wirst du mit ihnen reden?«

»Könnten Sie nicht mit ihnen sprechen? Mit Miss Tyringham wenigstens?«

»Das könnte ich. Wenn du auf eine kleine Erpressung eingehst. Ich spreche mit Miss Tyringham, wenn du wieder zur Schule gehst und versuchst, dein normales Leben wiederaufzunehmen. Was nun Patrick betrifft, der das Bestmögliche unter den gegebenen Voraussetzungen getan hat, so ist sein größtes Problem noch immer das der Einberufung.«

»Angie hat mir geholfen. Es war nicht ihr Fehler, daß die Hunde dort auftauchten. Diese verdammten Hunde haben mich fast zu Tode erschreckt, als ich nicht mit ihnen gerechnet hatte, und als wir auf sie zählten, haben sie versagt – undankbare Viecher. Ich denke, sie hat recht, Angie. Mach die Schule zu Ende und versuch, reinen Tisch zu machen. Schließlich sind wir sie jetzt los, so wenig liebevoll das aus dem Munde von Kindern auch klingen mag.«

»Ich erwarte dich Montag im Unterricht«, sagte Kate. »Du kannst Irene, Freemond und Elizabeth sagen, daß alles in Ordnung ist und – keine Encountersitzungen mehr ohne einen qualifizierten Leiter. Einverstanden?«

Sie standen auf und nickten eifrig. Sie wären mit allem einverstanden gewesen.

Kate lag mit geschlossenen Augen in der heißen Badewanne, als Reed hereinkam. »Du wärst stolz auf mich gewesen«, sagte sie. »Ich bin Kilometer um Kilometer gelaufen und habe das Rätsel gelöst. Ich weiß nur noch nicht, was ich als nächstes tun soll.«

»Tu doch einfach mal nichts«, sagte Reed hoffnungsvoll. »Möchtest du deinen Martini hier, oder schaffst du es noch bis zum Wohnzimmer?«

»Ich habe den ganzen Nachmittag Scotch und Tee getrunken. Hast du heute abend etwas vor?«

»Du meinst, nach meinem Martini? Ich stehe zu Diensten – nein, streich das, aber ich gebe zu, ganz vorsichtig, daß ich frei bin, wenn du versprichst, keine Pläne zu machen.«

»Auch gut«, sagte Kate. »Dann gehe ich allein. Du hast dich allein den Hunden ausgesetzt.«

Reed, der gerade das Bad verlassen wollte, drehte sich um. »Wohin gehst du?« fragte er. »Ich will es gar nicht wissen, aber erzähl es mir trotzdem.«

»Ach, kümmere dich um deinen Martini. Ich komme in einer Minute. Warum hat meine Generation so viel für Loyalität übrig?«

»Was war das für ein ›Tee‹?« fragte Reed. Kate drehte geräuschvoll den Wasserhahn auf.

Als sie sie anriefen, versprach sie zu kommen. Ihr Mann müßte irgendwohin und könnte sie absetzen. »Machen Sie sich keine Gedanken«, sagte sie am Telefon, »ich kneife nicht, und ich lasse Sie auch nicht im Stich. Ich bin wirklich froh, daß es herausgekommen ist. Ich hasse Täuschungen.«

»Sagen Sie niemandem etwas, bevor Sie mit uns gesprochen haben«, sagte Kate. »Denn, wissen Sie, es ist noch nicht alles herausgekommen.«

»In Ordnung. Keine Sorge.«

Kurze Zeit später kam sie, ein wenig atemlos, und schüttelte Reed zur Begrüßung kräftig die Hand. Sie besaß die enorme Energie, die man häufig bei kleinen Frauen findet und die Direktheit, die man eher den großgewachsenen zuschreibt.

»Sind Sie mit dem Motorrad gekommen?« fragte Kate.

»Ja, sicher. Finden Sie das gefühllos von mir? Ich halte jede Art von Aberglauben und leerer Form für ungeheuer gefährlich; außerdem kannte ich die Frau nur flüchtig, und das, was ich über sie gehört habe, war mir zuwider. Wer hat geredet?«

»Über Sie niemand. Jeder einzelne war ein Musterbeispiel an Verschwiegenheit und Bestreben, jeden anderen zu schützen.«

»Was trinken Sie, Mrs. Banister?« fragte Reed.

»Ach, nur ein Glas kaltes Wasser, wenn Sie das haben. Ich trinke nicht. Vermutlich, weil ich mich auch ohne das wohlfühle.«

»Das gehört zu den Dingen, die mir an New York gefallen«, sagte Reed, »die Menschen glauben, sich entschuldigen zu müssen, weil sie nicht trinken.« Er schenkte ein Glas Wasser ein und reichte es ihr.

Kate begann mit ihrer Geschichte. »Den größten Teil habe ich heute nachmittag Angelica und Patrick entlockt, mit Mitteln, an die ich nicht sehr gern denke. Während sie mit der Wahrheit über alles, was bis zum Tod dieser unglücklichen Frau passiert ist, herausrückten – ich bin ziemlich sicher, daß es die Wahrheit ist, außerdem läßt sich das nachprüfen – so liegt alles, was danach kam, noch völlig im Dunkel. Patrick mußte so tun, als wüßte er, wie man Autos stiehlt, dabei wußte er nicht mehr darüber als ich; unsere Informationen stammten wohl aus denselben Zeitungsartikeln. Die Kinder wollten Sie decken, verstehen Sie? Ich fürchte, ich bin hoffnungslos altmodisch, aber ich bewundere das.«

»Das freut mich. Den Leuten ist überhaupt nicht klar, wie wunderbar diese Jugendlichen sind. Die wollen anscheinend eine Jugend in ordentlichen Kleidern, die an ihrem Status hängt, mit einem Bein im Vorort und dem anderen in einem teuren College steht. Die Jablons sind natürlich noch ein besonderes Problem; und dann ist da noch dieser entsetzliche Krieg. Ich bin froh, daß sie mich gerufen haben, als sie Hilfe brauchten. Ich war diejenige, die an die Schule gedacht hat; und das macht mir Sorgen. Als ich in die Wohnung der Rextons kam, mußte ich an Patrick denken, und ich fand, nun gut, sollen doch die Hunde jemand anderen zu Tode erschrecken. Und es hätte ja auch funktioniert, wenn dieser biestige Mensch nicht so verdammt dickköpfig mit seinen scheußlichen Tieren gewesen wäre.«

»Oder wenn Wachhunde darauf abgerichtet wären, auf Leichen zu reagieren. Im Gegensatz zu uns merken Hunde das sofort und absolut zuverlässig.«

»Das nenne ich unheimlich. Naja, es war trotzdem ein richtig guter Plan, besonders weil wir so schnell darauf gekommen sind.«

»Sie hatten wenigstens Patrick als Hilfe, der wohl . . . «

»Als Hilfe wobei?«

»Um sie auf das Motorrad zu befördern und so weiter. Oder nicht?«

Mrs. Banister nippte an ihrem Wasser. »Oh, ich verstehe. Sie meinen, Patrick müßte derjenige gewesen sein, der half. Ein interessantes Beispiel für gesellschaftlich bedingte weibliche Bescheidenheit.«

»Sie meinen doch nicht, es war Angelica?«

»Nein, nein. Schließlich war es doch ihre Mutter, so unfähig und destruktiv sie auch gewesen sein mag, und der Umgang mit Leichen ist selbst unter idealen Voraussetzungen problematisch, soweit es sowas überhaupt gibt, auch dann, wenn es sich nicht um die eigene Mutter handelt. Irene hat mir geholfen.«

»Irene?«

»Ja, gewiß. Sie sagte, heutzutage dürfe es keine Ismenes mehr geben.«

Kate starrte sie an. »Du hast Irene noch nie gesehen«, sagte Kate zu Reed. »Obwohl ich keine Ahnung habe, was das damit zu tun hat. Schließlich sind ihre Eltern . . . «

»Man darf nie einen Menschen in ein Schema pressen«, sagte Mrs. Banister und sprang auf, um sich noch ein Glas Wasser zu holen (»Ich trinke zwölf pro Tag«, sagte sie. »Das spült den Körper durch«); sie winkte ab, als Reed aufstehen wollte, um ihr behilflich zu sein. »Ich bin durchaus in der Lage, mir ein Glas Wasser einzugießen, danke. Elizabeth, Angelica, Patrick und Freemond machten sich auf den Heimweg. Die Jablons setzten Elizabeth und Freemond unterwegs ab. Irene und ich trugen die

Leiche hinunter, nachdem alle fort waren. Ich dachte, je weniger mit der Sache zu tun haben, um so besser. Natürlich mußten wir auf der Hut sein, aber nur bis wir aus dem Haus waren. Ich hatte das Motorrad direkt davor geparkt – zum Glück war es kein Abend, an dem Andrew das Motorrad brauchte, denn mit dem Fahrrad wäre das Ganze sehr viel schwieriger geworden, aber wir hätten das sicher auch geschafft, keine Angst – und wir setzten sie auf den Soziussitz, ich davor, Irene dahinter, so daß wir sie zwischen uns festhielten. Zum Glück hatte ich zwei Reservehelme, die habe ich immer bei mir, so daß wir deswegen nicht angehalten werden konnten; außerdem verbarg der Helm, daß sie ihren Kopf nicht besonders gerade hielt. Ich bin sicher, es war das erste Mal, daß die arme Frau Motorrad gefahren ist; soweit ich weiß, hatte sie viele Phobien.« Mrs. Banister nahm einen Schluck Wasser; Kate und Reed vermieden es, einander anzusehen.

»Ich hatte ihre Arme um meine Taille gelegt und mit dem Gürtel meines Regenmantels zusammengebunden, und Irene hielt sie aufrecht. Zum Glück war niemand auf der Straße, als wir zur Schule kamen – auf dieser Straße sind nie Leute, aber ich wußte, daß ein Elternabend stattfand, und es hätte ja sein können, daß die Eltern gerade gingen. Gott sei Dank waren wir früh genug; wir rollten sie auf dem Motorrad hinein und versteckten sie unter diesem Tuch, dieser Abdeckplane, auf der Sackkarre. Um die Wahrheit zu sagen, ursprünglich hatte ich vor, sie ins

Untergeschoß zu schleppen, doch nachdem ich das Motorrad geparkt hatte, waren schon ein paar Chauffeure gekommen, und der Wächter stand draußen und unterhielt sich mit ihnen. Haben Sie ›Men in Groups‹ von Lionel Tiger gelesen, ein ungeheuer chauvinistisches Buch?«

Kate und Reed schüttelten die Köpfe.

»Sie sollten es lesen. Offensichtlich fühlt sich Mr. O'Hara nur in Gesellschaft von Männern wohl und konnte daher den Chauffeuren nicht widerstehen; zum Glück für uns. Ich schob sie quer durch die Halle, unter ihrer Plane natürlich – Irene hatte ich fortgeschickt, sie sollte in einem Drugstore an der Ecke auf mich warten; ich brauchte sie nicht mehr – und geradewegs in den Aufzug und fuhr mit ihr zum dritten Stock, dem Stockwerk mit dem Kunstsaal, wo die Hunde sie meiner Meinung nach einfach aufstöbern mußten.«

»Das war gut, sonst hätte Mr. O'Hara sie vielleicht am nächsten Morgen gar nicht gefunden«, sagte Reed. »Sie haben sie genau gegenüber vom Alarmknopf deponiert.«

»Das ist mir später klargeworden. Der Raum war am geeignetsten, weil er eine etwas breitere Tür hat. Die Karre habe ich dann wieder mit nach unten genommen.«

»Warum? Wäre es nicht einfacher gewesen, sie stehenzulassen?« fragte Kate.

»Natürlich wäre es einfacher gewesen, aber ich wollte nicht, daß jemand die Leiche in Zusammenhang mit der Karre brachte. Es sollte so aussehen, als wäre sie aus eigener Kraft hingekommen, sozusagen. Ich wollte nicht, daß die Karre überhaupt auffiel, also war es das beste, sie wieder an Ort und Stelle zu bringen. O'Hara stand noch immer glücklich in seiner Männergruppe und schenkte mir keinen einzigen Blick, als ich schnell das Haus verließ. Wahrscheinlich dachte er sich höhnisch, eine Mutter, die zu Fuß heruntergekommen ist, wird ihr gutgetan haben – falls er mich überhaupt gesehen hat, was ich bezweifle; er stand mit dem Rücken zu mir. Ich rannte um die Ecke, nahm mein Motorrad, sammelte Irene ein, und ab die Post. Ich setzte sie zu Hause ab, und als ich nach Hause kam, saß Andrew noch immer hinter verschlossenen Türen und arbeitete. Das ganze Hin und Her hatte mich hungrig gemacht, also aß ich einen Salat mit Äpfeln und Nüssen. Wollen Sie sonst noch etwas wissen? Macht ganz schön durstig, das alles zu erklären.« Sie stürzte ihr Wasser herunter.

Kate und Reed hatte es die Sprache verschlagen. Langsam breitete sich ein Grinsen auf Reeds Gesicht aus. Kate warf ihm einen warnenden Blick zu. »Bleibt noch das Problem, die Schule zu informieren. Miss Tyringham zumindest«, sagte sie.

»Ja«, stimmte Mrs. Banister zu. »Sie wird mich feuern. Keine Frage.«

»Nun, aus ihrer Sicht scheint es natürlich so, als hätten Sie nicht so sehr das Wohl der Schule im Auge gehabt, jedenfalls nicht in der Weise, die das Theban von seinen Lehrkräften erwartet.«

»Wahrscheinlich stimmt das«, sagte Mrs. Banister aufrichtig. »Für meinen Geschmack ist diese Schule ohnehin zu stark durchorganisiert. Glauben Sie, daß sie Schwierigkeiten macht, wenn ich mir woanders Arbeit suche?«

»Oh, nein, das halte ich für höchst unwahrscheinlich. Ich bin nicht einmal sicher, ob sie Sie nicht behalten will. Als ich sie fragte, wie sie sich einer Lehrkraft gegenüber verhalten würde, die etwas mit . . . «

»Sie hatten mich in Verdacht?«

»Nicht was den Transport angeht, nein. Ich hatte mich darauf eingestellt, daß das, was passiert ist, in der Encountergruppe passiert sein mußte, und ich war, offen gesagt, davon ausgegangen, daß Sie dabei waren. Angelica hatte mit so überzeugender Ehrlichkeit gesagt, daß das nicht der Fall war, also habe ich mir den Gedanken aus dem Kopf geschlagen. Sie hat allerdings nur gesagt, daß Sie nicht an der Sitzung an jenem Abend teilgenommen haben. Aber sie hat nicht gesagt, daß Sie nicht später gekommen sind.«

»Ich mußte einfach vorbeikommen. Nun, jedenfalls werden wir das Motorrad verkaufen.«

»Wirklich?«

»Andrew und ich haben es beschlossen; ab nächsten Frühling gibt es nur noch das Fahrrad und Schusters Rappen. Weniger Luftverschmutzung, weniger Lärm und weniger Hetze, und gut für die Muskeln und die allgemeine Gesundheit. Ich danke Ihnen für Ihre Aufrichtigkeit«, sagte Mrs. Banister, eilte in die Diele und ergriff ihren Sturzhelm.

»Wir danken Ihnen«, sagten Kate und Reed, und sie schüttelten einander die Hände, als hätte, wie Reed zu Kate sagte, nachdem Mrs. Banister gegangen war, der Besuch einem für beide Seiten einträglichen Geschäft gedient.

»Aber das stimmt doch«, sagte Kate. Sie ging zum Telefon, um Miss Tyringham anzukündigen, daß sie am nächsten Morgen eine Menge zu berichten haben würde. Acht Uhr im Theban? Ja, Kate glaubte, daß sie das schaffen würde.

»Du kannst mir dein Liederprogramm für die Dusche vorsingen«, sagte Kate. »Ich werde dir morgen Gesellschaft leisten.«

Der April verabschiedete sich tränenreich und glitt in den Mai hinüber. Das Theban, nun ein Jahrhundert alt, hatte überlebt. Miss Tyringham sprach ein wenig seltener davon, sich in ihr Häuschen in England zurückzuziehen. Julia redete so, als würde der Lehrplan bald überarbeitet.

Im ›Antigone‹-Seminar diskutierte man immer weiterreichende Probleme. Mr. Jablon schickte Kate einen kurzen, unverbindlichen und emotionslosen Dank für ihre Bemühungen.

Oben auf dem Dach verschliefen Lily und Rose die Tage.